Francesca Gordoni

Mafchina

Die Personen in dieser Geschichte sind frei erfunden. Zufällige Ähnlichkeiten mit lebenden oder verstorbenen Personen sind ungewollt und entspringen der Phantasie der Autorin.

Cover:

© Copyright SoralPRO Verlag, November 2023
1. Auflage
Verlag:
SoralPRO Verlag, Ragnitzstraße 150, A-8047 Graz, Austria

ISBN 978-3-903223-68-4

1.

Selina sitzt auf ihrem Drehstuhl, die Beine, deren Enden in roten Stilettos stecken, gemütlich auf dem Schreibtisch gelagert, und blättert in einem Bericht, der nach Weihnachten auf dem Tisch des Staatsanwaltes liegen muss. Seufzend spielt sie mit dem Bleistift zwischen ihren Fingern, der vom Korrigieren schon ziemlich stumpf ist. Sie ärgert sich. Wie oft hat sie Annalena erklärt, wie man die Rechtschreibprüfung im Programm aktiviert? Aber Annalena ist lernresistent, von unterdurchschnittlichem IQ und überdurchschnittlicher Selbstüberschätzung, eine wirklich unbrauchbare Kombination für diesen Job. Steif und fest behauptet sie, nichts an den Einstellungen auf ihrem PC zu ändern, aber trotzdem strotzt jedes Schreiben, das von ihr verfasst wird, vor Rechtschreibfehlern. Selina hegt den Verdacht, dass sie eigenmächtig die Wörter ausbessert und glaubt, schlauer als das Programm zu sein. Das wäre die einzige Erklärung für diese fatalen orthografischen Ausrutscher. Andererseits könnte es auch sein, dass sie mit ihren grauenhaft krallenartigen und überdimensional langen, mal schwarz, mal grau, mal bunt lackierten Fingernägeln die Tasten einfach nicht trifft.
Selina kann die Abteilungssekretärin nicht ausstehen, aber leider hat sie auf die Auswahl des Personals nicht den geringsten Einfluss. Der Leiter des Departements ist weniger an der Qualifikation der Neuzugänge interessiert als daran, dass die männlichen Nachbesetzungen nicht an seinem Sessel sägen und die weiblichen irgendwann seinem unwiderstehlichen Charme erliegen, mit ihm im Bett landen und er sie nach absolviertem Beischlaf nach Belieben manipulieren kann. So muss es mit Annalena auch gewesen sein. Denn seit ein paar Wochen gesellt sich zu ihrer generellen Arbeitsunwillig- beziehungsweise

-unfähigkeit obendrein eine hohe Portion an Trotz und Zickigkeit, wenn man etwas rasch erledigt haben möchte. Zudem droht sie bei jeder Gelegenheit, wenn sie meint, sie müsse diese Arbeit nicht verrichten, dass sie sich vertrauensvoll an den Chef wenden werde. Das wird nun einige Monate so gehen, bis der Gottoberste sich eine neue Gespielin zugelegt hat und Annalena auf dem Boden der Realität aufknallt.

Endlich ist Selina mit diesem elenden Schreiben fertig und blickt auf die Uhr. Es ist 22:25 Uhr und aus dem Radio ertönen die abgedroschenen Weihnachtslieder, mit Inbrunst von Mädchen- und Bubenchören vorgetragen, als ob sie sich in ihrem zarten Alter schon den Weg in den Himmel bahnen müssten. Sie stellt das Radio mit einem Seufzer ab. Für heute will Selina ihren aktiven Journaldienst beenden, zumindest nicht mehr vor dem Bildschirm hocken und sich abrackern, sondern sich ins Nebenzimmer begeben und für ein paar Stunden aufs Ohr hauen. Sie schaut durch die Glasscheibe hinaus zu den zwei uniformierten Kollegen, die gelangweilt vor ihren Bildschirmen hocken, sich bestimmt einem noch langweiligeren Computerspiel widmen und hoffen, dass in dieser Nacht nicht irgendein volltrunkener Eintageschrist seinen Christbaum frühzeitig in Staub und Asche verwandelt oder ein unbedarfter Ehemann Zirkonia mit einem Diamanten verwechselt hat, von seiner Gattin dafür gerade geohrfeigt wird und hilfesuchend den Polizeinotruf wählt. Selina hat sich dieses Jahr, wie schon die Weihnachten davor, bereit erklärt, über die Feiertage die Stellung zu halten, damit ihr bigotter Kollege, ein praktizierender Katholik der ersten Güte, die Mitternachtsmette nicht versäumt und dem Hochamt am Christtag beiwohnen kann. „Ferdi ist schon ein seltsamer Zeitgenosse", denkt sie. Einen langgedienten, angesehenen und erfolgreichen Kommissar, der rein sexuell gesehen dem anderen Ufer zuzuordnen ist und trotzdem dem Papst und der heiligen katholischen Kirche huldigt, findet man höchst selten. Allerdings scheint sich die eigenartige Kombination in seiner Pubertät manifestiert zu haben. Er war seinerzeit Schüler und Internatsinsasse eines Stiftgymnasiums. Schon möglich, dass er zu dieser Zeit in das Geheimnis der homogeschlechtlichen Handlungen eingeweiht wurde und sie für heilsam befand. Oder er war dem weiblichen Charme nie erlegen, weil seine potenziellen Abschleppkandidatinnen weniger Gefallen an ihm fanden als an seinen Freunden. Ferdi ist nicht der Traum der schlaflosen Nächte einer Frau. Seine Beine sind zu kurz geraten und was denen an Zentimetern fehlt, hat sein Schöpfer in Ohren und Nase investiert. Der Oberkörper lässt jegliches V-Format vermissen, das angeblich Frauenherzen höherschlagen lässt, und gleicht eher der Brust eines Suppenhuhns. Die pyknische Haltung und die zu lang geratenen und dicht behaarten Arme erinnern bei näherer Betrachtung daran, dass der Mensch vom Affen abstammt. Tante Jolesch hätte ihre Freude an ihm gehabt. Sein kahlköpfiger Schädel wurde schon in der Vergangenheit von keiner Lockenpracht geziert und die wenigen Halme, die sich nun täglich um einen guten Platz auf dem Kopf raufen, bändigt er penibel mit dem Rasierer.

So geben Selina und Ferdi ein seltsames Paar ab, wenn sie in trauter Zweisamkeit über einen Fall tüfteln, und so manchem Betrachter entfährt trotz der ernsten Angelegenheit ein Schmunzeln, wenn das ungleiche Duo am Tatort erscheint.

Gerade als Selina ihre langen, wohlgeformten Beine vom Tisch nehmen und die billige Schreibtischlampe ausschalten will, scheppert ihr Telefon. Sie steht auf und im selben

Moment bricht der Stöckel ihres linken Schuhs ab. Zwei undamenhafte Flüche entweichen ihrem Mund. Notrufzentrale, verdammt, was wollen die zu Heiligabend von der Mordkommission?

„Hinterstopfer", meldet sie sich unfreundlich und genervt. Der Kollege am anderen Ende scheint ein Neuer zu sein, den man zum Weihnachtsdienst verdonnert hat.

„Ähm, guten Abend, ähm. Ja. Bin ich bei der Mordkommission?", fragt er zögerlich.

„Nein, Sie nicht, aber ich schon", gibt Selina etwas zu harsch zurück, was ihr gleich leidtut. Was kann der Kerl am anderen Ende der Leitung dafür, dass sie sich um einen kaputten Schuh kümmern muss?

„Ah, äh, ja. Entschuldigung die Störung, aber ..."

„Hey, junger Mann, Sie stören nicht, aber Sie wollen sicher nicht mit mir plaudern. Wo hat wer wen umgebracht?", fragt Selina geradeheraus.

„Ach, ja, gerade ist ein Notruf eingegangen."

„Nein, wirklich?", fragt Selina süffisant. „Ich muss mich zurückhalten", denkt sie sich, „sonst kommt der gar nicht zum Punkt."

„Ja, tatsächlich. Er kam aus dem Stuwerviertel. Ein Mann soll tot, ähm, in einem Zimmer liegen. Erschossen, sagt die Dame."

Schön langsam geht der Kollege ihr gehörig auf die Nerven. Welche unterbelichteten Kommunikationsdilettanten stellt man heutzutage bei der Polizei an?

„Okay, sie hat ihn erschossen?" Selina rollt die Augen.

„Ähm, nein, sie sagt, sie nicht, denn das habe ich sie auch gefragt", berichtet er beinahe stolz, dass er zumindest eine Frage beantworten kann.

„Gut. Name? Adresse?" Selina schnappt sich wieder den Bleistift, dessen Mine kaum mehr zu sehen ist, und einen Zettel.

Im Stotterton schafft es der Kollege, die Adresse kundzutun, nach dem Namen der Gesprächspartnerin hat er nicht gefragt, aber er ist fix davon überzeugt, dass sie wegen des Akzentes keine gebürtige Österreicherin ist. Na, wenn das Mal kein Anfang ist!

2.

Den Umstand, dass Selina bei der Exekutive gelandet ist, darf sie ihrem Vater verdanken. Es gab drei Berufe, in denen er seine Töchter, von denen er vier hat, auf keinen Fall sehen wollte: Model, Hure und Polizistin. Zwei davon sind aber für Selina in die engere Wahl gekommen und schließlich ist sie Letzteres geworden.

Selina Jacqueline Hinterstopfer wurde als letzte der vier Töchter des örtlichen Baulöwen aus Siniwelt, wenn man es richtig ausspricht: „Siniwöd", voll ausgesprochen Sinabelkirchen, geboren. Dass für den Zementdoyen die nächstgelegene Kleinstadt Gleisdorf schon eine Stadt darstellt, Graz eine richtige City ist, Wien eine Metropole und der Rest der Welt den kleingeistigen Horizont des Mannes sprengt, ist ihm, der seine Kundschaft im Umkreis von zwanzig Kilometern bedient, nicht zu verdenken. Aber dass er nach der Geburt der vierten Tochter, wo er sich doch so bemüht hatte, einen Sohn zu zeugen, sein Glück außerhalb der Ehe versuchte und tatsächlich sich mit seiner Assistentin, die in grauen Vorzeiten ein perfektes Modell für Rubens abgegeben hätte – allerdings nur figurmäßig, nicht was das Antlitz betrifft –, diesen Herzenswunsch erfüllte und sie einen strammen männlichen Erben hervorbrachte, kann ihm Selina bis heute nicht verzeihen.

Ihre Mutter, die zu Ohnmachtsanfällen, genauer genommen zur ausgewachsenen Hysterie neigt, ließ sich von ihm scheiden und zog mit den Töchtern in eine aparte Wohnung in die Stadt, sprich nach Gleisdorf, und ließ ihren Ex-Mann finanziell ordentlich bluten. Das hieß für die Mädchen, dass es ihnen materiell an nichts mangelte, auf elterliche Liebe und trautes Heim mussten sie jedoch verzichten. Allein wenn eines der Mädchen es wagte, das

Wort Vater nur im Ansatz zu erwähnen, flippte die Mutter gewohnheitsmäßig aus und es flogen Tassen, Teller und andere Gegenstände, die sich gerade in greifbarer Nähe befanden durch die Luft. Irgendwann schafften es die Töchter, ihre Mutter zu einer Psychotherapie zu bewegen, und fortan hatte man zumindest über einen längeren Zeitraum dasselbe Porzellangeschirr zur Verfügung. Der Therapeut legte ihr nahe, nicht mit Zerbrechlichem zu werfen, weil das einerseits ins Geld gehe und sie andererseits Gefahr laufe, eines ihrer Kinder zu verletzen. Schon die Reihenfolge der Ratschläge, ließ Selina damals am Verstand des selbst nicht minder psychisch labilen Mannes zweifeln. Aber nachdem sie herausgefunden hatte, dass ihre Mutter sich nicht nur von ihren seelischen Belastungen von ihm befreien ließ, sondern mit ihm auch ihre erschlaffte Beckenmuskulatur wieder in Schwung brachte, ließ sie ihn gewähren, denn sie bemerkte, dass der wiederentdeckte Sex der Psyche der Frau guttat.

Selina selbst wuchs zu einem ausgesprochen hübschen Mädchen heran, und schon als sie zwölf Jahre alt war, konnte man sehen, dass aus ihr eine richtig schöne Frau werden würde. Sie wurde mit Komplimenten überhäuft, in der Schule lechzten die Jungen der höheren Klassen danach, von ihr zumindest bemerkt zu werden, und selbst bei dem einen oder anderen Junglehrer hätte man bei näherer Betrachtung so etwas wie Begierde in den Augen ablesen können, wenn sie mit ihren langen Beinen, ihrem wohlgeformten Körper und ihren blonden Haaren, die bis zu ihrem hübschen Po reichten, auf dem Schulhof vorüberschwebte.

Es war auch die Zeit, in der sie noch von einer Modelkarriere träumte. Sie verfolgte die Fashion Weeks von Mailand bis New York auf Youtube, übte den unnatürlichen

Gang der Mannequins, bis die Hüften schmerzten, stakste in Mutters Stöckelschuhen durch die Wohnung, hinterließ dabei bleibende Eindrücke auf dem alten Eichenparkettboden und investierte ihr gesamtes Taschengeld in Cremen, Puder, Schminke und Nagellack. Ihre Schwestern hielten sie für verrückt, andererseits beneideten sie sie ob ihres makellosen Aussehens und ihrer Topfigur. Als sie nach den ersten vier Jahren Gymnasium entscheiden musste, ob sie weitere vier Jahre an der Schule bleiben oder sich umorientieren wollte, war der familiäre Riesenkrach vorprogrammiert.

Ihre Mutter sah sie als zukünftige Rechtsanwältin oder zumindest als Gattin eines ausgepufften, gut verdienenden Winkeladvokaten und plädierte für den Verbleib am lokalen Gymnasium. Ihr Vater hingegen, der noch immer die Familie finanziell erhalten musste, fand, dass ein Mädchen auf die Knödelakademie – wie er es, ohne mit der Wimper zu zucken, ausdrückte – gehörte, denn eine gute Hausfrau sollte schließlich kochen, bügeln und nähen können, mehr brauchte es für das weibliche Geschlecht nicht.

Sie selbst allerdings tendierte in Richtung Kunstakademie oder Designerausbildung, was beide Elternteile als absurd abtaten, trotz ihrer sonstigen gegenseitigen Abneigung waren sie sich darüber einig. Dass der Vater aufgrund der pekuniären Lage das letzte Wort in solchen Dingen hatte, auch wenn er mit diesem Zweig der Familie nicht mehr unter einem Dach lebte, lag auf der Hand. So musste Selina die letzten fünf Schuljahre in einem Haus absolvieren, das sie abgrundtief hasste, und dementsprechend inferior waren auch die schulischen Leistungen, ausgenommen im Nähen. Sie kompensierte ihren Frust, indem sie Kleider entwarf und selbst schneiderte, was immer wieder zu ausgesprochen eigenwilligen, hippen und oft auch frivolen Kreationen führte. Diese trug sie mit Genugtuung zu den örtlichen Festen, zu denen halb Siniwöd oder Gleisdorf in zünftiger Tracht erschien. Mehrmals hatte ihr Vater mit der Androhung, die finanziellen Zuwendungen zu kürzen, mitgeteilt, sie möge sich kleidungstechnisch den regionalen Gegebenheiten anpassen und ihn nicht der Lächerlichkeit preisgeben. Es sei ihm peinlich, wenn sie, wie er es auszudrücken pflegte, halb nackt neben ihm am Stammtisch sitze und jeder ihr bis zum Bauchnabel schauen könne.

Weniger peinlich schien ihm zu sein, wenn er mit seinem Sohn, der der außerehelichen Eskapade entsprungen war, mitten in der Dorfrunde saß, die mittlerweile auf gefährlich tonnöse Formen angewachsene Mutter des Jungen neben dem Tisch stand und ihren Lebensgefährten – geheiratet hatte ihr Vater die zur Furie mutierte Dorfpomeranze nie – keifend ermahnte, dass er heute auf das häusliche Mittagessen werde verzichten müssen, wenn er es wage, noch ein Bier zu bestellen.

Selina hingegen genoss es, beim Frühschoppen mit den Ortsgranden zu sitzen, vor allem dann, wenn sie beobachten konnte, wie die linke Hand von so manchem Freund ihres Vaters auf dem Tisch keine Ruhe fand und hinab in den Schritt wanderte, wo sie versuchen musste, das harte Ding zwischen den Beinen sprichwörtlich in den Griff zu kriegen. Es amüsierte sie, wie die Herren mit süßsauren Mienen dasaßen, ihren Speichel mit Bier hinunterspülten, Selina mit ihren Augen nicht nur bis zum Bauchnabel entblößten und ihr am liebsten an Ort und Stelle die oft nur spärliche Bekleidung vom Leib gerissen hätten.

Diese Spielchen hielten genauso lange an, bis in Selina selbst sexuelle Gefühle erwachten. Sie war verwirrt, denn ihr Wunsch, sich mit einem Mann einzulassen, sank mit jedem Mal, wenn sie nur daran dachte, bis die Gedanken ins Ekelige abglitten. Hingegen stellte sie sich eine Beziehung mit einer Frau als schön und erfüllend vor. Irgendwann gestand sie sich ein, dass sie lesbisch sein musste, was im ersten Augenblick für sie ganz und gar unglaublich war, aber je länger sie darüber nachdachte, umso mehr akzeptierte sie diesen Umstand als einen weiteren Baustein ihres Andersseins.

Langsam, aber sicher erstarb in jener Zeit, es muss gewesen sein, als sie in etwa siebzehn war, der lang gehegte Wunsch, ein Supermodel oder eine bekannte Schauspielerin zu werden. Sie war reif und realistisch genug, einzusehen, dass man als Mädel vom Land – und war man noch so schön – ohne Lobby und Mäzen wenig Chancen auf einen fairen Aufstieg in dieser Branche hatte. So manche Medienmeldung, wie schmutzig und hinterhältig das Modelbusiness sei, und die eine oder andere Show über die nächsten Topmodels, die sie zum Erbrechen dämlich fand, sowie die stetig steigenden Verurteilungen von notgeilen Regisseuren, die das Fortkommen eines Talentes vor allem von Lippenbekenntnissen abhängig machten, vermiesten ihr die Ambitionen für dieses Geschäft. Außerdem meinte sie, mit dem Namen Selina Jacqueline Hinterstopfer würde man es nicht in die Hall of Fame der Supermodels schaffen und ein Pseudonym wäre unumgänglich für eine Topkarriere. Dazu fiel ihr ein, dass ihr Name wortgetreu ins Englische übersetzt zu Sally Backplug oder Backtampon mutiert wäre, und hätte man sich der Haute Couture angepasst, wäre daraus eine Celine Derriere-Gavage geworden, was gar nicht mal so schlecht klänge, wenn man die Bedeutung nicht kennte. Aber auch der Mädchenname der Mutter war nichts für einen internationalen Höhenflug. Mit Mösenlechner holst du auch nicht den Hund hinterm

Ofen hervor. Sie hatte oft schon darüber sinniert, ob das fehlende „n" zwischen dem „r" und dem „s" in ihrem Nachnamen nicht an die vorvorletzte Stelle des Mädchennamens der Mutter gerutscht war und zudem eine vormals schlampige Handschrift aus einem einstigen „k" ein „h" in Mösenlechner gemacht hatte. Wenn man nämlich diese Veränderungen vornähme, würden die Namen sogar Sinn ergeben und ließen eventuell einen Schluss auf die Professionen der Ahnen zu. Könnte doch sein, dass man in grauen Vorzeiten Diarrhö primitiver behandelte als heutzutage, und die männlichen Vorfahren mütterlicherseits waren vielleicht bekannt dafür, dass sie Frauen richtig glücklich machten.

Diese und andere Wortspiele hatte sie sich zurechtgelegt, da ihr die Anhäufung eigentümlicher Nachnamen in der Umgebung, in der sie lebte, in Kombination mit den vermeintlichen trendigen Vornamen, nicht entgangen war. Zum Beispiel hieß ihre beste Freundin aus der Gymnasialzeit mit Familiennamen Pimpelhuber. Dass man ihr eine Scarlett vorangestellt hatte, grenzte aus Selinas Sicht an Folter, aber offenbar war Vom Winde verweht der Lieblingsstreifen der Mutter. Auch Buben blieben vom Fortschritt in der Namensgebung nicht verschont. So musste der Nachbarsbub zeitlebens mit Kevin Weinschädl auskommen und noch schlimmer traf es den herzigen blauäugigen Ministranten, in den sie sich im zarten Altern von zwölf Jahren verliebt hatte, der als Detlef Sagarschnik wahrscheinlich Deutsch-Kärntner Wurzeln hatte.

Schlussendlich sagte Selina dem Mannequin-Job, bevor sie ihn überhaupt begonnen hatte, ohne Groll adieu.

Die Alternative, den Weg in Richtung Modedesignerin einzuschlagen, war eine kurze Überlegung wert, aber auch in diesem Fall war ihr klar, sie müsste verdammt gut sein, um in die lichten Höhen der Branche zu kommen, und man traf doch wieder auf jene Leute, mit denen man nichts zu tun haben wollte. Durchgeknallte Models und verrückte Modemacher. So sehr sie gerne manchmal verrückt und unkonventionell sein wollte, war sie doch das bodenständige Mädchen aus der Steiermark und traute sich in letzter Konsequenz nicht, ihre Herkunft abzuschütteln.

Ihre zweite Passion, nämlich Kriminalgeschichten zu lesen und kaum einen der sonntäglichen Abendkrimis im Fernsehen zu verpassen, führte dazu, dass sie sich gut vorstellen konnte, ihr Leben in den Dienst der Polizei zu stellen. Selbstverständlich wollte sie nicht in den niederen Chargen dienen. Sie sah ihre Aufgabe weniger darin, mit Radarpistole und Kelle am Straßenrand zu lauern, nervösen 90-jährigen Straßenteilnehmern zu drohen, wenn sie noch einmal die Warnweste vergäßen, den Führerschein auf Lebenszeit zu entziehen, oder dem sturzbesoffenen Dorfelektriker die Heimfahrt mit einem Augenzwinkern zu gestatten – vielleicht sogar noch mit polizeilichem Begleitschutz –, weil in ihrer Wohnung gerade Waschmaschine und Herd ein elektrisches Eigenleben entwickelten und man sich sozusagen gegenseitig die Hände wusch. Nein, sie träumte davon, den wirklichen Verbrechern, Mördern, Vergewaltigern oder anderem miesen Gesocks das Handwerk zu legen. Animiert durch Fernsehserien und durch den immer stärker aufkeimenden Wunsch, für Recht und Ordnung in diesem Land zu sorgen, meldete sie sich heimlich auf der Polizeiakademie an.

Die Aufnahmeprüfung war für sie ein Klacks und ihr blieb es ein Rätsel, wieso zwei Drittel der dort Anwesenden mit Bomben und Granaten durch den schriftlichen Test flogen. Die Fragen waren in erster Linie im Multiple-Choice-System zu beantworten, zum Beispiel: „Kreuzen Sie jene Länder an, welche zu den österreichischen Bundesländern zählen." So mancher hat seine Idealvorstellung von Österreichs Grenzen zum Ausdruck gebracht und Bayern sowie Südtirol angekreuzt. Die Frage, wie denn die Oberhäupter der einzelnen Bundesländer genannt würden, nämlich Landeshauptleute, Fürsten oder Statthalter schien ebenfalls einige Kandidaten ins Schwitzen gebracht zu haben. Aber dass man als potenziell angehender Polizist als Oberbefehlshaber des österreichischen Bundesheeres nicht den Bundespräsidenten auswählte, sondern einige der Meinung waren, dass diese Position dem Generalstaatsanwalt oder dem Officer und Gentleman innewohnte, war nach Selinas Meinung eines Staatsbürgers dieses Landes nicht würdig.

Heute würde dieser Test bestimmt ungleich schwieriger zu bewältigen sein, glaubt Selina, zumindest meint sie, die passenden Fragen für die Zwanzigerjahre des dritten Jahrtausends in petto zu haben.

Denn wer weiß schon so genau, wie der aktuelle Bundeskanzler mit Vor- und Zunamen heißt? Und die Fragen nach den Oberhäuptern der Bundesländer müsste heißen Landeshauptmann/Landeshauptmännin/Landeshauptfrau, oder Fürst/in oder Fürst:in alternativ FürstIn und Statthalter:in oder Statthalter*in oder StatthalterIn, um auch den angehenden Beamt:innen oder Beamt*innen oder BeamtInnen oder Beamtinnen oder Beamten die korrekte Ansprache zumindest von zwei von derzeit drei Gender*innen richtig anzusprechen. Als Zusatzpunkt würde sie fragen, wie man das dritte Geschlecht, abgekürzt mit „d", dass sich bis heute bei ihr noch nicht vorgestellt hat, richtig anzusprechen ist.

Als weitere Herausforderung wäre folgende Frage geeignet: Wie lange muss man nach einem positiven Ergebnis einer Covid-Testung in der Steiermark, im Burgenland und in Wien in Quarantäne bleiben und welche Strafen stehen darauf, wenn man die Auflagen verletzt? Sollte sie jemals in Verlegenheit kommen, an der Akademie zu lehren, würde sie bestimmt ihre leicht sadistische Ader mit Testfragen dieser Art ausleben.

Den physischen Gesundheitscheck überstand sie ohne größere Beanstandungen, lediglich attestierte man ihr einen B12-Mangel und unterdurchschnittliche Eisenwerte. Selina wusste, dass es sich hierbei um Folgeerscheinungen ihrer seit dem 14. Lebensjahr veganen Ernährung handelte. Damals war weniger die Überzeugung, dass sie mit diesem Lebensstil die Welt verbessern könne, der Antrieb, auf tierische Produkte zu verzichten, als vielmehr ihrem Vater einen imaginären Tritt zu verpassen. Er liebte alles, was ein Schwein auf dem Teller hergab und glaubte, seine Kinder, respektive seine Töchter, hätten die gleichen Essvorlieben. So wurde in der Zeit, als die Familie noch aus fünf Frauen und einem Mann bestand, beim Kirchenwirt nicht nach dem Gusto der Familienmitglieder gefragt, sondern der Patriarch bestellte generell die größte Haus- oder Schlachtplatte, je nach Angebot, die man in diesem Gasthaus servierte. Üblicherweise bestand dieses kulinarische Deeplight – Highlights waren sowieso keine auf der Speisekarte zu finden – zu neunzig Prozent aus Schweinefleisch in verschiedensten Zubereitungsarten, neun Prozent Pommes frites und einem Prozent Tiefkühlgemüse, bestehend aus Erbsen und Karotten. Schon aus Protest gegen ihren Vater begnügte sich Selina mit 0,5 Prozent der Platte, sprich der Hälfte des Gemüses. So hat sich Selina daran gewöhnt, auf alles, was von einem Tier stammte, zu verzichten.

Dass beim Sporttest der Großteil der verbliebenen Kandidaten auch noch die Segel strich, kam nicht überraschend. Selina hatte sich schon gewundert, wie die durchwegs mit mehr oder weniger üppigen Schwimmreifen versehenen Damen und Herren je einen flinken Verbrecher jagen wollten. Beim manchen gesellten sich zu den entknoteten olympischen Ringen um die Leibesmitte Hüften, deren Gebärfreudigkeit kein Ende finden wollten, bei jedem Schritt gefährlich wabbernde Oberschenkel und richtig dicke Waden. Bei diesem Anblick hätte es sogar den Bad Goisener Vollblutbarden die Stimme verschlagen! Schon nach der Aufwärmrunde hingen diesen Diabetesanwärtern die Zungen bis zum Boden und sie standen keuchend und japsend mit hochrotem Kopf, der jeden Moment zu explodieren drohte, vor dem Trainer, der mitleidig seinen Blick auf den untrainierten Haufen richtete. Aber dass Selina alle hier Anwesenden in jeder einzelnen Übung um Längen schlug, war umso bemerkenswerter, da sie sich selbst nie als besonders sportlich eingeschätzt hatte. Gefühlsmäßig war sie hier die Einäugige unter den Blinden.

Zu den groben Fitnessdefiziten gesellte sich zum Verdruss der Lehrer der ausgeprägte Bodykult so mancher Aspiranten. Leider ging der Schuss, seinen Körper mit bunten Bildern vollzupflastern, nach hinten los, denn um in den Polizeidienst treten zu dürfen, musste die sichtbare Haut frei von Farbe und Muster sein.

Die letzte Hürde, die es zu nehmen galt, war der psychologische Eignungstest. Selina saß einem mittelalterlichen Glatzkopf gegenüber, der ständig mit der Hand über seinen imaginären Scheitel strich, als ob er eine wilde Mähne zu bändigen hätte. Offenbar war er von Selinas Erscheinung so erregt, dass er kaum in der Lage war, einen einzigen Satz syntaktisch auf die Reihe zu bringen, und er korrigierte sich ständig. Selina war höchst amüsiert, und um ihm das Leben noch schwerer zu machen, als es sich für ihn augenblicklich anfühlte, setzte sie ihren

ganzen Charme ein, indem sie sich während des Gespräches möglichst oft lasziv mit der Zunge über die Lippen
fuhr und ihre Beinbewegungen jenen von Sharon Stone
ungemein ähnlich gerieten, sodass er nach zehn Minuten
endgültig die Nerven verlor und ihr ideale Voraussetzun-
gen für den Beruf als Polizistin bescheinigte.

So kam es, dass ihre Eltern unabhängig voneinander kurz
vor der Matura hochgradig nervös waren, weil Selina angeblich noch nicht wusste, was sie mit ihrem weiteren
Leben anfangen würde, und sie sich von guten gemeinten
Ratschlägen kaum erwehren konnte.

Auf der einen Seite ihre Mutter, die sie auf die Universität
drängte, um sie irgendwann zur hochkarätigen Juristin
aufsteigen zu sehen, oder dass sie einen Staranwalt –
zumindest einen, der es werden wollte – nach Hause
schleppte. Auf der anderen der Vater, der ihr diese und
jene gute Partie zum Heiraten empfahl, weil er nicht im
Traum daran dachte, dass seine Tochter nichts von einem
Mann als Bettgenossen hielt.

Die Bombe platzte, als Selina die schriftliche Bestätigung
erhielt, dass sie auf der Polizeiakademie aufgenommen
worden sei, und ihre Mutter wieder einmal aus Versehen
Selinas Post öffnete. Den Schrei, den sie von sich gab,
hörte wahrscheinlich halb Gleisdorf und man durfte sich
wundern, dass nicht gleich Rettung und Notarzt Minuten
später vor der Türe standen und die hyperventilierende
Frau ins Krankenhaus einlieferten. Sie konnte und wollte
nicht glauben, dass ihre Tochter, deren glänzender Karriere als Rechtsverdreherin rein gar nichts im Wege stand,
sich der Polizei verschrieben hatte. Es war das erste Mal
seit der Trennung von ihrem Mann, dass sie ihn aktiv
anrief und ihm die Hiobsbotschaft mitteilte. Während
Selina und ihre Mutter noch darüber stritten, wie die
Zukunft der Tochter auszusehen habe, brauste ihr Vater

in seinem neuen Geländewagen an und stapfte fuchsteufelswild in die Wohnung.

„Sag mal, spinnst du! In unserer Familie geht man nicht zur Polizei, weder etwas anzeigen und schon gar nicht dorthin arbeiten. Hast du das kapiert! Eine Schande ist das für die ganze Familie ..."

Selina konnte ein Grinsen nicht unterdrücken, weil ihr die Situation mehr als grotesk erschien. „Aha, für welche Familie genau?", fragte sie ihn und gleichzeitig duckte sie sich, weil sie sich nicht sicher war, ob er ausholte.

„Hör mal! Du sagst den Unsinn ab und machst was Anständiges aus deinem Leben, verstanden?"

„Was ist anständiger, als zur Polizei zu gehen?", fragte Selina, auch wenn ihr schön langsam nicht mehr ganz wohl war.

Ihr Vater war ein stattlicher Mann und hatte ungemein grobe Pranken. Eine Ohrfeige könnte wirklich weh tun! Aber würde er es wagen, sich an der künftigen Polizeischülerin zu vergreifen? Vermutlich nicht.

Wie ein wildes Tier rannte er in der Wohnung auf und ab, die Mutter hinter ihm im Gleichschritt.

„Hans, tu nichts Unüberlegtes. Sie ist doch auch dein Kind." Auch sie fürchtete nun, dass er seine Hand gegen seine eigene Tochter erheben würde.

Mit dem oftmaligen Auf- und Abrennen im Wohnzimmer schien der Zorn langsam zu verrauchen und plötzlich blieb er abrupt vor Selina stehen. Er kniff die Augen zusammen, ihre Nasenspitzen berührten sich fast.

„Ich sage dir eines, wenn du je versuchst, mir ans Bein zu pinkeln oder in meiner Firma zu schnüffeln, dann weiß Gott, dann vergesse ich, dass du mein Fleisch und Blut bist." Sprachs, zischte zur Tür hinaus und drosch sie mit solch einer Wucht zu, dass die kleine gelbe Vase auf der

Konsole im Vorraum zu Boden fiel und in tausend Scherben zersprang.
Stumm und mit offenem Mund stand Selinas Mutter da.
Selina hatte nun kapiert, wieso ihr Vater nie und nimmer
wollte, dass sie Polizistin werden würde.

3.

Selina hat den Hörer aufgelegt, schnürt sich das Holster mit der Dienstpistole um, schnappt sich Handschellen und Pfefferspray, montiert die Utensilien am Hosengürtel und schlüpft in die bequemen Stiefeletten, die unter ihrem Schreibtisch stehen. Dann nimmt sie ihre warme Jacke vom Haken und geht hinaus zu den beiden Kollegen, die sich noch im Halbschlaf befinden, den Selina mit einem lauten „Auf geht's!" jäh beendet. Beide springen auf, sehen sie mit überraschten und fragenden Augen an, warum sie den seligen Weihnachtsschlaf mit gespieltem Aktionismus unterbricht.

„Ein Toter meine Freunde, im Stuwerviertel. Wer von euch fährt?"

Es setzt keine Widerrede oder Frage, denn wenn Selina in diesem Ton anfängt, ist es besser, den Mund zu halten. Der kleinere mit den blonden Locken hebt den Zeigefinger, was so viel heißen soll wie: „Ich fahre."

„Gut, du ...", Selina deutet auf den anderen, „... rufst die Spusi an, dann die Kollegen im Viertel, sollen vor dem Haus absperren. Und wehe, ich sehe einen, der nicht zu den Uniformierten gehört vorm Haus herumtrampeln oder gar einen mit Kamera und Mikrofon, dann rauscht es. Klar?"

Die beiden Polizisten nicken, während sie in ihre Jacken schlüpfen, ihre Kappen aufsetzen und wie gehetzte Hunde zur Türe hinauseilen.

„So eine Scheiße", brummt Selina vor sich hin.

Heiligabend und der Ferdi sitzt in der Kirche. Sie kann schlecht zur Votivkirche fahren, ihn ausrufen lassen oder ihn, wenn er gerade in der Bank seine Knie wund wetzt und voller Verzückung beim Halleluja mitkrächzt, aus seinem Weihnachtsrausch reißen, denn dass man sich nüchtern dieser Zeremonie hingibt, kann Selina nicht begreifen.

Als Selina zum Wagen kommt, sitzen ihre beiden Kollegen bereits drinnen, der eine am Steuer, der andere am Funkgerät. Sie nimmt im Fond des Autos Platz und mit lautem Tatütata und Blaulicht geht es in Richtung der angegebenen Adresse.

Nach zehnminütiger halsbrecherischer Fahrt durch die heute friedlich anmutende Stadt bleiben sie vor dem besagten Haus stehen. Ein Blick aus dem Fenster lässt Selinas Groll noch weiter anschwellen. Nein, das wird keine lustige Sache. Keine Ehefrau, die ihren Mann erdolcht hat, weil er zu spät und höchst illuminiert von Wein und Schnaps zur Vertilgung der verbrannten Weihnachtsgans eintraf, und nun geständig unter dem Christbaum kniet. Sie stehen vor einem Laufhaus. Jemand hat den Begriff Weihnachten – Fest der Liebe – offenbar falsch verstanden und zudem dürfte er der Herzensdame zu sehr an die Wäsche gegangen sein, dass sie sich nur mit einem gezielten Schlag auf den Schädel wehren konnte. Ach ja, sie habe ihn nicht umgebracht, flüsterte ihr der wissende Kollege vom Notdienst.

Selina hasst Morde im Milieu, wie man es freundlich umschreibt, denn eines hat sie gelernt: Auch wenn die Damen die Wahrheit sagen, steht für jeden männlichen Ermittlungsbeamten fest: Nutten lügen. Und das führt unweigerlich zu internen Reibereien, wenn es um die Aufklärung eines Falles geht.

4.

Als Selina und ihre Kollegen aus dem Wagen steigen, sind die Beamten vom örtlichen Wachzimmer gerade dabei, das Trassierband zu spannen und die wenigen neugierigen Passanten zu verscheuchen. Vor dem Eingang stehen drei leicht bekleidete Damen und bibbern in der Kälte in durchsichtigen Negligés und auf strassbesetzten High Heels um die Wette. Selina bahnt sich den Weg durch die Leute und geht geradewegs auf jene Blondine zu, die mit den Händen in der Luft fuchtelt und mehr oder minder unartikulierte Laute von sich gibt.

„Hierr, Mann tot, hat Loch im Kopf. Ich solche Angst, rrufen Not." Die Frequenz ihrer Stimme hat eine ungeahnte Höhe erreicht und in Kombination mit dem sonst verrauchten oder besser gesagt verruchten Timbre schrillen die Töne an Selinas Trommelfell, das sich nachgiebig ein Stück nach innen stülpt, um nicht zu zerreißen.

„Ganz ruhig meine Damen", versucht sie Ordnung und vor allem Ruhe, in die Situation zu bringen. „Kommen Sie!" Sie hakt sich an der Animierdame unter. „Gehen wir hinein. Hier holen Sie sich bestenfalls eine Blasenentzündung und die ist definitiv schlecht für das Geschäft."

Mit einer ausladenden Geste bittet sie die anderen beiden Halberfrorenen ins Haus und deutet ihrem blond gelockten Kollegen, er möge ein Auge auf die zwei Damen werfen, die bis dato nur vor Entsetzen vor sich hingestarrt und noch keine Silbe von sich gegeben haben.

Die üppige Blondine scheint die Anruferin zu sein und auch jene Lady, die den Toten gefunden hat. „Da heißt es ein bisschen sensibel vorgehen, die ist noch völlig durcheinander", denkt Selina.

Sie steuern Arm in Arm auf die schmuddelige Bar zu und Selina bittet ihre Begleitung, sich zu setzen, dann geht sie hinter den Tresen, schenkt ein Glas Wasser ein und reicht es der Dame. Diese wischt sich die Tränen, vermischt mit Wimperntusche und der dicken Schminke, mit dem Handrücken von den Wangen und schüttelt nur den Kopf.

„Brrauche jetzt Wodka, nix Wasser. Wasser nix gut gegen Schock."

Selina hebt die Augenbrauen. Als strikte Antialkoholikerin ist ihr dieser Wunsch fremd, wenngleich sie in ihrem Beruf immer wieder auf Leute trifft, die glauben, dass der Flaschengeist ein Schockbekämpfungsmittel sei. „Wie kann man in dieser Situation nur saufen", schießt es ihr durch den Kopf, sie sucht aber trotzdem in der Stellage hinter sich nach diesem abscheulichen Gesöff. Für eine Nichtgeübte findet sie in kurzer Zeit das widerliche Zeug und will gerade ein wenig davon in ein Glas gießen, als die Frau ihr die Flasche aus der Hand reißt, diese an ihren Mund setzt und das Gebräu, ohne richtig zu schlucken, die Kehle runterrinnen lässt. Mit einem Knall stellt sie die Flasche auf den Tresen und lässt einen Rülpser los, vor dem so manch besoffener Rüpel vor Respekt salutieren würde.

Selina spürt, dass es keinen Sinn hat, diese Dame zu bitten, sie zum Tatort zu begleiten, daher ersucht sie ihren Kollegen, auch auf sie aufzupassen und ihr auf keinen Fall noch einen Schnaps zu geben. Sie selbst möchte kurz das Zimmer mit dem Toten inspizieren. Während sie sich von einem anderen Beamten den Weg in den ersten Stock zeigen lässt, streift sie ihre Handschuhe über, kramt nach ihrer Nasenklemme in der Jackentasche und kontrolliert, ob ihre Waffe sich auch im Holster befindet. Eine Manie quasi.

Als Selina den Raum betritt, bleibt ihr fast der Atem weg. Nicht dass sie das erste Mal in einem Etablissement stehen würde, in ihrem Job kommt das ab und an schon vor, aber hier stinkt es besonders abscheulich. Die Mischung aus Schweiß, Sex, billigem Essen, harten Getränken und den Hinterlassenschaften des Toten beleidigt die Nase und brennt fast in den Augen. Selina ist froh, dass sie sich ihre Klemme auf die Nase heften kann, auch wenn das Zwicken nur für kurze Zeit erträglich ist und sie nicht weiß, ob es gesund ist, diese widerliche Duftmischung durch den Mund einzuatmen. Sie geht auf den Leichnam zu, soweit es die Anweisung der Spurensicherung zulässt, und betrachtet ihn. Ein Asiate, vermutlich Chinese, nicht besonders groß, schmächtiger Körperbau, ein zu großer Kopf auf einem runzligen Hals und mitten auf der Stirn ein kreisrundes Loch. Volltreffer sozusagen. Ihr Blick wandert unter die Gürtellinie und beinahe fasziniert betrachtet sie seinen winzigen Penis, der noch immer im Kondom steckt. Um ernst zu bleiben und sich einen blödsinnigen Kommentar zu verkneifen, konzentriert sie sich auf das Gesicht. Die Augen sind weit aufgerissen, der Mund noch offen, als ob er hätte schreien wollen, dabei entblößt er seine gelbbraunen unappetitlichen Zähne.

Selina dreht sich angeekelt weg. Wieder fragt sie sich, wieso Mundhygiene für die meisten chinesischen Männer scheinbar eine sehr volatile Angelegenheit in Sachen Körperpflege ist. Anders kann sie es sich nicht erklären, wieso sie bis heute auf kaum einen Bewohner des Reiches der Mitte traf, der nicht mehr oder minder krass aus dem Mund stank und dessen Gebiss nicht in allen erdenklichen Erdtönen schillerte. Langsam schlendert sie durch das kleine Zimmer, ohne irgendetwas zu berühren. Es wird kalt und sie fröstelt, bis sie bemerkt, dass das

Fenster, vor dem der Erschossene liegt, sperrangelweit aufsteht.

„Wer hat das Fenster geöffnet?", fragt sie streng in den Raum.

„War schon offen", kommt es von einem der umherschwirrenden Beamten zurück.

„Aha", denkt sie, „das heißt, jemand könnte durch das Fenster auf ihn geschossen haben, aber Glassplitter oder gar ein Loch in der Scheibe sind nicht auszumachen." Ein kurzer Rundumblick sagt ihr, dass es für sie im Moment nichts mehr zu tun gibt.

„Das ganze Zeug einpacken", ordnet sie noch an und deutet auf einen Sessel, auf dem Kleidungsstücke liegen. Dann nimmt sie die Klemme von der Nase, zieht die Plastikhandschuhe aus und begibt sich wieder eine Etage tiefer.

5.

Selina mag ihre Arbeit grundsätzlich gerne, doch meistens ist sie weniger spektakulär, als einem TV-Serien und spannende Thriller weismachen wollen. Selbst in der Mordkommission steht man selten vor Rätseln und muss nicht ewig ermitteln oder nach dem Täter fahnden, ehe man ihn zur Strecke bringen kann. Die meisten Mord- und Totschlagfälle ereignen sich innerhalb der Familie oder im Bekannten- oder Freundeskreis, und das im Affekt. Häufig sind es Eifersuchtsdramen, kombiniert mit b'soffenen G'schichten. Die Täter sind üblicherweise schneller geständig, als so manchem Kriminalisten mit Hingabe zu seinem Job lieb ist, und der Akt ist schon Tage später für die ermittelnden Beamten geschlossen. Manchmal gibt es noch ein kleines Nachspiel in der U-Haft, wenn der Mörder nicht willens ist, gleich auszupacken, oder das eine oder andere Mal entwischt einem der Kerl. Meist aber nur für Stunden, denn die Verstecke sind selten besonders originell. Sie verschwinden dorthin, wo sie sich sicher und geborgen fühlen, nur weiß meist die ganze Nachbarschaft oder die Verwandten, wo man den Flüchtigen finden kann.

Selina wird mit Ende des Jahres nur zwei Akten schließen und einen davon, den sie mit ihrem patenten Kollegen Ferdi nicht aufklären konnte, ins Archiv räumen müssen. Einen Fall mussten sie schweren Herzens an das Kriminalamt Villach abtreten. Dem dortigen Leiter der Mordkommission lag leider weniger an der Zusammenarbeit und somit an der Aufklärung des Falles. Trotzdem hatte er alle möglichen Eskalationsschritte ausgenutzt, um mit dem Akt betraut zu werden. Warum ihm so sehr daran lag, ist bis heute für manche ein ungelöstes Rätsel. Da es sich um einen Mord an einem Kärntner Lokalpolitiker handelte, dessen Couleur in seiner Heimatgemeinde mehr als gängig war, und derjenige, der ihm mit einem Hackbeil eines über den Schädel gezogen hat, so ganz in der anderen politischen Ecke angesiedelt war, ist Selina jedoch klar, wieso er sich förmlich um die Arbeit gerissen hat. Der Möglichkeit, dass die Anklage auf Totschlag lautete – immerhin waren die beiden Widersacher zum Tatzeitpunkt, einer Samstagnacht, bei einem der dörflichen Feuerwehrfeste, sturzbetrunken –, wurde vom Kriminalen so lange widersprochen, bis man den Kerl tatsächlich wegen vorsätzlichen Mordes vor Gericht zerrte. Selina kennt diesen Komiker von Kriminalen nur zu gut, denn sie hatte das Vergnügen, zwei Jahre in der Polizeiakademie seine Klassenkameradin zu sein, und selbst auf der Fachhochschule, auf der es um die Ausbildung zum leitenden Kriminalbeamten ging, musste sie diesen Idioten vier Jahre im selben Raum ertragen. Wäre er eine Frau, müsste man sich ernsthaft fragen, durch welche Betten er auf dem Weg nach oben gewandert ist. So aber kann man an seinem braunen Hals die Ringe abzählen, in wie viele Hinterteile er gekrochen sein muss, um endlich dort zu landen, wo er jetzt residiert. Dass nicht nur sein Hals braun ist, sondern das blaue Blut in seinen Adern eher dunkel erscheint, ist in Insiderkreisen zwar bekannt, man kann es aber nur hinter vorgehaltener Hand erwähnen, um seine Aufstiegshilfen nicht in Verlegenheit zu bringen. Seit dieser Miesepeter den Posten innehat, ist die Aufklärungsquote in Kärnten um einen zweistelligen Prozentsatz gesunken und die halbe Mannschaft hat sich in andere Bundesländer versetzen lassen. Diese Tatsache müsste eigentlich Bände sprechen und eine Abberufung wäre überfällig, aber wie ist das mit den Krähen und ihren Augen?

Der zweite Fall berührte Selina tief. Vor etwas mehr als zwei Jahren fand man ein dreijähriges Mädchen in einem kleinen Waldstück im schönen Helenental. Die Kleine war stranguliert worden und die Verletzungen im Genitalbereich ließen die schlimmsten Vermutungen zu Tatsachen werden. Selina war damals mit den Nerven am Ende, als sie das kleine leblose Bündel sah und später den unglaublichen Obduktionsbericht in ihren Händen hielt. Nächtelang konnte sie nicht schlafen und brütete über jedes kleine Detail, welches man bei den Ermittlungen übersehen hätte können. Das Schlimme an der Sache war, dass dieses Mädchen offenbar niemandem abging, keiner vermisste ein Kleinkind. Das war für Selina so unfassbar, dass sie nahe dran war, den Job hinzuschmeißen, weil sie mit dieser bösen Welt nichts mehr zu tun haben wollte.

Ferdi hatte sie damals wieder aufgerichtet. Sie führten lange Gespräche, Stunden um Stunden, Abend für Abend, bis sie wieder Boden unter ihre Füße bekam und sich nach und nach an das Grausame im Menschen gewöhnte. Der oder die Täter wurden nie gefasst und so sehr man nach einer Parallele zu anderen Fällen in Österreich und in Europa suchte, man kam kein bisschen weiter. Nun wird dieses grausame Verbrechen ad acta gelegt und wahrscheinlich nie jemand zur Rechenschaft gezogen werden, wenn nicht Kommissar Zufall ein hartes Stück Arbeit leistet.

Als Selina nun die Stufen zum Entree hinuntergeht, weiß sie schon, dass weder die Blondine noch eine ihrer beiden Arbeitskolleginnen den Toten auf dem Gewissen haben. Sie spürt instinktiv, dass sie endlich wieder einmal an einem toughen Fall dran ist, der sie fordern wird und an dem sie sich die Zähne ausbeißen muss, um ihn zu lösen. Es ist nur schade, dass Ferdi nicht von Anfang an dabei sein kann.

6.

Endlich hat sich die großbusige blonde Frau so weit gefasst, dass sie wenigstens in der Lage ist, in einigermaßen zusammenhängenden Sätzen den Vorfall aus ihrer Sicht zu schildern.

„Kunde war schnell, verstehst du. Hat ganze Stunde bezahlt, war aber schon nach Viertelstunde ferrtig. Dann wollte noch mal Bumbum machen. Hab gesagt, nix da, du bezahlt fürr einmal, wenn noch einmal, musst du Moneten wachsen lassen. Wollte, wie sagt man, Geizkrragen nicht." Sie wischt sich mit einem Taschentuch ein paar Tränen aus den Augen. „Dann ich gegangen Bad. Mich wieder frisch machen und so. Hab gehörrt komisches Gerräusch durch Tür. Denke, Chinese aus dem Bett gefallen. Hab schnell Slip angezogen und Mantel. Dann ist er da gelegen, mit Loch im Kopf, tot!" Sie beginnt wieder zur schluchzen und schnäuzt sich geräuschvoll.

„Okay, den Schuss haben Sie nicht gehört?", fragt Selina. „War das Fenster offen oder die Türe? Haben Sie jemanden davonlaufen gesehen oder gehört?"

„Nein, nix gehört oder gesehen! Fenster ich aufgemacht, schreien ‚HILFE!' aber Heiligabend heute und kalt, alle Leute daheim und Fenster zu. Dann ich suchen mein Handy, rrufen Not und laufen aus Zimmer."

„Ähm, war die Türe offen oder zu?", fragt Selina noch einmal.

„Türre von Zimmer steht offen, ganz weit. Mörrder muss in Haus gewesen sein." Völlig aufgelöst beginnt sie wieder zu weinen. „Hätte mich auch töten können!"

„So betrachtet hat die Dame recht", denkt Selina, „aber das wird man alles noch klären müssen."

So einfühlsam wie möglich fragt sie: „Wie ist denn Ihr Name." Noch will sie ihr nicht verraten, dass es besser ist, wenn die drei Frauen mit auf die Wache kommen.

„Smirna. Smirna Valikova aus Belarus."

Selina blickt zur Theke und betrachtet die Wodkaflasche. Klar, sie und Wodka sind Verwandte, Seelenverwandte.

„Also, Smirna, hier können Sie und Ihre Kolleginnen heute nicht mehr bleiben. Das ist klar, oder? Wo wohnen Sie?"

Smirna schaut Selina völlig verständnislos ins Gesicht.

„Wohne hierr", antwortet sie beinahe entrüstet.

„Na ja, das spart Mietkosten und ein Dach über dem Kopf hat man ebenfalls", denkt Selina.

„Ähm, ja. Im Zimmer da oben?", fragt Selina vorsichtig. Könnte doch sein, dass sie noch einen anderen Raum benutzt.

„Sicher", kriegt sie zur Antwort.

„Tja, das wird nun kompliziert, denn ich denke, Sie möchten sich etwas anziehen, aber in Ihr Zimmer, da dürfen Sie in den nächsten Tagen bestimmt nicht hinein."

„Kein Prroblem borrge mir Kleider von Katja." Mit dem Kinn deutet sie in die Richtung der beiden Damen. Eine von denen könnte die blauschwarzhaarige Zwillingsschwester von Smirna sein.

„Smirna, Sie haben nichts gehört und gesehen. Gibt es Kameras in diesem Etablissement, Überwachungskameras?"

„Nix Kamera. Emil sagt, schlecht für Geschäft. Geschäft seit Covid sowieso schon schlecht, mit Kamera noch schlechter."

„Na toll", denkt Selina, „ein Sparefrohzuhälter, dem es egal ist, wie seine Mädchen von den Freiern behandelt werden." Die mag sie besonders gerne.

„Emil ist wer?", fragt sie laut.

„Emil? Emil ist Chef vom Laden."

„Hat er auch einen Nachnamen und eine Adresse vielleicht? Und wo ist Emil heute?"

Als ob Selina vergessen hätte, dass Heiligabend, nein, nun schon Heilige Nacht ist, belehrt Smirna sie: „Emil zu Hause bei Familie, heute feiern Weihnachten. Emil gut Mensch, zwei Kinder. Hat gezeigt Geschenke für Kinder, viele Geschenke und hat grroße Christbaum. Jedes Jahr die gleiche." Und mit einem Augenzwinkern fügt sie hinzu: „Ist Plastik. Prraktisch, nicht?"

So genau wollte Selina nicht über Emil Bescheid wissen, Nachname und Adresse genügen ihr vorerst.

„Also Nachname von Emil?" Verflixt, jetzt verfällt sie auch noch in den Ostblockjargon und spricht nicht mehr in vollständigen Sätzen.

„Emil Wotruba. Adresse ich nix wissen. Er nie verraten."

„Eine Telefonnummer von Emil wird es aber geben."

„Sicher." Smirna fischt mit ihren langen roten Fingernägeln hinter die Theke und zieht ein Handy in einer schweinchenrosa Hülle mit einem Riesenpenis hervor. Mit den Spitzen ihrer Nägel versucht sie, den Code einzutippen, was nahezu wie eine Akrobatikübung für Finger anmutet. Endlich hat sie es geschafft.

Sie dreht das Handy zu Selina. „Da, da ist Nummer von Emil." Auf einen Barblock, der zufällig auf dem Tresen neben einem Bleistift liegt, notiert sich Selina die Ziffern.

„Gut, Smirna, ich werde noch mit Katja und der zweiten Kollegin sprechen, inzwischen können Sie sich umziehen. Danach fahren wir auf die Wachstube und nehmen die Protokolle auf. Wie gesagt, hier dürfen Sie nicht bleiben und morgen, nein, heute schauen wir, wo Sie die nächsten Tage wohnen können."

Smirna nickt, aber sie wirkt am Boden zerstört. Gerade ist für sie und wahrscheinlich auch für ihre Familie in

Weißrussland die Einkommensquelle für eine Zeit lang versiegt. Zumindest so lange, bis die Untersuchungen abgeschlossen sind und ihr Arbeitsplatz wieder freigegeben ist.

7.

Während Selina im Polizeiwagen zurück zur Dienststelle fährt, überlegt sie, der wievielte tote Chinese dieser hier in ihrer bisherigen Karriere ist. Dass es sich um einen solchen handelt, hat sie schon bestätigt bekommen. Der Ausweis steckte in der Sakkotasche. Sein Name ist Bo Zhang und er ist 1980 in Fujian geboren.

Selina erinnerte sich, dass sie in ihren Anfängen den Tod eines Chinesen aufzuklären hatte. Damals waren Ferdi und sie noch kein so zusammengeschweißtes Team wie heute, und sie durfte mehr oder minder nur die Handlangertätigkeiten für den versierten Kommissar erledigen, der die junge Kollegin noch mit Misstrauen beobachtete. Das Opfer war ein mittelgroßer Fisch in der chinesischen Drogenmafia, der dummerweise den falschen Markt aufrollen wollte, nämlich Mailand und Umgebung. In Unkenntnis, dass es in Italien etablierte, und besser organisierte Gruppierungen gab, versuchte er sich mit gestrecktem Kokain, das er billig an den Mann bringen wollte, in die oberitalienische Szene einzukaufen. Das ging genau eine Woche gut, bis man ihm ganz offenbar einen Berufskiller an den Hals hetzte, der ihm mitten in Wien bei der Übergabe eines heißen Paketes in einer Tiefgarage das Licht auslöschte. Mit enormem Einsatz und Engagement gelang Selina und Ferdi, den Mörder tatsächlich zu fangen. Er hatte am Tatort eine Kreditkarte verloren, die zwar gefälscht war, aber er hatte mit dieser die Reservierung seiner Unterkunft vorgenommen. Der Kerl war ein ehemaliger französischer Fremdenlegionär, der seine Brötchen nach Beendigung seiner Einsätze in Nordafrika mit Umlegen des einen oder anderen kriminellen Zeitgenossen auf Geheiß der Mafia verdiente. Obwohl man ihn ziemlich in die Mangel nahm, verriet er seine Auftraggeber nie. Leider kam es nie zur Abschiebung oder zu einem Prozess und auch nicht zur Verurteilung, weil er sich in der Untersuchungshaft erhängte. Wie der Strick in seine Zelle gekommen war, blieb ein Rätsel.

Ihre zweite Begegnung mit einem Chinesen, der in Wien sein Leben lassen musste, war vor vier Jahren, kurz vor Weihnachten. Es hatte wie verrückt geschneit und in der Notrufzentrale ging ein Anruf von einem Busfahrer ein, dass soeben ein Fahrgast tot in seinem Wagen zusammengebrochen sei. Er tippe darauf, dass er vergiftet worden sei, denn unmittelbar vor seinem Hinscheiden sei der Mann noch quietschfidel in den Bus gestiegen. Das Gefährt stand auf dem Parkplatz vor dem Schloss Schönbrunn. Selina raste allein zum Tatort, denn Ferdi lag halb sterbend mit Männerschnupfen im Bett. Als Selina mit zwei Kollegen am Ort des Geschehens eintraf, glaubte sie an einen billigen Scherz. Vor dem Bus standen mit Jogginghosen, weißen Socken und dünnen Halbschuhen bekleidet vierzehn chinesische Touristen, rauchten und schwatzten unaufgeregt. Es machte so gar nicht den Eindruck, als ob soeben ein Mitreisender das Zeitliche gesegnet hätte. Nur eine Dame, ebenfalls mit ausgeprägt asiatischen Zügen, rannte mit einem Handy am Ohr völlig planlos vor dem Einfahrtstor des Schlosses auf und ab und redete auf ihren Gesprächspartner am anderen Ende der Leitung wie ein Wasserfall ein. Der Busfahrer, ein voluminöser gestandener Wiener von Mitte vierzig, stand vor dem Einstieg, rauchte ebenfalls und schien Rettung sowie Polizei schon ungeduldig zu erwarten.

Selina, die gleichzeitig mit dem Notarzt aus dem jeweiligen Wagen sprang, sprintete auf den Busfahrer zu, so ebenfalls der Arzt mit einem weißen Koffer in der Hand.

Mit einem Kopfnicken machte der Busfahrer Platz und deutete in den Wagen mit den Worten: „So eine Sauerei, jetzt hat mir der Typ, bevor er den Löffel abgegeben hat, auch noch den Sitz vollgekotzt."

Selina ging nicht näher auf seinen Kommentar ein und fragte nur in Richtung der herumstehenden Leute: „Sind das alle Fahrgäste oder fehlt da einer?"

„Sind alle, außer dem, der drinnen liegt", brummte der Chauffeur und musterte Selina aufmerksam, als ob er sich gerade fragte, wieso diese ausgesprochen attraktive Frau ihren Dienst bei der Polizei verrichtete.

Selina stieg ebenfalls in den Wagen, in dem der Notarzt, der sich über den Toten gebeugt hatte, seine erste Einschätzung kundtat.

„So wie der stinkt, hat er sich in Alkohol ertränkt. Ich lass ihn in die Prosektur bringen, heute Abend weiß man Näheres."

„Der ist noch nicht lang dabei und übermotiviert", dachte sich Selina, denn sie kannte das Arbeitstempo der Pathologen und schmunzelte über den Eifer des Jungarztes.

Die rasche Diagnose des Mediziners schien jedoch den Tatsachen zu entsprechen. Selina öffnete den Rucksack, der neben dem Toten auf dem Sitz lag. Das Erste, was ihr ins Auge stach, war eine leere Spirituosenflasche. Der Aufkleber war auf Chinesisch verfasst und als sie die Flasche öffnete und daran roch, stieg ihr der Gestank nach alten Socken in die Nase. Maotai, nahm sie einmal an, zumindest kannte sie das Gesöff aus diversen Schilderungen sinophiler Freunde, ein Schnaps aus roter Hirse und Weizen hergestellt, wahrscheinlich mehrfach gebrannt, mit einem Alkoholgehalt, der jenseits der 50 % lag. Allein durch Schnuppern an diesem hochprozentigen, grässlich riechenden Gebräu hatte sie das Gefühl, dass ihr das Augenlicht genommen wurde.

Selina stieg wieder aus dem Bus, ließ ihren Kollegen den Eintritt, um die nötigen Arbeiten zu erledigen, und widmete sich jener Dame, die ihr aufgeregtes Telefonat in der Zwischenzeit beendet hatte. Irritiert machte sie einen Seitenblick auf die anderen Fahrgäste, die noch immer in der gleichen Formation dastanden, nun aber von einem Bein auf das anderen traten, weil sie allmählich froren und der nasse Schnee nicht unbedingt für Behaglichkeit an ihren dünnbeschuhten Füßen sorgte.

Jene Dame stellte sich als Hao Liu vor und war die Reiseleiterin der Truppe. Ohne dass Selina sie fragen musste, begann sie zu reden. Selina hatte angesichts der Redegeschwindigkeit und der r-losen Artikulation Mühe zu folgen.

„Diese Mann hat gesoffen, viel Schnaps. Wahscheinlich hat Hez das nicht ausgehalten. Jetzt haben wi Plobleme. Blauchen neuen Bus. Stinkt im Bus. Will fahlen heute noch nach Hallstatt."

Selina wollte den Wortschwall nicht unterbrechen und wartete ungeduldig, bis die Dame fertig war.

„Ich bin Selina Hinterstopfer und untersuche den Fall. Heute werden Sie nirgendwo mehr hinfahren. Ich muss Sie bitten, dass Sie meinen Kollegen die Daten aller Reisenden geben und in Wien bleiben." Ihr Ton war bestimmt und klar.

„Oh mein Gott, das geht nicht. Leiseloute ist geplant!" Die Bestürzung der Reiseleiterin war sicherlich nicht gespielt.

„Das ist mir ziemlich wurscht." Selina hatte keine Lust, über Reiserouten zu diskutieren, sie empfand es schon seltsam genug, dass keiner der anderen umherstehenden Gäste sich näher um den Vorfall kümmerte.

„Wie bitte, was ist wuscht?"

„Wurscht, ist egal. Erstens ist gerade ein Reisegast gestorben. Kennt ihn von den anderen Gästen denn jemand näher, ist vielleicht gut bekannt oder verwandt?"

Frau Liu schüttelte den Kopf und ging auf die Gruppe zu. Selina folgte ihr.

Sie stellte sich der Gruppe vor, die sie verständnislos anglotzte, aber wie sie befürchtet hatte, war keiner der Touristen der englischen, geschweige denn der deutschen Sprache mächtig. Frau Liu übersetzte und ein Murmeln machte sich breit.

„Nein", sagte sie, „keine kennt den Toten nähe. Sie haben alle bei eine Agentu in Peking gebucht."

„Aha, deshalb ist es jedem wurscht, dass er tot ist", brummelte Selina vor sich hin, und laut: „Also noch mal, keiner verlässt Wien ohne meine Erlaubnis!"

Für Frau Liu schien eine Welt zusammenzubrechen. „Hab keine Zimmel fü Wien. Hotel in Salzbug ist gebucht fü heute!"

Selina ist von Natur ein hilfsbereiter Mensch, aber für eine oder mehrere Nächte fünfzehn Chinesen unterzubringen, und das noch in der Adventzeit, in der für gewöhnlich in Wien bis zum letzten Loch alles ausgebucht ist, war selbst für sie keine lösbare Aufgabe. Sie hoffte, mit ihrem Charme und, wenn der nicht wirkte, mit wortgewaltigem Nachdruck ihre Kollegen in der Gerichtsmedizin dazu zu bringen, dass sie am nächsten Morgen ein Ergebnis hätte und die Touristengruppe aus Wien abreisen könnte. Sie war der festen Überzeugung, dass der Tote einer Herzattacke zum Opfer gefallen und Fremdverschulden zu hundert Prozent auszuschließen war.

„Tja, Sie sind die Reiseleiterin. Da kann ich nicht helfen." Und so nebenbei überreichte sie Frau Liu ihre Visitenkarte. „Rufen Sie mich morgen Mittag an, vielleicht weiß ich schon mehr und Sie können die Reise fortsetzen."

Verdutzt schaute die Dame, die mindestens zwei Köpfe kleiner war als die Kommissarin, zu Selina empor. Sie holte Luft, drehte sich um und übersetzte die Hiobsbotschaft den ihr anvertrauten Reisenden. Plötzlich kam Bewegung in die stoische Masse. Wie wild begannen sie zu gestikulieren und durcheinanderzureden. Selina war fasziniert. Was hatte die Dame ihnen verklickert, dass mit den vermeintlich emotionslosen Asiaten plötzlich die Gäule durchgingen? Eine Zeit lang beobachtete sie die Szene und als man sich etwas beruhigt hatte, fragte sie Frau Liu nach dem Grund der Aufregung.

„Ach, so schwielig. Gluppe kann sich nicht entscheiden, was sie auslassen wollen, wenn wil späte von Wien ableisen. Die einen wollen keinesfalls auf den Besuch in Hallstatt vezichten, die anden wollen unbedingt Gebutshaus von Mozalt sehen und wiede anden müssen nach Wattens. Aber eines wollen alle: Den Chlistkindlmakt in Salzbug will niemand vepassen."

„Frau Liu ist tatsächlich in keiner beneidenswerten Lage", dachte sich Selina mit einer Riesenportion Zynismus.

Eigentlich konnte Selina den Ausbund an Pietätlosigkeit nicht fassen. Ein Mann war vor ihren Augen gestorben und sie keiften über Reiseziele! Sie drehte sich um, winkte und verschwand. Jetzt fühlte sie sich nicht mehr verantwortlich, für diese Leute ein Quartier zu organisieren, obwohl sie kurz in Erwägung gezogen hatte, in den Wiener Justizanstalten nachzufragen, ob für diese Nacht ein paar Zellen verfügbar wären.

Zum Glück lag am nächsten Morgen der Obduktionsbericht tatsächlich vor. Wahrscheinlich wollte man keine Leichen über die Feiertage im Kühlraum lagern haben und die Pathologen legten ein ungewöhnlich hohes Arbeitstempo an den Tag. Wie erwartet, durfte Selina der Gruppe die Frohbotschaft übermitteln, dass sie ihre Reise durch Österreich unbehelligt fortsetzen konnte, weil der Dahingeschiedene keinem Fremdverschulden zum Opfer gefallen, sondern einer Herzattacke erlegen war. Überglücklich, dass sie ihre Reise wieder antreten durften, ließen es sich die Chinesen nicht nehmen, Selina als Zeichen ihres Dankes einzuladen. Da Selina an diesem Mittag kein großes Arbeitspensum mehr erwartete, beschloss sie, die Einladung anzunehmen, und fuhr zur Adresse, die man ihr genannt hatte.

Als sie vor dem heruntergekommenen Bau mitten in Favoriten parkte, schwante ihr Übles. Sie stand vor der verschmutzten Glastüre, die in das ehemalige Chinarestaurant Mao-Ma führte. Dumpf konnte sie sich noch an die Zeitungsmeldungen von vor etwa einem Jahr erinnern. Sie wollte schon auf dem Türabsatz umdrehen und wieder verschwinden, als Frau Liu sie leider erblickte und sie in das Innere des Lokals führte. Voller Stolz berichtete sie Selina, dass es gut sei, viele chinesische Freunde in der Stadt zu haben. So war es ihr gelungen, dass man für diese Nacht ein Dach über den Kopf gefunden hatte. Außerdem hätte der Chef des Hauses sich gerade in die Küche geschwungen und sie würden vor ihrer Weiterfahrt auch noch verköstigt werden. Langsam, aber sicher konnte sich Selina allerdings an die Ermittlungen in diesem Haus erinnern, obwohl sie selbst nicht involviert gewesen war. Hierfür waren die Kollegen vom Wirtschaftsdezernat zuständig gewesen. Sie saß genau in jenem Gebäude, in dem unter grauenhaft unhygienischen Bedingungen Tausende von Teigtaschen zubereitet und in andere Chinarestaurants des Landes geliefert worden waren und man nicht sicher hatte sein können, welches Tier für die Fülle mancher Wan-Tan und Dim-Sum sein Leben lassen hatte müssen. Zudem war dieser Laden behördlich geschlossen und soweit sie informiert war, war er auch nie mehr geöffnet worden, denn es fehlte schon davor die Gewerbeberechtigung für das Betreiben eines Gastronomiebetriebes. Dass der Inhaber zudem nie Steuern abgeführt hatte, war Nebensache.

Als Selina die Gaststube betrat, wurde sie mit Applaus begrüßt. Man nötigte sie, Platz zu nehmen, und Frau Liu lud sie freudestrahlend ein, gemeinsam mit der fröhlichen Runde das Mittagessen einzunehmen. Im selben Moment brachte der Chef eine Platte mit Teigtaschen und eine zweite mit für Selina undefinierbarem Fleisch in einer fetten braunen Soße. Beim bloßen Anblick der Speisen drehte sich Selinas veganer Magen um. Man versuchte sie zu ermutigen, zuzugreifen, und sie musste eine Notlüge auspacken.

„Leider habe ich mir gestern eine Magenverstimmung eingehandelt", schwindelte sie mit einem gequälten Lächeln.

„Macht nix", strahlte die Reiseleiterin sie an, „Luan hat eine wundebale Hühnesuppe. Ich sage ihm, soll blingen. Gut fü Magen!"

Nein, bloß nicht! Nachdem Selina sich auch gegen dieses Angebot erfolgreich gewehrt hatte, wollte sie sich rasch auf und davon machen.

„Also dann … noch eine schöne Reise und bleiben Sie gesund."

Doch sie hatte die Rechnung wahrlich ohne den Wirt gemacht, der nun mit einer Flasche in der einen und einem Schnapsglas in der anderen Hand auf sie zukam.

„Das ist gesund für eulopäischen Magen, ist asiatische Medizin", grinste er sie an und gab die Einsicht auf unzählige Zahnlücken frei.

„Darf ich nicht, ich muss Medikamente nehmen, und außerdem bin ich im Dienst", protestierte Selina und bei genauerem Hinschauen blieben ihr fast die Worte im Hals stecken. Durch das verschmutzte Glas der bauchigen Flasche zeigte ihr eine Schlange ihre gespaltene Zunge!

„Nichts wie weg!", sagte ihr Kopf und energisch rutschte sie mit dem Sessel nach hinten, um aufzustehen.

„Schade", sagte Frau Liu, „abe Leute möchten noch Geschenk und Übelaschung machen."

Auch das noch! Selina wollte keine Geschenke, keine Einladung, keine Überraschungen. Deren hatte sie in den letzten 24 Stunden genug gehabt.

Aber was tut man nicht alles, um Wien im internationalen Ranking der gastfreundlichsten Städte der Welt vom vorletzten Platz um zwei nach vorne zu katapultieren?

Noch einmal setzte sich Selina auf den wackeligen Sessel und wartete, bis die Gruppe schlürfend, schmatzend und rülpsend die zwei Platten mit den unappetitlich anmutenden Gerichten vertilgt hatte.

Sie versuchte dabei, wegzusehen, ihre Ohren auf Durchzug zu schalten und den Geruchssinn für eine gewisse Zeit lahmzulegen. Zum Glück war sie Polizistin und geübt im Verdrängen unangenehmer Sinneseindrücke.

Nun steuerte man auf den Höhepunkt der Dankbarkeitsbezeugungen zu. Zuerst übergab man Selina in einem schmuddeligen Plastiksack mit chinesischer Instantnudelsuppe – weiß der Teufel, wieso sie dieses Glutamatzeug überall hin mitnahmen –, Glückskekse, grünen Tee und eine goldene Plastikkatze, die sogar winken konnte.

Sie bedankte sich höflich, obwohl sie wusste, dass diese Tüte im nächsten Abfalleimer landen würde, auch wenn sie es hasste, den Müll ungetrennt zu entsorgen.

Schließlich standen die Leute auf und mit einem freudigen Lächeln auf den Lippen erklärte ihr Frau Liu: „Jetzt gibt es noch ein Lied!"

Ehe Selina etwas einwenden konnte, wie „Jetzt muss ich aber wirklich fahren", stimmten sie an.

„Zipfl eini, Zipfl aussi, abe heit geht's guat, abe heit geht's guat!" Und die roten Polyesterzipfelmützen auf ihren Köpfen schunkelten im Takt mit.

Selina fand, dass nun ihre Geduld als Gast hart an ihre Belastungsgrenze gestoßen war. Mit gespielter Überraschung, gequältem Lächeln und dem unangenehmen Gefühl, dass sie sich im Grunde über so viel Ehrerbietung freuen müsste, erhob sie sich schließlich. Sie verabschiedete sich, so rasch es möglich war, und flüchtete geradewegs zur Tür. Als sie beinahe draußen war, hörte sie die Reiseleiterin noch rufen: „Danke fü alles. Flohe Weihnachten und einen guten Lutsch!"

„Ja", dachte Selina, „den würde ich heute zur Entspannung brauchen!"

8.

Es ist fast drei Uhr früh, als der Tross in der Wachstube ankommt. Den Damen werden Fingerabdrücke abgenommen, ihre Angaben zu den Daten werden überprüft und die Hände auf Schmauchspuren untersucht. Wie erwartet, hat keine der drei in den letzten Stunden eine Waffe abgefeuert. Katja und Mara haben von dem Vorfall gar nichts mitbekommen, wie sie zu Protokoll geben. Katja hat, während der Schuss gefallen sein musste, Musik gehört und ihre Nägel manikürt und Mara ist vor dem Fernseher eingeschlafen. Auch Smirna kann keine wertvollen Informationen für den Fall liefern. Nein, sie kenne den Kunden nicht, er sei das erste Mal in diesem Haus gewesen, habe bar bezahlt, habe nichts mit ihr trinken wollen. Das sei alles, was sie wisse.

Es ist schon fast hell, als Selina mit den Einvernahmen fertig ist. Sie bittet einen Kollegen, den Damen ein Frühstück zu organisieren und ihnen die Möglichkeit zu geben, sich in der kleinen Ausnüchterungszelle ein wenig auszuruhen.

Der andere hat eine Fahrt mit Selina gewonnen, wie sie es ausdrückt, er darf sie zu Emil Wotruba begleiten, dessen Adresse man in der Zwischenzeit ausfindig gemacht hat.

Während der Fahrt nach Ottakring genehmigt sich Selina einen Coffee-to-go. Ihre kalten Finger wärmt sie sich an dem Becher auf. Schön langsam stellt sich ein gewisser Grad an Müdigkeit ein und sie freut sich darauf, wenn sie mit diesem Emil fertig sein wird, für ein paar Stunden auf der Couch ihre müden Glieder auszustrecken.

Es dauert eine Weile, bis sich auf das Läuten jemand rührt. Eine verschlafene und kratzige männliche Stimme meldet sich durch die Gegensprechanlage: „Heilige

Scheiße, du Volltrottel! Es ist Christtag und acht Uhr. Schleich di!"

„Polizei. Mordkommission. Herr Wotruba? Machen S' die Tür auf", schnauzt Selina zurück.

Es ist still, dann ein Räuspern. „Hey, du Trampel, ich hab g'sagt, schleich di. Lass mich doch net verarschen."

„Noch mal, hier ist Kommissarin Hinterstopfer, kein Scherz. Wir müssen mit Ihnen reden."

Nun hört man, wie in einem der oberen Stockwerke ein Fenster geöffnet wird. Es quietscht in den Angeln. Ein Kopf wird herausgestreckt. Zweiter Stock. Selina blickt in ein verdutztes, gar nicht so unsympathisches Gesicht. Sie hätte einen feisten Mann mit wenig Haaren auf dem Kopf, Doppel- bis Dreifachkinn, in Feinrippunterleibchen erwartet.

„Okay. Moment", hört sie und sieht, wie die Gestalt wieder verschwindet. Gleich darauf ist ein Summen zu hören und die schwere Glastüre lässt sich öffnen. Zu Fuß überwinden die beiden Beamten die Etagen und stehen alsbald vor Wotrubas Wohnungstüre, in der er bereits lehnt, die Arme vor der Brust verschränkt.

„Was gibt's", fragt er ohne Begrüßung.

„Dürfen wir reinkommen?", fragt Selina – für sie eine rein rhetorische Frage.

„Was is, wenn i Nein sag'?", blafft er zurück, obwohl Selina an seiner Körpersprache erkennt, dass er den Weg spätestens in zwanzig Sekunden freigeben wird. Alleine schon deswegen, weil sie weiß, welche Wirkung sie generell auf Männer hat. Auch wenn sie Polizistin ist, möchten die meisten sie näher kennenlernen.

„Dann werden wir Sie einfach festnehmen, weil Sie unter Mordverdacht stehen!", kontert Selina.

Er hebt überrascht die Augenbrauen, dann dreht er sich wortlos um und geht in die Wohnung. Selina und ihr Kollege folgen ihm.

Sie finden sich schließlich in der Küche wieder, in der er mit einer Handbewegung andeutet, sie mögen sich setzen. Er selbst bleibt, an die Küchenzeile angelehnt, stehen.

„Okay. Was soll das Theater?", fragt er mit leicht zitternder Stimme und mustert Selina von oben bis unten.

Selina kramt in ihrer Tasche und zieht ein Foto von dem toten Chinesen hervor. „Kennen Sie den?"

Wotruba nimmt das Foto in die Hand und betrachtet es eingehend. „Nein. Der hat ja ein Loch im Kopf. Wer soll das sein?"

„Ein Freier von Smirna."

Jetzt lächelt er. „Der war bei Smirna? Na, dann wäre er sowieso gestorben. Herzinfarkt oder Loch im Schädel – ist eigentlich wurscht. Na, mal im Ernst. Hat Smirna den über den Haufen geschossen?" Die ersten drei Sätze scheinen ihm nun peinlich zu sein.

„Nein, hat sie nicht."

„Gut. Aber was soll die Fragerei? War das etwa in meinem Puff?"

Selina nickt.

Wieder lässt er seinen Lieblingsfluch vom Stapel. „Ach du heilige Scheiße! Wann ist das passiert?"

„Gestern, gegen halb elf. Und Sie haben ihn wirklich noch nie gesehen?"

„Nein, ehrlich nicht."

Selina glaubt ihm. Auch wenn er ein Zuhälter ist, gehört er offenbar nicht zu der Sorte, die ihren Berufsstand vor sich hertragen. Er sieht gepflegt und smart aus, schlank, etwa 1,85 m groß, dunkle kurze Haare, die noch unfrisiert sind, Ehering, keine Tätowierungen am Hals oder den Unterarmen, der Rest des Körpers ist noch von einem grünen, nicht besonders geschmackvollen Pyjama bedeckt, keine Goldketten und keine Flinserl im Ohr. Würde sie ihn auf der Straße treffen, hätte sie ihn eher in die Kategorie Banker eines mittleren Dienstgrades eingeordnet.

„Sagen Sie einmal, führen Sie mehrere dieser, ähm, Etablissements?" Selina riecht förmlich, dass das Betreiben eines Laufhauses mit dieser Person nicht zusammengeht.

Es dauert eine Weile, bis er antwortet, als ob er sich überlegen müsste, ob er der attraktiven Polizistin vertrauen möchte. Dann beginnt er: „Nein, es ist das Einzige, das ich besitze."

„Und davon kann man leben? Ich meine, in Zeiten wie diesen und mit nur drei Angestellten?"

„Nein, davon kann man nicht leben. Es ist nur mehr, sagen wir einmal, ein Hobby."

„Aha, interessante Freizeitbeschäftigung. Andere fahren Rad, sammeln Briefmarken oder gehen ins Theater."

Selina wundert sich immer mehr über den eigenartigen Mann. Sie lässt ihren Blick durch die Küche schweifen. Auch hier ist nicht der mindeste Anflug von Geschmacklosigkeit oder Protzerei zu erkennen. Nicht ganz billig eingerichtet, aber in jedem Fall praktisch und hübsch.

Emil Wotruba passt für sie nicht in die Branche.

„Und was tun Sie, wenn Sie nicht gerade ihrem Hobby nachgehen?", fragt sie nun frei heraus.

„Ich bin Disponent in einer Spedition."

„Das ist aber sehr interessant", denkt Selina.

„Okay, eine ganz neue Seite von Ihnen", meint sie mit einem süffisanten Unterton, der ihr gleich leidtut, denn bis jetzt war er, außer als er aus seinen wahrscheinlich seligen Träumen gerissen wurde, gar nicht unleidlich. „Und nun erzählen Sie mir, wie ein Biedermann wie Sie zu einem Laufhaus kommt."

Emil seufzt, denn eigentlich ist ihm die ganze Geschichte unangenehm und er will gar nicht daran erinnert werden, dass er ein Laufhaus betreibt, an dem er nicht einen einzigen Cent verdient. Aber wenn es der Aufklärung des Falles oder der Wahrheitsfindung dient, warum nicht. Nachdem nun am Heiligen Abend eine Leiche in diesen Räumlichkeiten gelegen ist, wird sich das mit dem Geschäft rasch erledigen. Die drei Mädchen tun ihm leid und deshalb hat er diesen lausigen Laden auch an der Backe. Zu großes Herz, zu wenig Courage.

Er holt Luft. „Ist das wirklich wichtig?"

„Ja, Herr Wotruba, jedes Detail kann wichtig sein, wenn wir einen Mord aufzuklären haben."

„Nun gut." Er dreht sich um, nimmt ein Glas aus einem Schrank und gießt sich Wasser ein. Dann nimmt er einen Schluck und beginnt zu erzählen: „Ich habe den Laden seit ungefähr fünf Jahren. Vor etwas mehr als sieben Jahren ist mein Vater gestorben und ich habe einige Tausend Euro geerbt. Ein Freund von mir ist kurz davor mit einem Kaffeehaus in die Pleite gerutscht, in erster Linie, weil seine Holde ihn betrogen hat, dann kam die Scheidung, die Unterhaltszahlungen, und er stand plötzlich vor dem Nichts. Er wusste, dass ich etwas auf der Kante hatte, und so kam es, dass er mich um Geld anhaute, um sich dieses Laufhaus zu kaufen. Er meinte, das sei eine todsichere Sache, eine gute Einnahmequelle, und er würde mir innerhalb von drei Jahren die Schulden samt Zinsen zurückzahlen. Ich überlegte nicht lange, half meinem Freund aus der Patsche und ein Jahr lang lief das Ganze wie am Schnürchen. Monat für Monat bezahlte er brav seinen Kredit zurück und es schien alles im Lot zu sein. Doch plötzlich plagten ihn Magenschmerzen, die immer heftiger wurden, bis er sich aufraffte, einen Arzt aufsuchte und mit der schrecklichen Diagnose bei mir zur

Tür herein weinte. Er hatte ein Karzinom im Pförtnerbereich, inoperabel, kaum behandelbar. Seine Uhr war mehr oder minder abgelaufen. Kurz vor seinem Tod überschrieb er mir das Laufhaus, was mir keine große Freude bereitete, denn im Grunde wollte ich damit nichts zu tun haben. Aber mein Geld steckte in diesem Geschäft und zumindest das wollte ich mir zurückholen und anschließend den Laden rasch wieder abstoßen. Leider kam vor mehr als zwei Jahren Corona dazwischen. Die meisten Mädchen verschwanden in ihre Heimatländer oder sonst irgendwohin auf Nimmerwiedersehen, das Geschäft ging rapide bergab und die drei Mädchen, die den Absprung nach Hause nicht schafften oder gar nicht schaffen wollten, füttere ich nun durch. Sie tun mir leid, darum lasse ich sie einfach arbeiten und sie sollen das sauer verdiente Geld behalten. Ich nehme nur so viel, dass wenigstens die Betriebskosten gedeckt sind und ich von meinem Gehalt nicht noch etwas dazuzahlen muss."

Nun schaut er Selina in die Augen, in der Hoffnung, dass sie ihm sagt, dass er ein guter Mensch sei und alles richtig gemacht habe.

„Und Ihre Frau?", fragt sie stattdessen.

„Meine Frau? Hm. Auch ihre Begeisterung hielt sich in Grenzen, als ich den Laden übernahm, aber sie mischte sich nie in das Geschäft ein und auch ihr taten die Mädchen leid. Ich trenne das Laufhaus strikt von meinem anderen Leben und es gibt nur sehr wenige, die überhaupt wissen, dass es mir gehört." Und leise fügt er hinzu: „Und darum möchte ich Sie bitten, dass Sie das, was ich Ihnen eben erzählt habe, vertraulich behandeln."

Seine grünen Augen schauen Selina flehentlich an.

Sie kennt diesen Blick, aber sie will es sich nicht leisten, ihrem Bauchgefühl nachzugeben, und ihm etwas versprechen.

„Gut, wir werden Ihre Aussage prüfen. Und nun noch einmal zum Toten. Sie haben ihn also noch nie gesehen?"

„Nein", antwortet er mit Bestimmtheit.

„Gibt es so etwas wie eine Kundenkartei? Es wäre doch möglich, dass der Mörder Kunde des Hauses war."

Selina weiß, dass es nur eine Routinefrage ist, denn Smirna hat ihr schon glaubhaft versichert, dass der Verblichene ein Neukunde war.

„Ja, das wäre möglich." Emil dreht sein Glas in der Hand und überlegt, während er weiterspricht. „Hm, nein, eine Kundenkartei haben wir bestimmt nicht. Sie verstehen, dass Diskretion in diesem Gewerbe ein hohes Gut ist."

„Ja. Und weil wir schon dabei sind: Wieso gibt es keine Überwachungskameras?"

„Deswegen."

„Sicherheit war nie ein Aspekt, eine Kamera zu installieren?", fragt Selina und beobachtet die Reaktion genau.

„Nein. Meine Mädchen wissen sich zu wehren. Jede hat Pfefferspray, Notrufknopf und eine Waffe."

Selina zieht die Augenbrauen hoch.

„Erlaubterweise, alles registriert und legal. Sie können das gerne nachprüfen", fügt er locker hinzu.

„Also ist er der Inhaber eines Sauberlaufhauses sozusagen", denkt Selina.

„Herr Wotruba, ich kann den Frauen nicht erlauben, in den nächsten zwei bis drei Tagen in das Laufhaus zurückzukehren. Haben Sie eine Unterkunft für die Damen?"

Wotruba reibt sich das mit Bartstoppeln übersäte Kinn.

„Das wird schwierig. Hier kann ich sie schlecht einquartieren. Das ist mein absolut privater Bereich. Ich kann sie vielleicht in einer Pension unterbringen für ein paar Tage."

„Gut", meint Selina zufrieden, „dann bitte ich Sie, die Damen im Laufe des Nachmittages, sagen wir gegen vierzehn Uhr, bei uns im Revier abzuholen."

Die Begeisterung von Herrn Wotruba hält sich in Grenzen, wie man seinen nach unten wandernden Mundwin-
keln entnehmen kann, aber er nickt ergeben.

„So, nun möchte ich noch mit Ihrer Frau sprechen?"
Selina weiß mit diesem Mann nicht mehr viel anzufangen,
und schön langsam will sie das Gespräch beenden und
endlich ein wenig schlafen.

„Die schläft noch. Muss ich sie wirklich wecken?", fragt er
mit einem Dackelblick. Offenbar kommt es nicht gut, wenn
Frau Wotruba feiertags früher als geplant aufstehen muss.

„Nein, hier haben Sie meine Karte. Sie soll mich anrufen.
Bitte aber erst ab 13:00 Uhr."

„Eine letzte Frage noch: Wo waren Sie gestern Abend
zwischen 22:00 und 23:00 Uhr?"

Selina weiß ganz genau, dass diese Frage immer Unbehagen bei den Befragten hervorruft, aber schon allein des
vollständigen Protokolls wegen muss sie diese stellen.

Wotruba schaut sie verständnislos bis pikiert an. „Zu
Hause natürlich. Wir haben Weihnachten gefeiert. Hören
Sie, ich habe zwei Kinder im Volksschulalter."

„Ja, ja, schon gut. Ist eine Routinefrage. Bestimmt kann
Ihre Frau die Aussage bestätigen."

„Selbstverständlich, und auch die Kinder."

Selina lächelt. Er würde alles tun, um zu beweisen, dass
er in der vergangenen Nacht nicht am in Tatort war.

9.

Wieder zurück auf dem Kommissariat zieht sie sich in das kleine Kämmerchen neben ihrem Büro zurück. Früher diente dieser Raum als Archiv, in den Regalen stapelten sich die Akten. In Zeiten der EDV wurde der Papierkram zusehends weniger, die Ordner dünner, und bald verschwanden die Wälzer beinahe gänzlich aus dem Büroalltag. Vor zwei Jahren hatte Ferdi die geniale Idee, nachdem man einen Ferialpraktikanten dazu verwendet hatte, das ganze Zeug in das im Keller befindliche Hauptarchiv zu hieven, diesen Raum mit einer bequemen Couch auszustatten. In einem kleinen Schrank fand man zudem auch noch genügend Platz, um Bettdecken und Pölster zu verstauen. Damals witzelte Ferdi noch, wie schön es doch wäre, mit Selina auf dieser bequemen Unterlage ein Schäferstündchen zu halten. Zu diesem Zeitpunkt wusste Selina schon um seine Homosexualität und dass er bestimmt nie das Bedürfnis haben würde, über sie herzufallen. Er hingegen glaubt bis heute, dass Selina noch immer auf der Suche nach ihrem Traummann sei.

Selina muss lächeln, wenn sie daran denkt, wie sie auf Ferdis gut gehütetes Geheimnis stieß. Es geschah an einem klirrend kalten Abend im Fasching vor fünf Jahren. Im Crazy Gay, dem angesagtesten Club für Homos jeder Art in Mitteleuropa, wie Selina findet, war wie jeden Februar die tollste Faschingsparty Wiens im Gange. Der Eingang zu diesen außergewöhnlichen Eventräumlichkeiten ist für Schwule und Lesben derselbe. Erst nach den zwei großen verspiegelten Glastüren und der halsbrecherischen Treppe ins Unterirdische trennen sich die Wege. Sie selbst war zu dieser Zeit wieder solo, was ihr wenig ausmachte, denn schon berufsbedingt waren ihr längere Beziehungen hinderlich und die richtige Frau zum Heira-

ten hatte sich ihr noch nicht vorgestellt. Sie stand in ihren langen Lacklederstiefeln, die fast bis zum Schritt reichten, ihrem knappen Lederkostüm und mit einer schwarzgoldenen Augenmaske im Gesicht vor den Toren des Clubs, wartete ungeduldig, bis sie sich in der endlosen Warteschlange bis zur Türe vorgearbeitet hatte, um den Eintritt zu begleichen, und fror sich den Sprichwörtlichen ab. In der Reihe daneben standen die schwulen Freunde und es erging ihnen nicht viel besser. Die meisten von ihnen steckten ebenfalls in Ledermontur, die ihren Körper mehr oder minder bedeckte, geschmückt mit Ketten und Knöpfen, sodass der Hauch des Sadomaso zur femininen Reihe wehte. Einzig etwas weiter vorne in der Schlange stach das Kostüm eines Mannes hervor. Er war in eine cremefarbene Toga, besetzt mit silbernen Borten, gehüllt und sein kahles Haupt zierte ein goldener Lorbeerkranz. Selina beachtete den Typen anfänglich nicht, bis sie neben sich einen Mann rufen hörte: „Hi, Ferdi, heute in besonderem Outfit?" Sie spitzte ihre Ohren. Ferdi? Ein Name, der nicht allzu häufig in Gebrauch war. Der Gerufene drehte sich um und tatsächlich erkannte Selina in ihm ihren Partner, mit dem sie seit nunmehr fast drei Jahren durchs kriminalistische Dick und Dünn ging. Sie allerdings senkte rasch ihren Kopf und blickte auf den Boden, in der Hoffnung, dass er sie nicht erkennen würde. Aber Ferdi war über das Wiedersehen mit seinem Freund so hocherfreut, dass er kein Auge für die Damen neben sich hatte. Aus den Augenwinkeln allerdings sah Selina, dass eine interessante Aufschrift seine Kleidung zierte. „Veni, vidi, vici. Wer streichelt meinen Strizzi?"
Scheinbar wusste keiner der hier Anwesenden, was der gute Ferdi beruflich so machte.

10.

Selina gönnt sich zwei Stunden Schlaf auf dem gemütlichen Sofa. Starker Kaffee und eine Handvoll kaltes Wasser im Gesicht lassen sie gegen zehn Uhr wieder munter werden, und sie macht sich zuerst daran, den Absatz an ihrem Stiletto mit Alleskleber zu befestigen. Danach gesellt sie sich zu den Kollegen aus dem Journaldienst, die gerade dabei sind, ihre Sachen zu packen, um nach Hause zu verschwinden. Die Ablösen sind bereits eingetroffen, ein grauhaariger Haudegen, der sich im nächsten Jahr in den wohlverdienten Ruhestand begeben wird, und eine junge engagierte Dame, die erst vor zwei Monaten den Abschluss an der Akademie mit Bravour bestanden hat und sich nun in diesem Dezernat ihre ersten Sporen verdient.

Die drei Damen aus dem Laufhaus brachte man in der Ausnüchterungszelle unter. Smirna liegt auf der Pritsche und schnarcht leise vor sich hin, der Wodka schien letztendlich doch seine Wirkung entfaltet zu haben. Mara und Katja sitzen am Fußende und unterhalten sich leise. Beide nippen an einem Becher, in dem sich vermutlich der scheußliche Automatenkaffee befindet.

Selina geht zur Türe der Zelle, die offen steht, nickt ihnen zu, was so viel wie „Guten Morgen!" heißen soll, und erntet dafür ein unsicheres Lächeln von den beiden Damen, die sich anschicken, aufzustehen.

„Nein, bleiben Sie sitzen, ich komme bald zu Ihnen", sagt Selina im Vorbeigehen und steuert geradeaus auf die Türe zu. Dort haben ihre Kollegen das ganze Zeug hingelegt, das sie aus dem Zimmer im Laufhaus mitgenommen haben.

Ein kariertes Sakko in Größe 48 einer gängigen britischen Modemarke, wobei man das Label nie vom unteren Rand des Ärmels getrennt hatte, eine schwarze Jogginghose, teuer und geschmacklos, längs auf beiden Hosenbeinen prangt in neonpinken Buchstaben der Markenname, Unterwäsche, Socken, elegante italienische Schuhe mit Ledersohle, also nicht der Jahreszeit entsprechend, eine exklusiv wirkende Wildlederjacke mit grün eingefärbtem Schaffell auf der Innenseite, Schal, Handschuhe und ein echter Borsalino in Weiß. Alles in allem teure Markenkleidung, geschmacklos arrangiert. Wäre der Tote eine Frau, würde nur noch die rosarote Handtasche mit dem hässlichen Katzengesicht und so mancher Klunker aus unechten Steinchen, die man in einem tristen Ort in Tirol direkt vom Erzeuger erwerben kann, fehlen.

Neben der Bekleidung liegt eine goldene Rolex, scheint kein chinesisches Imitat zu sein, ein richtig protziger Füller einer Edelmarke und eine Geldspange, in der ein beachtliches Bündel an Euro eingeklemmt ist. Selina lässt ihre plastikbehandschuhten Finger darübergleiten und zählt überschlagsmäßig. Gut und gerne liegen hier 10.000 Euro auf dem Tisch. Ein leiser Pfiff entgleitet ihr zwischen den Zähnen. „Wow! Da hat man einen dicken Fisch geangelt", denkt sie und eines steht für sie fest: Es handelt sich um keinen Raubmord, der Verblichene wurde aus einem ganz anderen Grund vor seinem Ablaufdatum in den Himmel, nein, wahrscheinlich in die Hölle geschickt. Sie betrachtet noch eine weiße Plastikkarte, auf der nicht das Geringste steht, möglicherweise der Schlüssel für ein Hotelzimmer. Sie stöbert ein bisschen in einem kleinen Täschchen. Darin befinden sich eine Bankomatkarte einer Malteser Bank, lautend auf den gleichen Namen wie der Reisepass, noch eine weiße Karte ohne Aufdruck und ein paar Visitenkarten mit dem einfallslosen Firmennamen Enterprise Ltd., darunter steht der Name des Toten und weiter

Director, dann folgt eine Adresse in Valletta und eine Telefonnummer. Keine E-Mail-, keine Internetadresse.

Ohne dass Selina groß in Malta nachfragen muss, ahnt sie jetzt schon, sofern es diese Adresse überhaupt gibt, dass es sich um eine Briefkastenfirma handelt.

Was aber eindeutig fehlt, ist ein Mobiltelefon. Kein Mensch geht heute mehr ohne dieses Ding außer Haus, ein Chinese schon gar nicht. Dieses an Paranoia grenzende Verhalten hat sie vor einigen Jahren, als sie mit einer Reisegruppe drei Wochen quer durch China gefahren ist – bis heute weiß sie nicht, welcher Anflug von geistiger Umnachtung sie befallen hat, ihren spärlichen Urlaub dort zu verbringen – beobachten können. Damals rätselte sie, ob die Menschen dort mit diesem rechteckigen Kasten in der Hand bereits das Licht der Welt erblickten oder man ihnen unmittelbar nach ihrer Geburt statt eines Schnullers zwischen die Kiefer ein Mobiltelefon zwischen die Finger klemmt. Schlimm war es in den Großstädten, allen voran in Peking und Schanghai. Selina wusste nicht, wie oft sie in einer Minute von jemandem gerempelt wurde, weil er nicht auf den Weg achtete, sondern wie in Trance auf das Display starrte. Nach dem zwanzigsten Rempler hatte sie eindeutig genug. Sie erklärte der Reiseleiterin, dass sie in dem Kaffeehaus, an dem sie gerade vorbeischlenderten – zumindest sah es nach einem aus – sitzen bleibe, bis ein Taxi sie in das Hotel bringe. Selina hasste Tuchfühlung mit fremden Menschen und erst recht bei fünfunddreißig Grad im Schatten, wenn nicht nur das Berühren eine ekelige Angelegenheit war, sondern der Duft der vorübergehenden Transpiranten, vermischt mit den fremdartigen Gerüchen der noch verbliebenen Garküchen – die zwischenzeitlich bestimmt überdimensionalen und hässlichen Betonklötzen gewichen waren – eine olfaktorische Beleidigung ihres feinen

Geruchsinnes darstellte. Nur mit großer Mühe und hoher Überredungskunst schaffte es die örtliche Fremdenführerin, Selina zu überzeugen, nicht in dieses vermeintliche Café zu gehen und etwas zu konsumieren, weil es für europäische Verdauungsgewohnheiten ungeahnte Folgen haben könnte. Sie solle tapfer die nächsten zwei Kilometer durchhalten, dann hätte man nämlich ein lauschiges Plätzchen unter uralten Akazienbäumen erreicht, die perfekten Schatten spendeten, und als Draufgabe gebe es genau dort den besten grünen Tee der Welt. Obwohl Selina sich so gar nichts aus diesem Gebräu machte, ganz im Gegenteil, sie hasste es, wenn sie nur an die aufgeweichten Blätter dachte, die einen ganzen Tag lang im Wasser schwammen und dieses Blätter-Wassergemisch zu einer Brühe vermengte, die mehr nach Brennnesseljauche aussah und roch als nach einem bekömmlich und gesunden Getränk, trabte sie missmutig, schwitzend, durstig und müde der sinophilen Truppe hinterdrein. Das war einer der vielen weniger positiven Eindrücke, die sie auf ihrer Reise gewonnen hatte.

Nach ihrem gedanklichen Abstecher in das Reich der Mitte geht sie seufzend in das gläserne Büro und drückt der Kollegin eine der Visitenkarten in die Hand. „Recherchieren. Firma, Adresse und so weiter. In einer halben Stunde will ich den Krempel haben und Karl ..." Sie dreht sich zum älteren Kollegen. „... bitte räum die Wertsachen in den Tresor. Danke!" Dann verschwindet sie wieder in ihrem Büro, wo sie in ihre hochhackigen Pumps schlüpft. Der Kleber müsste in der Zwischenzeit trocken sein, vermutet sie.

Warum sie jedes Jahr in der Adventzeit beginnt, Schuhe mit hohen Absätzen zu tragen, hat einen einfachen Grund: In der dritten Jännerwoche findet alljährlich der begehrte Polizeiball in Wien statt, den sie nur dann auslassen würde, wenn sie tot wäre. Die letzten beiden Jahre musste dieses Großevent aufgrund der Seuchensituation abgesagt werden, umso mehr freut sie sich heuer auf die Veranstaltung. Traditionsgemäß kreuzt Selina auf diesem Ball nicht in der schnöden Ausgehuniform auf, wie viele ihrer Kolleginnen, weil sie glauben, nur dann auf Augenhöhe mit den männlichen Beamten feiern zu dürfen, sondern in einem selbst geschneiderten Kleid, das in den meisten Fällen dafür sorgt, dass die Münder und Augen der dort anwesenden Damenwelt sich nicht mehr selbständig schließen. Dazu trägt sie ausgewählte, meist sehr teure High Heels, und um sich beim Tanzen nicht den Hals zu brechen, beginnt sie ab Ende November mit diesen potenziellen Mordwaffen zu gehen. Seit sie nämlich in den Berufsstand der Exekutive eingetreten ist, sind die Gelegenheiten, sich solche Dinger an die Füße zu stecken, rar. Sie genießt diesen Ball jedes Mal aufs Neue, vor allem mag sie es so gerne, wenn die Ehefrauen der Landespolizeidirektoren bis zu jener vom Generaldirektor für öffentliche Sicherheit ihre finsteren Mienen aufsetzen und ihre von Botox aufgespritzten Lippen und mit Make-up aufgetakelten Wangen zu zerspringen drohen, wenn Selina deren Gatten bei der Damenwahl auf die Tanzfläche und anschließend an die Bar entführt. Sie kann sich die Dramen, die sich in den jeweiligen Haushalten zwischen den akkreditierten Goldfasanen und den aufgeplusterten Rebhühnern in den nächsten Tagen abspielen, bildlich vorstellen und freut sich diebisch, den spießigen und frustrierten Tanten wieder einen echten Grund zum Keifen gegeben zu haben. Dass sie kein Interesse an den schmerbäuchigen und mit goldenem Lametta behangenen, glatzköpfigen und meist ziemlich versoffenen Ehegesponsen hat, ist selbsterklärend.

Während ihre Gedanken zum herannahenden Ball abschweifen und ihr der Grinser der Vorfreude im Gesicht steht, klemmen sich die niederen Chargen hinter die Telefone und versuchen sich bis Malta durchzufragen, was aufgrund der unterbelichteten Englischkenntnisse mehr zu einem Sprachexperiment ausartet, als eine Auskunftseinholung über den Toten.

Wie vereinbart, erscheint Familie Wotruba gegen 13:00 Uhr auf dem Revier. Frau Wotruba, eine zierliche, höchst schüchterne Blondine, bestätigt die Aussage ihres Mannes, dass er die Wohnung am Heiligen Abend nicht verlassen habe und sie ein sehr beschauliches und schönes Fest mit den Kindern gefeiert hätten. Die beiden Töchter stehen derweil stumm daneben, blicken sich neugierig im Büro von Selina um und kneten verlegen ihre mitgebrachten Stofftiere. Die Befragung ist nach zehn Minuten vorbei und Selina bittet anschließend Herrn Wotruba, seine Angestellten in Empfang zu nehmen und für eine ordentliche Unterkunft zu sorgen, bis die Polizei das Laufhaus wieder freigegeben hat und die Damen an ihren Arbeitsplatz zurückkehren können. Ganz wohl scheint ihm dabei nicht zu sein, immerhin stehen neben ihm Frau und Töchter. Er schwankt, ob er seiner Familie drei Nutten aus Osteuropa zumuten darf. Selina merkt, dass er zögert, und weil gerade Weihnachten ist und an solchen Tagen ihre Unempathie auf Urlaub ist, bittet sie Herrn Wotruba, ihr allein in die Ausnüchterungszelle zu folgen, wo Smirna und ihre beiden Arbeitskolleginnen schon ungeduldig darauf warten, die Polizeistation endlich verlassen zu dürfen.

„Emil!", ruft Smirna mit ihrer sonoren Altstimme, als sie ihren Vermieter kommen sieht, so laut, dass der schlampige Feinputz an den Wänden sich zu lösen beginnt, „Es ist so schrrecklich. Ein toter Chinese in meinem Zimmer. Hatte ein Loch im Kopf, werr macht so was?"

Tränen des noch immer tief sitzenden Schreckens und ein paar aus Selbstmitleid tropfen auf die kratzige braune Decke, auf der sie noch vor Kurzem gesessen ist. Sie fällt Emil Wotruba um den Hals, und obwohl er ein stattlicher Kerl ist, wirkt er wie ein Schulbub, den seine massige Mutter zu trösten versucht.

„Ich organisiere ein Taxi, das bringt euch zur Pension Bierтränke, die ist ganz in der Nähe meiner Wohnung", verspricht er Smirna, die ihn noch einmal voller Dankbarkeit an ihren gefährlich wackelnden Busen drückt. Selina ist sich nicht sicher, ob die voluminöse Dame auf das Ausborgen von Unterwäsche, zumindest was den BH angeht, verzichtet hat.

Smirna bedankt sich überbordend beim Gutmenschen Emil, schnuddelt sein Gesicht ab, dass es anschließend feucht glänzt, was ihm sichtlich unangenehm ist. Er wehrt, soweit Smirnas Umklammerung es zulässt, mit den Armen, wenigstens zum Schein, ihre stürmischen Liebkosungen ab.

Schließlich kann er sich loseisen und eilt zurück zu seinen Lieben, die wartend am Gang stehen. Danach zieht Familie Wotruba ab, um den Christtag gebührend mit Rinderbraten, der zwischenzeitlich im Rohr schmort, wie Frau Wotruba Selina mit Augenzwinkern verraten hat, zu feiern. Selina wünscht dem nicht unsympathischen Quartett noch schöne Feiertage und verspricht, sie über die Ermittlungen auf dem Laufenden zu halten und umgehend Emil zu informieren, wenn er sein Puff wieder in Betrieb nehmen kann.

11.

Der Christtag neigt sich ohne weitere Erkenntnisse dem Ende zu, denn wie zu erwarten ist die Polizei in Malta ebenfalls im Weihnachtsmodus. Die Pathologie in Wien hat geschlossen und mit den wenigen Utensilien, die Bo Zhang bei sich getragen hat, kann man weder Schlüsse auf den Grund, wieso er sich über die Feiertage in Wien aufgehalten, noch die Unterkunft, in der er logiert hat, ausfindig machen.

Die chinesische Botschaft in Wien ist auch in den Ferien, sodass man sie über den unnatürlichen Tod einer ihrer Landsmänner in Unkenntnis lassen muss. Der einzige Lichtstreifen am dunklen Horizont, den Selina erkennt, ist, dass Ferdi in einer Stunde zur Wachablöse aufschlagen wird und sie den Fall für ein paar Stunden, nämlich bis zu ihrem Wiederantritt des Dienstes in zwei Tagen, ihrem von Kirchgängen mental gestärkten Kollegen übergeben wird. Weniger erbaulich findet sie, dass sie noch an diesem Abend den Weg nach Gleisdorf antreten muss, um ihrer Mutter, die wie jedes Jahr die Festtage reihum bei ihren drei Schwestern eingeladen ist, den obligaten Weihnachtsbesuch abzustatten.

Nach der Methode „steter Tropfen höhlt den Stein" hat Selina es endlich geschafft, dass ihre Mutter seit zwei Jahren davon absieht, Selina am Abend des Christtages mit vielen Päckchen, in denen sich für gewöhnlich unbrauchbare Geschenke befinden, zu beglücken und ein völlig überladenes Büffet vorzubereiten, an dem sie selbst wahrscheinlich bis Silvester zu knabbern hat und für Selina zehn Tupperdosen füllt, damit das arme Kind für die nächsten Tage gut versorgt ist. Man begnügt sich mit ein paar Brötchen, Kräutertee und einem Glas – besser gesagt einer Flasche – Champagner für ihre Mutter, die sich ja so sehr freut, dass ihre etwas aus der Art geschlagene Tochter den weiten Weg von Wien nach Gleisdorf in Kauf nimmt, um mit ihr auf die Geburt des Herrn anzustoßen. Für gewöhnlich verzieht sich Selina spätestens um zehn am Abend mit der Entschuldigung ins Bett, dass der Journaldienst an diesen Weihnachten – wie eigentlich jedes Jahr – die Hölle gewesen und sie hundemüde sei. Mutter quittiert diesen Wunsch mit einem verständnisvollen Nicken und gießt sich spätestens jetzt das Schlückchen Grappa in ein Schnapsglas. Meist wundert sich Selina am nächsten Morgen, wenn sie die Flasche mit dem höllischen Gesöff auf dem Wohnzimmertisch stehen sieht, dass sich ihre eigenen Schlückchen von jenen ihrer Mutter gewaltig unterscheiden müssen.

Zu Stefani ist Selina traditionsweise bei ihrem Vater zum Mittagessen eingeladen. Noch immer hat sich dieser nicht daran gewöhnt, dass Selina nicht die gleichen kulinarischen Vorlieben hat wie er. Nachdem es in den Jahren davor regelmäßig im Hause Hinterstopfer und Co. – seine mittlerweile mehr breite als große Liebe hat er noch immer nicht geehelicht – zum Stephanitagseklat kam, weil die Gastgeber darauf bestanden, dass Selina auf alle Fälle von den köstlichen Schweinshaxen, dem hervorragenden Rehbraten oder den vorzüglichen Rindsrouladen probieren müsse, und sie nach dem achten Nötigungsversuch für gewöhnlich fluchtartig das Haus verließ, ist seit nunmehr zwei Jahren die Einnahme der Mahlzeit in das örtliche Gasthaus verlegt. Es ist zwar nicht so, dass die Speisekarte bei einer Veganerin Jubelstürme auslöst, aber immerhin kann man von der Vorspeise bis zur Nachspeise Salat bestellen und explizit auf die gerösteten Speckstreifen, die gekochten Eier und das Joghurtdressing verzichten. Nicht dass Selinas Menüzusammenstellung bei ihrer Nichtstiefmutter eine gütige oder verständnisvolle Miene auslöst, die zweifelnden Falten auf ihrer glatten, weil specküberzogenen Stirn zeigen Selina deutlich ihre Missbilligung der Essgewohnheiten der Nichtstieftochter. So weit geht der Weihnachtsfrieden auch wieder nicht, dass man nicht zumindest in Mimik und Gestik seine Intoleranz gegenüber anderen Geschmäckern zur Schau stellen dürfte. Zu Selinas Verdruss ist der etwas einfältige und figurmäßig nach seiner Mutter geratene Halbbruder zumeist mit von der Partie und seit dem letzten Jahr auch seine Freundin, die heuer schon zur Verlobten aufgestiegen ist. Sie ist aus dem gleichen Holz geschnitzt wie ihr baldiger Ehemann und die zukünftige Schwiegermutter. Selina kann hier definitiv ausschließen, dass sich Gegensätze anziehen, und sich die beiden nackt vorzustellen, ist Selina nicht zuträglich, sie verschluckt sich an den Karottenstreifen. Zumindest unterlässt es ihr Vater, vermeintlich tolle Geschenke zu kaufen und Selina damit in Verlegenheit zu bringen. Er steckt ihr jedes Jahr ein Kuvert zu, in dem sich ein beachtlicher Geldbetrag befindet. Selina ist sich nicht sicher, ob er zur Gewissensberuhigung dient, weil er ihr und ihren Schwestern einst übel mitgespielt hat, oder ein präventives Bestechungsgeld darstellt, damit sie ihm nicht aus einer Laune heraus die Steuerfahndung oder Wirtschaftspolizei an den Hals hetzt. Was aus ihrer Sicht aber klar erscheint, ist, dass die Moneten aus steuerfreiem Einkommen stammen und er sie sich nicht vom Mund absparen muss, obwohl er sie jedes Mal mit einer säuerlichen Miene überreicht, als ob er die Wochen zwischen Weihnachten und Ostern von Luft und Liebe leben müsste, weil er sich sonst nichts mehr leisten kann. Das mit der Luft hätte Selina ihm ja abgenommen, nicht so mit der Liebe, denn die muss er sich mittlerweile bestimmt außerhalb der eigenen vier Wände und einige Kilometer entfernt von Siniwöd erkaufen.

Nach so viel Familie ist Selina froh, am Abend des Ehrentages des Heiligen Stefan die Rückreise in die Bundeshauptstadt anzutreten, sich noch einem Absacker in der nahe gelegenen Bar hinzugeben und am nächsten Tag den an sich grässlichen Automatenkaffee im Revier mit ihrem Lieblingskollegen Ferdi zu schlürfen.

Dass sie gerade an diesem Abend Bekanntschaft mit ihrer Liebe Cynthia machen würde, damit hat Selina nicht gerechnet. Um Weihnachten doch noch einen Sinn zu geben, steuert Selina, direkt von Siniwöd kommend, den kleinen Lesbentreff direkt um die Ecke ihrer Wohnung an. Eigentlich will sie nur mit Bianca, der dortigen Kellnerin, einen kleinen Schwatz halten, sich ihre alkoholfreie Caipirinha gönnen, anschließend die langen Beine auf ihren kleinen Wohnzimmertisch legen und sich dabei irgendeinen Actionfilm, wie Mission: Impossible oder einen Bourne, reinziehen. Die Bar ist trotz des hohen Feiertags gut besucht und Selina nimmt auf einem der wenigen freien Hocker direkt am Tresen Platz. Daneben steht eine wilde Hummel, völlig in schwarzem Lack und Leder, ihre Netzstrümpfe haben schon bessere Tage gesehen und die goldenen Stiefeletten einer teuren italienischen Nobelmarke zeigen die ersten Risse. Die langen blonden Haare trägt sie offen, und während sie mit Händen und Füßen ihrer Gesprächspartnerin erfolglos zu erklären versucht, warum man Spekulationsgeschäfte mit Getreide weltweit verbieten sollte, tunken die Spitzen ihrer Haarpracht in Selinas Getränk.

„Hey!"

Selina muss ihrer Stimme mehr Kraft als sonst verleihen, damit sie einerseits das Geplapper der vielen weiblichen Gäste und andererseits Joe Cockers „Leave your hat on" übertönt. Nach dreimaligem „Hey" und einem Tipper auf die Schulter dreht sich Lederlilly endlich zu Selina um. „Was gibt's?", fragt sie freundlich und Selina schluckt. „Wow, die Braut ist aber heiß", schießt es ihr durch den Kopf und während sie noch Cynthias makelloses Gesicht bestaunt, greift diese ihr einfach auf den Busen. „Gefällt dir das?", fragt sie und lächelt verschmitzt. Wie in Trance nimmt Selina langsam die Hand und schiebt sie von sich weg. Sie will nicht als leichte Beute gelten, obwohl sie Cynthias Fingerspiele an anderen Körpergegenden bereits im Kopf hat. Um es kurz zu machen, zwei Stunden später wälzen sich die beiden Frauen im großen Doppelbett und Cynthia entpuppt sich als wahre Droge für Selina.

12.

Während Ferdi und Selina sich nun dem braunen Gebräu hingeben – Selina wieder in ihren roten Stilettos, die an ihren zierlichen Füßen stecken, die elegant übereinandergeschlagen auf dem Rollcontainer ruhen (auf den Schreibtisch legt sie ihre Beine nur, wenn sie allein ist) –, sind zwei diensthabende Kollegen des Hauses damit beschäftigt, jenes Hotel ausfindig zu machen, in dem der getötete Chinese abstieg. Dem Kleidungsstil, der Uhr und der Menge Bargeld entsprechend, beginnt das Duo auf Geheiß von Ferdi von den Fünfsterneschuppen abwärts nach der letzten Unterkunft von Bo Zhang zu fahnden. Die chinesische Botschaft wurde bereits von Ferdi vor Selinas Eintreffen kontaktiert und er hat zu seiner Überraschung auch gleich jemanden erreicht. „Klar", denkt er sich, „für die ist es auch schon nach Mittag, wenn man die Zeitverschiebung berücksichtigt." In der Pathologie ist er mit seinem Versuch, jemanden an die Strippe zu kriegen, gescheitert. Dort scheint man noch in der morgendlichen Kaffeepause zu sein, nach Aufstehen, Anziehen und einer anstrengenden U-Bahn-Fahrt ist eine solche auch dringend vonnöten. Eine Rückmeldung aus Valletta auf die offizielle E-Mail von Selina, welche sie am Christtag in der Früh absandte, ist ebenfalls noch nicht eingetroffen. So gesehen sind Ferdi und Selina mehr oder minder zur Untätigkeit verurteilt und nach einem kurzen Erfahrungsaustausch, wie beide den privaten Teil der Feiertage erlebten, greift Selina zu einem Kriminalroman eines oberösterreichischen Autors, dessen Hauptfigur, ein Kommissar mit Herz und Härte, es ihr angetan hat, und Ferdi blättert, mehr fadisiert als interessiert, in der aktuellen Ausgabe eines Boulevardblattes, welches sich, wie er findet, zu Unrecht „Österreichische Tageszeitung" nennt. Er überfliegt den Artikel über den toten Chinesen, der zum Glück gerade einmal eine Randnotiz wert ist. Kein Foto vom Tatort, kein Hinweis, in welchem Etablissement sich der Mord ereignete, und auch keine Mutmaßungen und Vorverurteilungen, dass hinter diesem heimtückischen Verbrechen bestimmt die eine oder andere ausländische Mafia, eine Bande Tschetschenen oder Afghanen, steckt. Das ist das Positive, wenn Morde am Heiligen Abend begangen werden. An diesen Tagen sind selbst die übelsten Schmierfinken nicht auf der Straße unterwegs und lauern auf Sensationen, die sie mit Halbwahrheiten und ganzen Lügen versehen dem jeweiligen Revolverblatt zum Drucken und zur Distribution übermitteln.

Es ist keine große Ermittlungstat, als einer der Beamten bereits beim zweiten Anruf ins Schwarze trifft. Ja, der Tote auf dem Bild sei Gast in ihrem Hause, erfährt er von einer freundlichen Dame eines renommierten Ladens. Man habe sich schon gewundert, dass er in den letzten drei Tagen kein Frühstück eingenommen habe, und noch mehr, dass er gestern nicht wie vereinbart ausgecheckt habe. Auf die Frage, wieso man bei so ungewöhnlichem Verhalten nicht die Polizei verständige, scheint die freundliche Rezeptionistin ins Stottern zu geraten und verweist auf das Management des Hotels. Hierzu könne und dürfe sie keine Auskunft erteilen. Selina vermutet, dass der Schuppen nicht ausgebucht ist und eine Verlängerungsnacht satte Euros kostet, die sich die gierigen Betreiber nicht entgehen lassen möchten. In diesem Fall umso verständlicher, hatte der verblichene Gast immerhin die größte Suite zum Preis von über 8.000 Euro die Nacht bewohnt.

„Na dann ..." Selina schwingt ihre Beine auf den Boden, entledigt sich der Hacken und zieht sich die bequemen

Schnürschuhe über, indessen Ferdi nach seiner Jacke angelt, die über die Sessellehne gestülpt ist.

Während beide schweigend nebeneinandersitzen, Ferdi den grauen, unauffällig wirkenden Wagen durch den winterlichen, nachweihnachtlichen Packerlumtauschverkehr lenkt, muss Selina an Smirna denken, die mit ihren beiden Kolleginnen nun zur Untätigkeit verdammt in der Biertränke hockt und nur darauf wartet, ihrem bescheidenen Job wieder nachgehen zu dürfen. Selina fragt sich, wie lange sie noch in der Lage sein werde, mit ihrem schon etwas aus der Form geratenen Körper, Geld zu verdienen, und vor allem, was danach sein wird. Ehrlich gestanden, weiß Selina nicht, was pensionierte Prostituierte an ihrem Lebensabend machen und vor allem, wovon diese leben, nicht jede kann sich zur sogenannten Puffmutti entwickeln und in Laufhauszeiten ist dieser Job so ziemlich vom Markt verschwunden. Obwohl sich Smirna bei näherer Betrachtung geradezu hervorragend für diese Position eignet. An ihrem weichen umfangreichen Körper würde so manche Liebesdienerin Trost und Halt finden, wenn ihr nach Heulen wäre, und jeder Dreckskerl, der sich nicht an die Liebesspielregeln hielte, würde die Wucht ihrer Masse deutlich zu spüren bekommen. Wenn Smirna ausholt oder einen gezielten Check mit ihrem Knie an der Stelle anbringt, wo es Männern am meisten wehtut, würde so mancher Freier aus seinem Liebestraum unsanft erwachen.

Nach einer gefühlten Ewigkeit hält Ferdi den Wagen vor dem feudalen Eingang des besagten Hotels. Ein Lakai in Livree eilt auf das Fahrzeug zu, reißt die Beifahrertüre auf, wie es normalerweise Selina tut, wenn sie einen miesen Typen aus dem Auto zerren muss. Er reicht ihr seine weiß behandschuhte Hand und will Selina beim Ausstei-

gen behilflich sein. „Ich hätte meine Pumps anlassen können", denkt sie sich mit einem Schmunzeln.
Danach geht er zügigen, aber nicht hastigen Schrittes hinter dem Fahrzeug herum, aus dem Ferdi bereits geklettert ist, und fragt in höflich-nasalem Ton, ob er den Wagen in der hoteleigenen Tiefgarage parkieren dürfe. Ferdi zückt seinen Ausweis, was der verkleidete Mann mit dem Heben seiner dichten Augenbrauen quittiert.
„Wir bleiben nicht lange und konsumieren wollen wir auch nichts, also keine Mühe", sagt Ferdi trocken, lässt den verdutzten Pagen stehen und folgt Selina durch eine pompöse, gläserne Drehtüre in die marmorne Eingangshalle der Nobelabsteige.
Es dauert eine gefühlte Ewigkeit, bis die Hotelmanagerin, eine aparte Mittvierzigerin in dunkelblauem Kostüm, die blonden Haare streng nach hinten frisiert und zu einem akkurat geraden Zopf geflochten, das Gesicht durch dezente Schminke aufgehellt, wobei die hübschen Sommersprossen um die Nase nicht zur Gänze abgedeckt sind, endlich auf die beiden Kriminalbeamten, die es sich in den ausladenden ledernen Loungestühlen gemütlich gemacht haben, zukommt. Als ob sie sich über den Besuch von Ferdi und Selina freuen würde, begrüßt sie das Duo aufgesetzt freundlich und nimmt neben den beiden Platz.
„Was kann ich für Sie tun?", fragt sie und versucht, ihren Akzent tunlichst zu verbergen.
„Wir möchten uns im Zimmer des Verstorbenen umschauen und hätten ein paar Fragen, die Sie uns vielleicht beantworten können."
Über den geschäftsmäßig kühlen Ton, den Selina anschlägt, scheint die Freude enden wollend, denn blitzartig, als ob sie einen Magenstrudel kassiert hätte, ziehen

sich ihre dünnen, nachgestrichenen Augenbrauen zusammen und ihre Mundwinkel zucken missbilligend.

„Gut. Bitte folgen sie mir!" Mit einer Mischung aus Eleganz und Hochnäsigkeit dreht sie sich schwungvoll um und stakst in Richtung Rezeption, wo offenbar die Schlüsselkarte zur Suite bereitliegt. Selina und Ferdi folgen ihr zum Aufzug, der sie, wie Selina mit Erstaunen bemerkt, direkt in die Suite bringt.

„Bitte, da wären wir."

Langsam, aber sicher sinkt der Grad an Sympathie, die Selina anfänglich für die geschleckte Dame entwickelt hat, und sie freut sich schon diebisch auf das Gespräch mit dieser eingebildeten Weihnachtsgans. Während Selina und Ferdi rasch und professionell, ohne viele Worte zu gebrauchen, die Räume inspizieren, Fotos machen und ihre Erkenntnisse wie nebenbei in ein Diktiergerät sprechen, lehnt Frau Managerin lässig bis genervt am Türstock zwischen Wohn- und Schlafzimmer. Dabei lässt sie die beiden Polizisten nicht aus den Augen.

Viel gibt es nicht zu sehen. Das Bordcase liegt aufgeklappt auf einer Couch, darin befinden sich etwas Wäsche zum Wechseln, Schuhe, ein Päckchen grüner Tee und zwei Packungen Instant-Nudelsuppe. Im Badezimmer steht neben dem Waschtisch, der fast randvoll mit Wasser gefüllt ist und in dem eine rote Unterhose sowie bunte Socken schwimmen, ein Kulturbeutel mit Rasierer, Haarbürste und eine Flasche teures Eau de Toilette. Zahnbürste und Zahnpaste findet Selina nicht, was sie nicht ernsthaft überrascht, wenn sie an die gelben Stumpen im Mund des Toten denkt. Außerdem hat sie schon gehört, dass Chinesen für gewöhnlich mit wenig Gepäck reisen und vor allem Unterwäsche und Socken jeden Tag auswaschen, im besten Fall im Waschbecken, andernfalls im Wasserkocher, auf den sie beharrlich bestehen, dass er im Zimmer vorhanden sein muss. In ihrer Naivität dachte Selina immer, dass diese Teefreaks, ohne ihre grünbraune Brühe nicht auskommen, bis eine Bekannte einer Ex-Freundin, die selbst ursprünglich aus Südchina stammt, ihr verriet, dass der Wasserkocher ein unabdingbares Utensil für Touristen aus China sei. Nicht etwa weil man damit jederzeit sein Lieblingsgetränk zubereiten kann, sondern weil vor allem weibliche Gäste darin ihre Slips auskochen. Seit damals hat Selina nie mehr einen Wasserkocher in einem Hotelzimmer benutzt.

Kein Laptop, kein Handy, keine Unterlagen, die auf den Zweck des Aufenthaltes in Wien schließen lassen. Nach dreißig Minuten sind Ferdi und Selina durch.

„Das Zimmer wird versiegelt", stellt Selina in Richtung der Managerin fest, die inzwischen zweimal telefoniert hat und noch immer gelangweilt in der Tür lehnt.

„Wann werden wir es wieder anbieten können?", fragt sie mit säuerlicher Miene.

„Wenn wir fertig sind", gibt Selina lapidar zurück.

Dann fährt das Trio wieder ins Erdgeschoss, in dem das Büro der Hotelleiterin liegt, in das man sich zur Befragung zurückzieht.

Selina ist nun in ihrem Element und Ferdi lässt sie gewähren. Er spielt den good Cop, notiert die Aussagen und greift nur ein, wenn er meint, dass Selina mit Ton und Wortwahl den Bogen überspannt.

Als besonders auskunftsbereit entpuppt sich Frau Olga Sernikova nicht. Bei jeder zweiten Frage beruft sie sich auf Datenschutz, Schutz auf Privatsphäre der Gäste und dass man zu Weihnachten, wenn das Haus voll belegt ist, nicht auf jede Kleinigkeit sein Augenmerk lege. Diesen Umstand findet Selina höchst bemerkenswert, denn wenn man schon gut und gerne 8.000 Euro für eine Nacht hinblättert, sollte der spezielle Service garantiert inkludiert sein. Das Einzige, was man der kühlen Schnepfe entlocken kann, ist, dass Herr Bo Zhang seit bald drei Jahren Stammgast in diesem Hotel war und, soweit sie sich in die Unterlagen eingelesen habe, er zumindest zwei Mal pro Jahr für mehrere Tage in der Suite nächtigte. Es sei ihr nicht bekannt, ob er Besuch in den Räumlichkeiten empfangen habe, noch weniger wisse sie, was er beruflich gemacht und womit er seinen Lebensunterhalt verdient habe. Nein, es habe nie Probleme mit ihm gegeben und er sei stets alleine an- und abgereist.

Schließlich beendet Selina die Befragung von Frau Sernikova und bittet sie, ihr die Gästeliste von Heiligabend zu übermitteln, was diese mit einem entrüsteten „Auf keinen Fall werde ich das tun" kommentiert.

„Gut, dann wird Ihnen in den nächsten Tagen der richterliche Beschluss hierfür zugestellt", ist Selinas Antwort.

„Außerdem möchte ich mit jenen Mitarbeitern reden, die am Weihnachtsabend Dienst hatten. Rezeption, Betreuung der Suite, Reinigung etc."

Der giftige Blick aus den kalten grünen Augen, der Selina trifft, entgeht auch Ferdi nicht.

„Wenn Sie meinen, dass das etwas bringt ... Ich lasse Ihnen in den nächsten Tagen den Dienstplan zukommen."

„Nein." Selina spricht gedehnt und langsam als müsste sie einer geistig eingeschränkten Person ihr Anliegen im Detail vortragen. „Genau jetzt bekomme ich den Dienstplan und alle Angestellten, die sich im Augenblick im Hause befinden und auch an Heiligabend Dienst hatten, stehen in den nächsten fünfzehn Minuten exakt hier. Ist das deutlich genug?"

Es dauert eine Weile, bis Olga den Ernst der Lage erkennt, vor allem dass sie sich aus einem ihr unerfindlichen Grund den Groll der Kommissarin zugezogen hat. Mehr Ärger, als sie momentan ohnehin am Hals hat, möchte sie eigentlich nicht, schon gar nicht mit der hiesigen Polizei, auch wenn die nicht den Ruf genießt, immer alles unter Kontrolle zu haben.

13.

Ferdi, der Selinas Gesprächsmethoden in den letzten Jahren ausführlich kennenlernen durfte, ist wieder einmal um Beruhigung bemüht, obwohl der plötzliche Sinneswandel und die sofortige Beflissenheit von Olga ihn stutzen lässt. Umgehend organisiert sie einen Raum, in dem Ferdi und Selina einen Angestellten nach dem anderen ungestört befragen können, lässt sich den Dienstplan übermitteln und sorgt dafür, dass die beiden Beamten mit Wasser und Kaffee versorgt werden.

„Geht doch", brummt Selina, als Olga den Raum verlässt, um persönlich nach jenen Mitarbeitern zu sehen, die für eine Befragung zur Verfügung stehen sollen. „Dass diese Wichtigtuer immer einen Arschtritt brauchen, bis sie in die Gänge kommen, verstehe ich nicht."

Ferdis Gefühl sagt, dass mit dieser Olga etwas gehörig nicht stimmt, was er im Augenblick aber für sich behält, denn er braucht mehr als nur ein Jucken in der Bauchgegend, um sie in die Mangel zu nehmen, und Selina will er erst recht nicht auf die Nase binden, dass er gerne mehr von dieser Olga gewusst hätte. Wer weiß, was seine ansonsten aus seiner Sicht liebenswerte Kollegin mit dieser Frau anstellt.

Nach und nach trudeln die Angestellten ein, die in irgendeiner Form an besagtem Tag oder Abend Berührungspunkte mit dem asiatischen Gast hatten. Angefangen vom Rezeptionisten, der keine verwertbare Aussage macht, bis hin zum Zimmermädchen, das ebenfalls nichts Außergewöhnliches gesehen oder gehört hat. Lediglich die Aussage des Zimmerservice, einer überdurchschnittlich hübschen und jungen Portugiesin, lässt Selina und Ferdi, die sich schon fast im Mittagsschlaf befinden, aufhorchen. Sie habe auf telefonische Bestellung gegen neunzehn Uhr eine Flasche Champagner der Extraklasse, zwei Dutzend Austern sowie eine Dose feinsten Beluga-kaviars und zwei Gedecke auf das Zimmer gebracht. Der Gast hatte Besuch. Ein weiterer sehr asiatisch, wenn nicht sogar chinesisch aussehender Mann sei in einem der beiden Thonetstühle im Salon der Suite gesessen.

Ob sie sich da nicht mal irrte, fragt Selina, worauf das Mädchen entrüstet auf Deutsch mit einem bezaubernden Einschlag antwortet: „Das weiß ich genau. Der hat mich angesehen, als würde ich nackt vor ihm stehen. Wissen Sie, das machte mich sehr verlegen." Dann fügt sie mit einem herzzerreißenden Augenzwinkern hinzu: „Ich glaube, ich konnte sogar sehen, wie Speichel auf seine Hose tropfte."

Ferdi findet diese Aussage völlig unpassend und kommentiert es mit einem: „Na, meine Dame, bleiben wir einmal sachlich", während Selina über die wirklich herzerfrischende Beschreibung lachen muss.

„So sind sie eben, die Männer", gibt sie mit einem Lächeln zurück, während sie nebenbei beobachtet, wie Ferdi sich windet.

„Nicht alle Männer sind so", versucht Ferdi eine Lanze für seine Geschlechtsgenossen zu brechen, und ehe er fortfährt, unterbricht ihn die Schönheit aus Portugal: „Stimmt, die Schwulen sind anders."

Während Selina nicht mehr weiß, wohin sie schauen soll, zieht Ferdi bis zur letzten Rundung seiner Glatze rote Farbe auf und das hübsche Gegenüber grinst ihm frech ins Gesicht, wobei es seine strahlend weißen und gepflegten Zähne freigibt.

Unwillkürlich muss Selina an die braun-gelben Beißer im Mund des Toten denken und sie wird wieder ernst.

„Können Sie den Mann beschreiben?", fährt Selina, um Sachlichkeit bemüht, fort.

„Nein, für mich sehen die alle gleich aus. Schwarze kurze Haare wie auf einer Drahtbürste, Schlitzaugen, kurze Nase, rundes Gesicht mit speckiger Haut und abscheulichen Zähnen", antwortet sie, ohne einmal Luft zu holen.

„Wissen Sie, was der Mann anhatte?", hakt Ferdi, der die Contenance wiedergefunden hat, nach.

„Nein, nicht so genau. Ich denke, ein weißes Hemd und eine graue Hose."

Nach und nach erinnert sich die aufgeweckte Frau, was sie noch beobachtete. „Ja, auf dem Wohnzimmertisch stand ein Laptop und ja, ein Handy lag daneben." Als sie den Herren eine Stunde später eine weitere Flasche Champagner bringen musste, rauchte jener, der kein Hausgast war, eine Zigarette. Sie wies ihn noch auf das Rauchverbot im gesamten Gebäude hin, aber er tat so, als ob er weder Deutsch noch Englisch verstünde. Außerdem sei ihr aufgefallen, dass die Männer lauthals stritten, bevor sie an die Zimmertür klopfte und den Champagnernachschub brachte. Worüber, wisse sie natürlich nicht.

Ob es denn üblich sei, dass Suitenbewohner fremde Leute hierher einladen, fragt Selina.

„Nein, eigentlich nicht. Das machen in erster Linie nur Chinesen, die glauben, das ist ihre Wohnung und sie können tun und lassen, was sie möchten", ist die offene, ehrliche Antwort. Dann fügt sie hinzu: „Einmal wollte einer eine Prostituierte mit auf das Zimmer nehmen und hat an der Rezeption ein Megatheater veranstaltet, als man ihm das verwehrte. Er wollte einen Preisrabatt von mindestens fünfzig Prozent. Der hat sich vielleicht aufgeführt!"

Mit mehr Informationen kann sie nun leider nicht dienlich sein. Das wäre alles. Ferdi bittet sie, in den nächsten

Tagen auf das Revier zu kommen, um bei der Anferti-
gung eines Phantombildes behilflich zu sein.

14.

Die Ausbeute ist spärlich, stellen Selina und Ferdi auf der Rückfahrt unisono fest. Wieso man nicht schon eher die Polizei gerufen hat, obwohl der Gast seit Heiligabend sein Zimmer augenscheinlich nicht mehr benutzt hat, konnte niemand befriedigend beantworten. Warum die Suite auf Hochglanz poliert erscheint, ausgenommen der eingeweichten Wäsche, und der Laptop sowie das Handy unauffindbar sind, ist ebenfalls ein Rätsel. Das Gästeblatt des Toten ist mangelhaft ausgefüllt, keine Heimatadresse in China oder Malta, keine E-Mail-Adresse und auch keine Telefonnummer.

„Was in diesem Hotel zählt, ist nicht der Mensch, es sind die Moneten", sinniert Selina.

Im Dunkeln bleibt auch, wie der Mann ins Stuwerviertel gelangte. Ein Taxi wurde für ihn nicht geordert, vielleicht hat er selbst eines gerufen oder ein vorbeifahrendes angehalten oder, was die unwahrscheinlichste Variante ist, er ist zu Fuß gegangen. Immerhin hätte das einen Fußmarsch von einer halben Stunde bedeutet und mit den dünnen Ledersohlen seiner Schuhe wären seine Zehen erfroren. Außerdem müsste ihm jemand eine Empfehlung für das besagte Puff gegeben haben. Selina glaubt, dass nach dem Streit der beiden Landsleute der eine unbemerkt das Hotel verlassen hat und Bo Zhang seinen Ärger beim Work-out, besser gesagt Fuck-out abreagieren wollte. Wie es so oft passiert, könnte es doch sein, dass er wutentbrannt das Haus verlassen, sich ein Taxi organisiert hat und einfach mit den Worten: „Ins nächstbeste Laufhaus", vielleicht auf Englisch oder mit Handzeichen, welche Selina sich gar nicht vorstellen mag, direkt ins „Musch-Musch" chauffiert wurde.

Während Ferdi sich durch den Mittagsverkehr zurück zum Posten kämpft, versucht Selina ihr Glück noch einmal in der Pathologie, wo tatsächlich jemand das Telefonat annimmt, was sie in Hochstimmung versetzt, ehe der Dämpfer folgt. Nein, der Chinese liege noch im Kühlfach, die Obduktion könne man frühestens morgen beginnen, wenn Herr Dozent Doktor Hirnschübl wieder im Dienst sei. Leider sei er heute nicht erschienen, er sei erkrankt, ein verdorbener Magen. „Wahrscheinlich war der Hummer nicht mehr frisch, es könnten aber auch die Austern oder der extra aus Norwegen eingeflogene Graved Lachs gewesen sein", überlegt Selina. „Oder die Wacholderbeeren im Gin waren überreif", denkt Selina weiter, denn die letzten Male, als sie in der Prosektur neben dem hoch angesehenen Pathologen stand und seinem Vortrag lauschte, schwankte er gefährlich und stützte sich, ohne peinlich berührt zu sein, an Selinas Schultern ab, um nicht mit dem Gesicht nach vorne in die Leiche zu kippen. Zudem wurden seine Ausführungen von stetem Schluckauf begleitet, was er mit unzähligen „Tschuldigen Sie, gnä' Frau" kommentierte.

Auch wenn der gute Mann ohne Schnaps in der Birne keinen geraden Schnitt ansetzen kann, ist er der beste Gerichtsmediziner, den Selina kennt, und im Laufe ihrer Karriere sind ihr schon genug untergekommen. Der eine war die Perversion in Reinkultur und erzählte, während er über die Todesursache referierte, nekrophile Witze, sodass Selina nicht wusste, ob ihr vom Desinfektionsmittel, vom Leichengeruch oder von den verbalen Einlagen schlecht war. Der andere war ein wortkarger Typ und glaubte, er müsse die Obduktion in Selinas Beisein durchführen. Er rührte unbekümmert mit seinen Fingern in den Eingeweiden der Leichen, während sie neben ihm stand und eigentlich nur wissen wollte, wieso der leblose Körper hier und nicht gleich in der Feuerhalle gelandet sei. So gesehen ist Hirnschübl, der, wenn er arbeitet, es schnell, sorgfältig und sachlich macht, und das ganz ohne Staralüren, ein Segen. Seine Berichte können sogar Ferdi und Selina ohne Zuhilfenahme eines medizinischen Wörterbuches, und ohne sich je mit dem großen Latinum gequält zu haben, einwandfrei lesen.

Während Selina darüber nachdenkt, was als Nächstes zu tun ist, um in diesem Fall ein Stückchen weiterzukommen, läutet Ferdis Privathandy. Er schaut auf das Display und ihm entfährt ein „Arschloch", während er das Telefon wieder in die Jackeninnentasche steckt.

„Nanu?", fragt Selina und bemerkt, wie sein sonst blasses Gesicht die Farbe wechselt.

„Egal", gibt er schroff zurück und schaut angestrengt auf die Straße.

Zu gerne hätte sie ihn gefragt, ob der Anrufer ein intimer, aber verflossener Freund ist.

15.

Die Tage zwischen Weihnachten und Neujahr sind ausgefüllt mit Recherchen, die allesamt nicht viel ergeben.
Das einzig Verwertbare, das auf Selinas Tisch landet, ist
der Obduktionsbericht. Der Tote dürfte an chronischem
Asthma gelitten haben, was Selina bei einem chinesischen Staatsbürger nicht verwunderlich findet. Wenn
jene Bilder, die man auf LCD-Bildschirmen vor allem zur
Winterszeit verfolgt, keine Fake News sind, ist es in den
meisten asiatischen Großstädten ein Wunder, dass nicht
jeder Mensch mit der Sauerstoffflasche unter dem Arm
durch die Stadt wandelt. Selbst wenn Selina diese braunen
Nebelschwaden nur in den Nachrichten sieht, hält sie
regelmäßig bei deren Anblick instinktiv den Atem an.
Nach Meldungen dieser Art stößt sie regelmäßig ein
Dankgebet aus, dass sie in Österreich geboren ist und
hier leben darf, auch wenn sich die Zeilen mehr nach
„Fuck, geht es mir gut" oder „Jesus und Maria, ist das ein
Dreck!" oder, wenn es noch christlicher sein soll, „Gott sei
Dank bleibt mir das erspart" anhören.
So wirklich ist Beten nicht das Ihre, seit sie nach der ersten
Beichte, die traditionell vor der Erstkommunion im zarten
Alter von acht Jahren abzulegen ist, vom Stadtpfarrer in
Gleisdorf zehn „Vaterunser" und fünf „Gegrüßt seiest du
Maria" aufgebrummt bekommen hat, um die Absolution
zu erlangen. Sie fand damals schon, dass so viele Gebete
für ein, wenn nicht zwei Leben reichten. Warum sie im
Gegensatz zu ihrer damaligen Schulfreundin eine richtige
Packung ausgefasst hat, ist ihr heute noch schleierhaft,
denn eigentlich hatte sie nichts angestellt. Das Übel
musste darin liegen, dass sie dem Oberpfaffen ihre
Gedanken mitgeteilt hatte und diese aufgrund der damals
gerade laufenden Scheidung ihrer Eltern hie und da ihr

Hirn vereinnahmten, wobei sie daraus lustige Reime formte wie zum Beispiel: „Wenn Vater grad die fette Helga fickt, die Mutter stets komplett austickt." Oder: „Die Helga macht die Beine breit, was den Papa maßlos freut." Zu ihrer Ehrenrettung musste sie aber sagen, dass der Großteil der sprachlichen Inputs für ihr kindlich dichterisches Werk reine Plagiate waren und entweder von ihrer in dieser Zeit häufig tobenden Mutter oder einer ihrer älteren Schwestern stammten.

Selina konzentriert sich wieder auf den Obduktionsbericht. Die sonstigen Kleinigkeiten, wie welche Zähne im Mund des Toten fehlen, dass sein linkes Bein um mehr als einen Zentimeter kürzer ist als das rechte und seine Leber zum Gesamtgewicht des Körpers einen überproportional großen Teil beisteuerte, ist nebensächlich. Interessant ist allerdings, womit man diesem Mann das Loch im Kopf beschert hat, denn Ferdi und Selina wetteten um den Journaldienst zu Silvester.

Ferdi, der gerne auf dem Schießstand steht, und das nicht nur, wenn seine Pflichtübungen zu absolvieren sind, tippte auf eine Glock 17, während Selina, die weder gerne schießt, noch sich über das erforderliche Maß hinaus mit Waffen beschäftigt, meinte, es könne gut und gerne ein chinesisches Modell gewesen sein, was aber, wenn man es zynisch betrachtet, nicht der Fall sein kann. „Wie hätte der Schütze mit so einem Teil mitten in die Stirn treffen können?", redete Selina mehr mit sich selbst, während sie frivol an einer Lakritzenstange lutschte. „Er hat auf das Ohrläppchen gezielt", kam mit etwas Zögern aus Ferdis Mund. Dabei sah er Selina genussvoll zu, wie sie ihre Zunge über das braune Stäbchen gleiten ließ. Welches Kino sich in diesem Augenblick hinter seiner glatten Stirn abspielte, konnte Selina ahnen.

Mit dem Obduktionsbericht gibt es Gewissheit. Sie werden knobeln müssen, wer am 31.12. die Stellung halten darf, denn das Loch im Schädel stammt von einer Beretta 92 mit aufgesetztem Schalldämpfer, was ohnehin klar war, sonst hätte zumindest Smirna den Knall hören müssen. So können sich die anderen Kollegen wieder an die Arbeit machen und den Registrierungen der vielen Berettas 92 in Wien und Umgebung nachgehen.

Schließlich darf sich Selina auf einen dienstfreien Jahreswechsel freuen und rechnet nicht damit, dass sie von den Behörden der maltesischen Hauptstadt Valletta vor Jänner eine Antwort erhalten wird. Umso erstaunter ist sie, als am vorletzten Tag des alten Jahres eine E-Mail eintrifft, deren Inhalt sie schon erwartet hat. Bo Zhang hatte weder einen Wohnsitz in Malta, noch ist eine Firma auf den Namen Enterprise Ltd. registriert und noch weniger gibt es eine solche an der angegebenen Adresse. Wie sie vermutete, hängt in der Triq Hal Tarxien nahe einer Snackbar, die nach einem Laden für chinesische Importware aussieht, ein Briefkasten mit der Aufschrift „Enterprise Ltd." neben weiteren fünf Briefkästen, die allesamt mit höchst unoriginellen Firmennamen versehen sind, wie etwa Ditta s.r.l. oder XY Company Ltd. Sie betrachtet die Fotos, die dem E-Mail beigefügt sind, und bei einer der Aufschriften muss Selina wirklich lachen, denn in silbernen Lettern springt ihr der Name „Geschäft GmbH" entgegen. Vielleicht handelt diese Firma mit Road- oder Ladybags, hergestellt in China, reißfest, mit integriertem Geruchsstopper, ein Must-have für Personen mit kleinen Blasen und großen Dachschäden, denn welcher gesunde Mensch pinkelt in eine Tüte und trägt sein kleines Geschäft bis zum nächsten Mülleimer mit sich herum?

Wiederum sehr interessant ist, dass sich dieser Bo Zhang tatsächlich in regelmäßigen Abständen in Malta aufgehalten hat. Für gewöhnlich nächtigte er in einem unscheinbaren Bed and Breakfast unweit seines Postkastens, und das Ganze bis zu viermal im Jahr. Zudem, wie Selina bereits weiß, besaß er ein Bankkonto, das man polizeilich sperren hat lassen, und siehe da, es ist prall gefüllt. Nicht weniger als drei Millionen Euro liegen dort. Außer ihm hat aber offenbar niemand eine Berechtigung, über das Konto zu verfügen.

Die letzte Bewegung fand fünf Tage vor Weihnachten statt. Ein Eingang aus China und der Betrag kann sich sehen lassen. Fast eine halbe Million. Während Selina ihre Kollegen von der schönen Mittelmeerinsel bittet, ihr noch den Absender der Überweisung zu übermitteln, hört sie, wie Ferdi vor Begeisterung mit den Worten „Ich hab's gewusst, da ist was oberfaul", in die Hände klatscht.

16.

In der U-Bahn riecht es nach Kotze. Wer Silvester einen ganzen Tag und Bauernsilvester um Stunden vorverlegt hat, ist nicht mehr zu eruieren, zumindest sitzt nirgendwo ein grüngesichtiger Fahrgast. Angewidert rümpft Selina ihre Nase und beschließt, zwei Stationen vor ihrem Halt auszusteigen. Ein Spaziergang in der frischen Dezemberluft kann nicht schaden und außerdem hat sie noch genügend Zeit, um sich in Schale zu werfen. Sie ist um neun mit Cynthia, ihrer neuen Flamme, im Ladies' Heaven verabredet. Cynthia ist zwar keine Frau, die man ständig zu Hause haben möchte, und schon gar keine, der man einen Heiratsantrag unterbreitet, aber für ein paar heiße Nächte ohne peinliche Morgen die absolut Richtige.

Wie lange sie an diesem Tropf hängen wird, ist noch nicht abzusehen, aber momentan will sie auf Cynthias Liebesdienste, die übrigens als Brokerin an der Wiener Börse arbeitet, nicht verzichten.

Während sie die Häuserreihen entlangeilt, denn die Kälte kriecht in den letzten Winkel ihrer winterfesten Stiefel, fällt ihr ein, dass sie vergessen hat, Ferdi zu fragen, was ihn in Hochstimmung versetzte. Sofern sie informiert ist, hat er die hübsche Portugiesin eingeladen, um das Phantombild des noch lebenden Chinesen zeichnen zu lassen. Ob sie ihm noch ein wichtiges Detail gesteckt hat? Kurz überlegt sie, Ferdi anzurufen, wenn sie später in der beheizten Wohnung wäre, aber nein, sie würde am Tag nach Neujahr die Neuigkeiten ohnehin erfahren.

17.

Die beiden freien Tage haben Selinas Seele und vor allem ihrem Körper gutgetan. Cynthia und sie kamen nur bei Verhunger- und Verdurstungsgefahr und um dem lästigen Drang von Darm und Blase nachzugeben, aus dem Bett. Man kann zwar nicht behaupten, sie hätten Silvester verschlafen, aber so etwas in der Art war es. Schließlich, am Abend des ersten Jänners, trennten sich ihre Leiber, Cynthia trat den Heimweg in ihre vier Wände an, die sie eigentlich nicht mag, weil sie vom Geld ihres Vaters gekauft wurden, der, auch das eine Parallele zu Selinas Lebensgeschichte, sie und ihre Mutter wegen einer schwäbischen Nymphomanin hatte sitzen lassen. Dass seine Eroberung sexbesessen war, gefiel ihm gut, leider schlug mit den Jahren mehr die sprichwörtliche schwäbische Sparsamkeit durch. Sie hielt ihn kurz und der lässige Manager der Oberetage einer heimischen Bank residierte nach zehn Ehejahren mit mehrmals gedoppelten Schuhen, gestopften Socken und gewendeten Hemdkrägen in seinem Glaspalast im ersten Wiener Gemeindebezirk.

So gesehen startet Selina ihr Tagwerk am 2. Jänner mit vollem Elan und ist schon gespannt, was Ferdi über den Fall Neues zu berichten weiß. Die erste herbe Niederlage muss Selina bereits einstecken, als sie das Büro betritt. An der Stelle, wo sie ihren lieb gewonnenen Partner erwartet, sitzt ein Mann, an den sie sich nicht erinnern möchte. Moritz Plödutschnig, ehemaliger Studienkollege und Leiter der Kripo in Villach. Während sie sich noch sammeln muss, um diese Schrecksekunde zu verdauen, grinst er sie dreckig an, greift sich demonstrativ in den Schritt und begrüßt sie mit den Worten: „Küss die Hand, schöne Frau, ihre Augen ..."

Weiter kommt er nicht, denn mit einem Mal ist Selina geistig wie körperlich präsenter, als dem Kärntner Provinzkriminalen lieb ist.

„Was verschafft mir die Ehre, dass die größte Pfeife der Exekutive an einem so schönen Tag wie heute mir den Morgen vermiest und mir gleich das ganze Jahr versaut? Und jetzt hör zu, du Penner! Füße runter vom Tisch, Pfoten weg von deinen Bällchen und auf den Tisch, wo ich sie sehen kann, und Mundwinkel nach unten, denn dort gehören sie hin. Es gibt hier nichts zum blöd Grinsen. Ich weiß zwar nicht, was du hier machst und warum Ferdi nicht auf seinem Platz ist, aber das kannst du mir in einem Satz erklären, wehe, es werden zwei. Du befindest dich auf meinem und somit auf gefährlichem Terrain und wenn du glaubst, du müsstest das nicht akzeptieren, dann geh dich beschweren. An deinem dicken Hals hat bestimmt noch ein brauner Ring Platz."

Sie hätte schreien mögen! Verblüfft ob des Redeschwalls, denn er hatte Selina als ruhig, besonnen und ehrgeizig in Erinnerung, antwortet er tatsächlich mit nur einem Satz: „Ferdi liegt mit gebrochenem Oberschenkel im Krankenhaus."

„So ein Mist", denkt Selina, und ihr Vollpfosten von Chef hielt es wahrscheinlich für eine gute Idee, ihr den anderen Vollpfosten aus Villach als Partner, bis Ferdi genesen ist, zur Seite zu stellen. „Bei so vielen Vollpfosten sieht man den Pfahlbau gar nicht, oder so ähnlich", schießt es ihr durch den Kopf.

Laut allerdings sagt sie: „Pack dein Glumpert und rausch ab nach Villach, ich brauche dich hier nicht. Was zu tun ist, schaffe ich allein." Mit diesen Worten dreht sie sich um und verlässt schnaubend den Raum, um sich einen grauslichen Automatenkaffee zu verinnerlichen.

Erst jetzt nimmt sie ihr Handy aus der Tasche und sieht mit einigem Unbehagen, dass Ferdi sie seit gestern Abend sage und schreibe fünfzehnmal angerufen hat. Neben den unbeantworteten Anrufen gingen noch vier SMS und eine Reihe von Whatsapp-Nachrichten ein. „Habe mir heute das Bein gebrochen. Offener Oberschenkelbruch. Musste ins Krankenhaus." Viel später: „Liege im Spital, OP gut verlaufen, bin noch müde." Noch etwas später: „Kümmert es dich überhaupt, wie es mir geht?" Heute Morgen: „Falle für etwa sechs Wochen aus. Aber es scheint dich wenig zu interessieren. Novotny sucht Vertretung für mich." Minuten später: „Ach ja, diese Olga ist zwielichtig – rede noch einmal mit der Portugiesin." Selina nippt an der undefinierbaren braunen Brühe. Ja, ja, schon gut, sie weiß, dass Lamentieren einer von Ferdis weniger erträglichen Eigenschaften ist, aber wenn er sich so schwer verletzt hat? Was Selina aber in Arbeitshochstimmung versetzt, ist der letzte Satz.

„Ha, habe ich es doch gewusst, dass diese aalglatte Lady etwas zu verbergen hat!" Selina lehnt am Kaffeeautomaten und überlegt, wie sie ihren Interimspartner möglichst rasch loswerden kann. Bei Novotny anklopfen und um den Abzug des südösterreichischen Laienkriminalisten mit Vollausbildung zu bitten, ist keine Option. Wahrscheinlich erwartet er sich dafür eine eindeutige Gegenleistung, die sie auf keinen Fall erbringen kann, und sollte es ihre Gesinnung zulassen, gar nicht will. „Never fuck the company" erinnert sie sich an den Spruch ihres Vaters, als sie noch klein und ihre Eltern noch unglücklich miteinander verheiratet waren. Wahrscheinlich ist es bis heute der einzige vollständige Satz auf Englisch, den ihr Vater kennt, und er wird sich oft gefragt haben, wieso er die Firma nicht vögeln soll.

Außerdem will sie Annalenas Illusion, in Bälde Frau Novotny zu sein und ihren Chef zum Polizeiball begleiten zu dürfen, nicht aus egoistischen Motiven durchkreuzen. Annalena! Das ist die Lösung! Mit dem Kaffeebecher in der Hand stapft sie, noch immer in den Winterschuhen steckend, denn bis jetzt hatte sie noch keine Gelegenheit, in ihre Probeschuhe für den Ball zu schlüpfen, in Annalenas Büro. Diese quittiert Selina Erscheinen mit einem Gähnen und dadurch kaum verständlichen „Gutes neues Jahr", was eher klingt, wie: „Geh, net du." Der Schreibtisch gegenüber Annalenas Arbeitsplatz ist seit Urzeiten verwaist. Als die patente Assistentin vor vielen Jahren in den Ruhestand ging, wurde anfänglich kein Ersatz gefunden, dann nicht mehr gesucht und später die Planstelle gänzlich gestrichen. Somit dient der Tisch zur Ablage von nicht mehr benötigten Dingen, wie ausrangierten Tastaturen, kaputten Mäusen und zwei traurig und vernachlässigt wirkenden Schwiegermutterzungen.

„Weg da, den Plunder", befiehlt Selina, nachdem sie sich wieder einmal die Oberlippe an dem widerwärtigen Gesöff verbrannt hat.

Bei jedem Service dieses Krempels von Automat erklärt sie dem Techniker, dass der Kaffee mit einer brauchbaren Trinktemperatur die Ausläufe entlangrinnen soll, und jedes Mal nickt er und verspricht, die Einstellungen nachzujustieren. Entweder ist er zu dumm, oder er vereimert Selina. Das nächste Mal wird sie ihn in die Ausnüchterungszelle stecken, bis er sich erinnert, an welcher Schraube er drehen muss.

Annalena hebt ihre nichtvorhandenen Brauen, also den kohlrabenschwarzen Strich über ihre Augen, schürzt die Lippen und nimmt demonstrativ langsam die Füße vom Tisch.

„Was?"

Die Überraschung ist gelungen.

„Das ganze Zeug da weg, ab ins Archiv damit. Du bekommst einen Kollegen."

Ungläubig starrt Annalena mit ihren großen Kuhaugen Selina an.

„Ich bekomme Verstärkung?" Stück für Stück wandern ihre Mundwinkel nach oben und sie grinst über beide Ohren. „Das ist ein Ding. Und einen Mann noch dazu, nicht so eine Sekretärinnenschnepfe."

„Ja, das ist toll, nicht?", pflichtet ihr Selina bei und schnappt sich die beiden Blumentöpfe. „Die nehme ich in Obhut," wirft sie ihrer nunmehr eifrigen Kollegin zu, die sich anschickt, hurtig für ihren neuen potenziellen Busenfreund den Platz freizuräumen. Wer weiß, ob der Traum, Frau Novotny zu werden, wirklich in Erfüllung geht, zumal sie Silvester Rotz und Wasser heulend in ihrer Einzimmerwohnung verbracht hat, weil Herr Novotny sie nicht zum versprochenen Galadinner ausgeführt hat, obwohl sie von neun bis weit nach Mitternacht im Dreivierteltakt, also dreimal pro Viertelstunde, versuchte, ihn telefonisch zu erreichen. Das würde heute noch ein Nachspiel geben, aber bis jetzt ist sie zu Herrn Novotny noch nicht vorgedrungen, weil er es vorgezogen hat, an diesem grauen, unwirtlichen Jännertag im Homeoffice zu bleiben und seine Befehle von seiner feudalen Wohnung in Grinzing aus zu erteilen. Als Grund, wieso er nicht im Büro erschienen ist, erklärt er vordergründig, dass ein Batzen Schnupfen im Anmarsch ist und er seine Kollegenschaft nicht mit Viren versorgen möchte, hintergründig geht er zwei unschönen Diskussionen aus dem Weg. In beiden hätte er ausgiebigen Erklärungsnotstand. Er weiß natürlich um Selinas Meinung über den Villacher Leiter und er weiß auch, dass es nicht nötig gewesen wäre, ihn als Krankenstandsvertretung für Ferdi zu holen. Aber schon um seine unzweifelhaft beste Ermittlerin, die er bis jetzt noch nicht ins Bett zerren konnte, zu ärgern, hatte er Schützenhilfe angefordert und würde sie jederzeit an höherer Stelle zu begründen wissen. Noch mehr fürchtet er Annalenas Zorn, der mit großer Wahrscheinlichkeit dramaturgische Höhepunkte erreicht, denn so heißblütig, wie dieses Weib im Bett sich verhält, ist sie leider auch, wenn ihre Beine nicht fast senkrecht gestreckt nach oben zeigen und ein unwiderstehliches V bilden. Ganz sicher ist er sich nicht, ob sie ihm eine scheuert, was vor versammelter Mannschaft einen gehörigen Reputationsverlust verursachen würde, andererseits hätte er endlich einen Grund, die längst überfällige Trennung von ihr durchzuziehen und sich seiner neuen Blüte mit Haut, Haaren und Unterleib zu widmen. Mit Letzterem ist er in den vergangenen Tagen schon höchst aktiv gewesen.

Als Selina mit den beiden Grünpflanzen in den Händen wieder in ihrem Büro steht, ist der nächste Wutanfall vorprogrammiert. Die penetranteste K.-u.-k.-Alliteration, sprich der Kärntner Kotzbrocken, steht vor ihrem Schreibtisch, blättert ungeniert in ihrem Notizbuch und hat obendrein den Obduktionsbericht aus der gelben Mappe entfernt.

„Sag mal, spinnst du?", fährt sie ihn an. „Verschwinde augenblicklich von meinem Tisch." Mit einer Geste droht sie an, einen der zwei, wenn nicht sogar beide Blumentöpfe gegen seinen Schädel zu werfen.

Moritz zieht den Kopf ein. „Feig warst du schon immer", denkt sich Selina, als sie sieht, wie er in Deckung geht.

„So, und jetzt raus. Dein Arbeitsplatz ist nebenan." Mit diesen Worten knallt sie die Töpfe auf Ferdis Schreibtischunterlage, sodass einige der braunen Kügelchen, in denen die länglichen Pflanzen stecken, wie verirrte Gummibälle auf den Boden hüpfen. Dann nimmt sie die braune, offenbar nagelneue und vor allem richtig teure

Aktentasche des ungebetenen Kollegen und stiefelt damit zur Tür hinaus.

Keifend wie ein altes Waschweib folgt er Selina. „Du, das ist meine Tasche. Hey, wo gehst du damit hin?"

Über die Schulter ruft sie ihm zu: „Leder oder Plastik? Ich dachte Pfui Luitton produziert nur für Frauen mit niedrigem Selbstwertgefühl, schlechtem Geschmack und mangelndem Umweltbewusstsein. Wusste nicht, dass Männer auch auf diesen Kunststoffdreck fliegen."

„Das ist veganes Leder!", keift der Angesprochene zurück. Großer Fehler! Selina über Veganismus aufklären zu wollen, ist wie Wasser in die Drau oder Donau zu schütten.

„Du Trottel, das ist Polyurethan, klingt nach Pisse, ist aber bei Umgebungstemperatur fest. Und welchem Esel man für diese Sorte Plastik die Haut abzieht, kannst auf dem Preisschild nachlesen."

In Annalenas Büro angekommen, stellt sie die Tasche mit einem Ruck auf die bereits leer geräumte Fläche, auf der sich nur mehr eine in die Jahre gekommene, ziemlich vergilbte karierte Schreibunterlage befindet.

„So, da wären wir. Wenn du etwas brauchst, klopfst du am besten an die übernächste Tür, da sitzen noch zwei Kollegen."

Während sich Selina mit einem Ruck umdreht, stürmt Annalena in freudiger Erregung auf den auf den ersten Blick gar nicht so unattraktiven Mann zu.

„Ich bin die Annalena und du kannst mich ruhig duzen."

„Schön", antwortet er, ohne der mittelmäßigen Schönheit und deren nun deutlich tiefer gelegtem Ausschnitt sowie dem zwischenzeitlich rot geschminkten Kussmund Respekt zu zollen, und stürmt Selina nach.

18.

Der Fußmarsch von der Dienststelle zum Hotel tut Selinas Kopf gut. Langsam verraucht ihr Zorn und die Strategie, den gelackten Affen kaltzustellen, indem man ihn aus dem eigenen Büro verbannt, findet Selina genial. Novotny kann ihr nicht vorwerfen, dass sie sich nicht um einen geeigneten Arbeitsplatz für diesen Stenz bemüht hätte, und so ist es auch nicht nötig, Ferdis Reich in Unordnung zu bringen. Außerdem hat der Bereich rund um den eigenen Schreibtisch eine spezielle Aura, die keineswegs verletzt werden darf. Sie sieht es als ihre Pflicht an, Ferdis beruflichen Intimbereich zu schützen und zu verteidigen.

Nachdem sie Moritz bei Annalena abgegeben hatte, beeilte sie sich, das Haus zu verlassen, und informierte auch ihre Kollegin im Empfangsbereich nicht, wo sie denn gar so schnell hinlaufen müsse. Ihr Vorsprung reicht zumindest, denn als sie sich mehrmals umdreht und prüft, ob ihr ein Kärntner Schatten folgt, stellt sie zufrieden fest, dass er noch nicht in die Gänge gekommen ist.

Mit klammen Fingern, kalten Ohren und einer rot gefrorenen Nasenspitze erreicht sie das noble Entree des Hotels nach dreißig Minuten. Am Empfang zückt sie ohne Umschweife ihren Ausweis und verlangt, auf der Stelle das portugiesische Zimmermädchen zu sprechen. Der Unmut der Dame hintern Tresen über Polizeibesuch ist dermaßen augenscheinlich, dass Selina sie auch gleich gerne in die Mangel genommen hätte, aber sie muss sich auf das Wesentliche konzentrieren. Heute fehlt ihr persönliches Regulativ, nämlich Ferdi, das bedeutet, sie darf sich keinesfalls gehen lassen.

Es dauert keine zwei Minuten und das hübsche Mädchen steht vor ihr und lächelt Selina fragend an.

„Ich habe schon alles dem Mann mit der Glatze erzählt", eröffnet sie, während sie in der Lobby auf einen kleinen Tisch mit zwei höchst ungemütlich wirkenden Designersesseln zusteuern.

„Ja, das weiß ich", antwortet Selina, „aber der liegt im Krankenhaus und ich kann ihn nicht fragen. Er erzählte mir nur, dass Ihnen noch ein Detail eingefallen ist, das mit Olga Sernikova in Verbindung steht?" Es ist mehr eine Frage denn eine Feststellung.

„Ja, richtig. Meine Freundin Seila, die auch hier im Hotel als Zimmermädchen arbeitete, hat mir etwas Interessantes erzählt, nachdem sie vom Mord an unseren Gast gehört hatte."

„Aha!" Selina lehnt sich ein Stück vor.

„Ja. Sie sagte, dass am Morgen des 25. Dezembers Frau Sernikova darauf bestanden hat, die Suite schon in aller Herrgottsfrühe zu reinigen, und es musste alles blitzsauber sein."

„Das ist durchaus bemerkenswert", denkt Selina.

„Und?"

„Ja, und Seila war erstaunt darüber, dass der Chinese schon außer Haus war. Aber das Bett war unberührt, also glaubte sie, dass er gar nicht hier geschlafen hatte."

„Diese Feststellung stimmt in jedem Fall", denkt Selina, denn er war sehr umtriebig in der besagten Nacht, zuerst lag er in Smirnas Bett, dann davor und schließlich in einem Kühlfach im Keller der Pathologie, aber sie will ihre Gesprächspartnerin nicht mit ihren Gedanken langweilen. Nach einer kleinen Pause fährt das Zimmermädchen fort: „Wissen Sie, Seila hat sich noch gewundert. Der zahlt so viel Geld für sein Zimmer und benutzt es nicht einmal. Sie sagte, wenn sie je diese Unsummen ausgäbe, würde sie das Zimmer nicht eine Stunde verlassen." Und mit einem Seufzer fügt sie hinzu: „Aber das werden Seila und ich uns nie leisten können."

Ohne dass Selina nachdenkt, gibt sie einen hilfreichen Rat: „Reich Heiraten wäre eine Möglichkeit."

Mit einem schüchternen Lächeln sieht das Mädchen Selina an, wahrscheinlich überrascht es sie, dass so eine toughe Polizistin auch eine humorvolle Ader hat.

Wieder mit vollem Ernst fragt Selina: „Kann ich mit Seila sprechen? Jetzt vielleicht?"

Das Mädchen senkt die Augen und räuspert sich, bevor sie Selina mitteilt, dass Seila einen Tag nach den Weihnachtsfeiertagen gekündigt worden und wegen dieser Enttäuschung mit Sack und Pack am letzten Tag des Jahres zurück nach Burgau gekehrt sei.

„Was in aller Welt will sie in Burgau?", fragt sich Selina. Sie kennt dieses kleine 1.000-Seelen-Nest ziemlich gut, denn es liegt nur eine halbe Autostunde von Siniwöd entfernt und ist jenes Dorf, in das sich ihre Großmutter väterlicherseits nach der Scheidung von ihrem unternehmungslustigen Gatten, der mehr lustig, besser gesagt lüstern, als unternehmerisch tätig war, zurückgezogen hat. Selina mochte diese gepflegte und stets höfliche Dame ausgesprochen gerne, im Gegensatz zu ihrem Ex-Mann, der, selbst als er schon im Rollstuhl saß und bei jeder Mahlzeit seine Kleidung bekleckerte, seinen Heimhilfen ohne geringsten Genierer unter den Kittel griff. Dieser Gendefekt dürfte dominant vererbbar sein, denn Selina ist überzeugt, dass ihr Vater, sollte er bei seinem Lebensstil überhaupt je ein biblisches Alter erreichen, den gleichen senilen Schürzenjäger abgeben wird.

Laut fragt sie dann doch: „Was macht Seila in der Steiermark?", und erntet ein riesengroßes Fragezeichen, das sich auf der Stirn der Befragten bildet.

„Steiermark? Burgau ist an der Algarve."

Nun, Geographie war zwar nicht Selinas Lieblingsfach, aber sie weiß zumindest, dass die Algarve in Portugal und Burgau Österreich liegt. Erst nach einigem Nachfragen stellt sich heraus, auch im Südwestzipfel der iberischen Halbinsel existiert ein Burgau.

Warum man Seila gekündigt hat, kann das Zimmermädchen nicht beantworten. Das Einzige, was Selina noch interessiert, ist, ob sich Seila eventuell erinnerte, dass vielleicht ein Laptop oder irgendwelche Ordner, Mappen oder Unterlagen im Zimmer gelegen seien. Auch dazu kann das Mädchen nichts sagen, das habe der Polizist auch schon gefragt.

„Jedenfalls vielen Dank für Ihre Hilfe." Selina erhebt sich von dem viel zu kleinen Stuhl, auf dem nur die halbe Pobacke Platz findet, der mit Sicherheit für reiche Kinder entworfen wurde.

19

Selinas Handy vibriert, als sie sich gerade auf den Weg zum Tresen macht, um nach Olga Sernikova zu fragen. Novotny. Sie lässt es fertig brummen, und stellt es endgültig auf lautlos.

Frau Managerin sei heute leider nicht im Hause. Sie gönne sich nach den stressigen Weihnachtstagen eine zweiwöchige Auszeit, wie jedes Jahr, seit sie dieses Hotel leitet.

„Aha, und seit wann ist das?"

„Seit drei Jahren", berichtet die Empfangsdame und wirft ihren Kopf verächtlich in den Nacken.

„Dann wissen Sie bestimmt, wo Ihre werte Frau Chefin ihre Auszeit genießt." Selinas zynischer Unterton kommt zum Glück nicht an, aber sie mag diese Stewardessenkopien einfach nicht.

„Ja, ich habe schon eine Ahnung", gibt sie zurück, während sie hinter dem Pult mit irgendwelchen Zetteln hantiert.

Fast ist Selina geneigt, in ihr Portemonnaie zu greifen und ein sattes Trinkgeld auf das blank polierte Holz zu knallen, als ihr einfällt: „Nein, ich bin Polizistin, ich kriege die Information auch ohne finanzielle Zuwendung."

„Na, ich schlage vor, Sie legen einmal los. Ich habe nicht den ganzen Tag Zeit, hier zu stehen und Ihrer netten, eintönigen Stimme zu lauschen." Und sie denkt: „Shit, Ferdi würde mir jetzt auf die Zehen treten oder einen Rempler in meine Nieren versetzen."

Die ohnehin schon steife Gestalt nimmt noch geradere Haltung an und blitzt Selina böse an.

„Tut mir leid, Frau Sernikova will in ihrem wohlverdienten Urlaub bestimmt nicht gestört werden."

Selina könnte sich wegen ihrer Unbeherrschtheit ohrfeigen, aber wenn dieser gefühlsamputierte Besenstiel glaubt, mit Selina zu spielen, wird sie sich täuschen.

Es dauert keine weiteren zwei Minuten und mit nervöser Stimme, ersten Schweißperlen auf der Stirn und zittrigen Händen verrät sie Selina Sernikovas Aufenthaltsort. Vielleicht war Selina doch ein bisschen grob, als sie ihr androhte, dass sie sie, wenn sie nicht gleich den Mund aufmache, hier und jetzt in Handschellen abführen und auf die Wache bringen ließe, wo sie genügend Zellen hätten, in denen sie in Ruhe nachdenken könne, wo man Olga Sernikova erreiche. Zudem decke sie gerade eine potenzielle Verbrecherin, wenn nicht sogar Mörderin, was ihr bestimmt einige Tage im Zuchthaus einbringe.

Zufrieden faltet Selina das Blatt Papier, auf das die geschockte Rezeptionistin mit fahriger Handschrift eine Adresse und Telefonnummer gekritzelt hat.

Olga weilt zurzeit in Italien, genau genommen auf Ischia, wo ihr viel beschäftigter neapolitanischer Ehemann ein kleines Lustschlösschen besitzt, wie sie so nebenbei in Erfahrung brachte.

20.

Auf dem Weg zurück zum Büro entscheidet sich Selina für die U-Bahn, denn in der Zwischenzeit hat es wieder zu schneien begonnen. Sie schickt eine Nachricht an Ferdi, wünscht ihm alles Gute und er möge bald wieder zur Arbeit erscheinen, um den Alltag für Selina erträglich zu gestalten. Kurz schildert sie ihm, wer seine Vertretung übernommen hat und dass Olga im benachbarten Ausland weilt. Er solle ihr Bescheid sagen, wenn er vom Spital entlassen werde, gerne werde sie ihm zu Hause einen Besuch abstatten. Selina hasst Krankenhäuser schon von Berufs wegen. Der stetige Geruch nach Desinfektionsmittel und die exkrementengeschwängerte Luft verursacht bei Selina eine Grundübelkeit, die sich schlagartig legt, wenn sie das Siechenhaus verlässt. Außerdem weiß sie selbst nicht genau, ob nach den letzten Seuchenjahren ohne Schutzanzug, Gesichtsmaske, Körpertemperaturmessung, die zum Glück nie rektal durchgeführt wurde, und ohne Test, ob gurgeln, schlürfen, spucken oder in der Nase wühlen, ein Betreten dieser Einrichtungen überhaupt erlaubt ist. Sie hat in den vergangenen Monaten selbst als erfahrene Polizeibeamtin, wenn es auch nicht ihr ureigenster Aufgabenbereich ist, die Einhaltung der Maßnahmen in der Bevölkerung unter strenger Strafandrohung zu exekutieren, gänzlich den Überblick verloren, was man darf, soll und muss. Dabei fällt ihr der Sinnlosspruch ihrer Mutter ein, den diese mit Vorliebe, wenn Selina zu Schulzeiten eine Streikperiode einlegte, vom Stapel ließ: „Man muss wollen, was man soll." Rein interpretationstechnisch gesehen eine hervorragende Metapher für: „Sei stets angepasst, dann passiert dir nichts. Anders sein, anders denken und erst recht anders leben, als die große Masse es tut, ist verboten."

So weit scheint es Ferdi gut zu gehen, denn es dauert keine Minute und Selina starrt auf das Bild eines Beines in schneeweißem Gipsverband, untermauert mit: „Danke, darf in zwei Tagen nach Hause. Melde mich." Na, viel ist es nicht, was Ferdi schreibt, eigentlich sollte er ausreichend Zeit haben, einen ausführlichen Bericht über seinen Zustand abzugeben. „Nur", denkt sie, „wenn ihm gerade eine hübsche Krankenschwester, nein, ein fescher Krankenbruder das Fieberthermometer in den Allerwertesten schiebt oder ein Jungarzt Ferdis haarlose Hühnerbrust abhorcht, kann es schon sein, dass er wenig Muße hat, mit seiner schwer arbeitenden Kollegin zu chatten." Darum antwortet Selina nur: „Hab dich auch lieb."

Als sie etwas später das Büro betritt, sich die Schneeflocken von Jacke und Mütze schüttelt und gerade dabei ist, aus ihren plumpen Stiefeletten zu schlüpfen, stürmt Annalena, ohne anzuklopfen, herein.

„Du bist gemein. Der bleibt ja gar nicht hier! Der geht wieder zurück nach Villach, hat er mir gesagt, und Sekretär ist er auch keiner."

„Gratuliere", entfährt es Selina, „du hast Talent, verdeckte Ermittlungen durchzuführen." Mit diesen Worten stelzt sie etwas wackelig, weil die dicken Sportsocken sich unter den dünnen Riemchen ihrer Schuhe nicht gut anfühlen, in Richtung Kaffeeautomat.

Auf halben Weg kommt ihr der südösterreichische Sonnenschein entgegen.

„Na, hätte ich dich nicht begleiten müssen, wohin auch immer du abgehauen bist?", fragt er mit einem süffisanten Grinser, der nur eines bedeuten kann: Er hat Novotny über Selinas Alleingang bereits informiert.

„Glaube ich nicht", gibt sie zurück. „Ich wüsste nicht, dass ich auf einen Dreier mit dir stehe, und seit wann bist du ein Spanner?"

Ohne noch einmal in die plödutschnige Visage zu blicken, verschwindet sie in ihr Büro, drischt die Türe zu, dass die Wände wackeln und Moritz und seine neue Bewunderin wegen des ohrenbetäubenden Knalles zusammenzucken.

21.

Selinas Ärger über die seltsame Kombi ihrer Kollegenschaft ist noch nicht ganz verraucht, als es zaghaft an der Tür klopft.

„Herein", schnauzt sie schärfer als gewollt, obwohl ihr klar ist, dass es keiner dieser zwei Exoten sein kann, die eine klopft nicht an, der andere würde mit dem Knöchel durch das dünne Türblatt kommen.

Ein Blondschopf erscheint im Türrahmen, danach das schüchterne Gesicht eines jungen Burschen, den sie noch nie gesehen hat.

„Ähm, Frau Kommissar Hinterstopfer?", fragt er und wagt zwei Schritte.

„Ja. Und Sie sind?"

„Claudius. Claudius Ehrlich."

„Was verschafft mir die Ehre?"

„Sie, Sie bearbeiten den toten Chinesen?"

Jetzt muss Selina lächeln.

„Nein, sorry, ich bearbeite den toten Chinesen nicht. Ich ermittle nur in diesem Fall."

Dem etwas groß und schlaksig geratenen Jüngling, der sichtlich die Pubertät erst kürzlich hinter sich gelassen hat, scheint sein semantischer Lapsus enorm peinlich zu sein. Er wird rot bis in die Haarwurzeln.

Selina steht schließlich ruckartig auf und will ihm entgegengehen. In diesem Moment steht ihr linker Fuß um etwas mehr als zehn Zentimeter tiefer als der rechte.

„Scheiß Kleber, hält einen Dreck." Sie schlüpft aus dem zweiten Schuh und geht in Sportsocken auf ihren Besucher zu, der vor lauter Peinlichkeit nicht mehr weiß, wohin er seine Augen wenden soll.

Sie fasst ihn am Ellbogen und zerrt ihn minder oder eher mehr zu Ferdis Schreibtisch.

„Kommen Sie, setzen Sie sich. Möchten Sie vielleicht einen Kaffee?" Sie will diesem langen Elend ein Wohlfühlmäntelchen umhängen, damit sie rasch erfährt, was er so auf dem Herzen hat.

Die Frage nach dem Kaffee scheint er zu überhören und zu Selinas anfänglicher Freude kommt er gleich zur Sache.

„Also, Frau Kommissar, ich habe in der Zeitung über den Mord gelesen und ich weiß gar nicht, ob meine Beobachtung Bedeutung hat, aber …"

Selina hasst Geschwafel, daher unterbricht sie ihn so sanft, wie es ihr Naturell und ihre ungezügelte Ungeduld zulassen: „Erzählen Sie einfach, das Beurteilen überlassen Sie einfach mir. Okay?"

Der Junge nickt, wahrscheinlich hat er sie sogar verstanden.

„Es ist so: Ich war am Heiligabend noch mit meinem Hund draußen, ich wohne in der Feuerbachstraße, das ist um die Ecke von der Junggasse, wo das Laufhaus liegt. Sie wissen schon, das Musch-Musch."

Selina nickt.

„Also, ich schlendere gemütlich mit Charlie die Häuserzeilen entlang und wundere mich noch, dass an so einem Abend ein Laufhaus in Betrieb ist. Nicht dass ich ein strenger Katholik wäre, aber gehört sich so etwas?"

Selina zuckt mit den Schultern, denn sie will hier keine allgemeinen gesellschaftlichen Anstandsregeln diskutieren, sondern endlich wissen, was der Mann beobachtet hat.

„Gut", brummt er, „wo war ich? Ach ja, gegenüber dem Laufhaus parkte ein Wagen, in dem jemand am Steuer saß und offenbar auf etwas oder jemanden wartete."

Selina wird hellhörig und lehnt sich ein Stück über den Tisch.

„Und?"

„Ja, das war es schon."

„Das ist jetzt aber nicht sein Ernst", denkt sich Selina. „Muss ich ihm die wichtigen Antworten wirklich aus der Nase ziehen?"

Ziemlich genervt fragt sie: „Und? Welches Fahrzeug? Marke, Farbe, vielleicht Kennzeichen? Wie sah die Person aus, die drinnen saß? Männlein oder Weiblein? Alt, jung, Haare, Glatze, dick, dünn? Na, kommen Sie schon!" Inzwischen ist sie aufgestanden und geht in Socken im Raum auf und ab.

Der junge Mann scheint es schon zu bereuen, seine Beobachtung gemeldet zu haben, denn seine Stimme wird um eine Oktave höher, zittert und Selina befürchtet, dass er im nächsten Moment in Tränen ausbricht und nach seiner Mama verlangt.

„Das alles weiß ich nicht. Es war so eigenartig. Die Person hat sich geduckt, als sie mich gesehen hat, so als würde sie etwas vom Boden aufheben. Ich habe mich dann auch nicht getraut, genauer hinzuschauen."

„Das kann ich mir vorstellen", denkt sich Selina, „wahrscheinlich hat er seinen Schritt beschleunigt, sich nicht einmal umgedreht und ist mit seinem Köter an der Leine heimgelaufen."

Kaum hat sie fertig gedacht, erzählt er sein Abenteuer weiter und es endet genauso, wie Selina es im Kopf vorformuliert hat. Nein, sie besitzt keine seherischen Fähigkeiten, bloß ein wenig Menschenkenntnis, Verstand und eine einigermaßen gute Kombinationsgabe.

„Vom Fahrzeug wissen Sie wirklich gar nichts?"

„Doch, es war ein dunkler SUV, glaube ich. Aber die Marke weiß ich nicht. Ich interessiere mich nicht für Autos."

„Eher noch für Dreiradler und Roller", denkt sich Selina, „denn geistig hat er die Pubertät nicht überschritten, er ist bis jetzt noch gar nicht dort angekommen!"

Als sie nach dem Kennzeichen fragt, strahlt er über beide Ohren und berichtet voller Stolz: „Ja, es war ein Wiener Kennzeichen."

Abrupt bleibt Selina unmittelbar vor dem Mann stehen. „Wollen Sie mich verschaukeln?"

Entrüstet verneint er. Ja, das sei doch super, man müsse nur alle dunklen SUVs mit Wiener Kennzeichen checken!

„Sicher und als Draufgabe filzen wir jeden Steirer, der am Palmsonntag in der Kirche in Tracht erscheint, oder wie?", geht ihr durch den Kopf. Selina muss sich erst beruhigen, bevor sie dem vor ihr sitzenden Haufen Dummheit noch eine Frage stellt, ohne ihm dabei ins Postpickelgesicht zu springen oder ihm auf seine eindeutig zu groß geratenen Füßen zu treten.

„Sie haben, als Sie wieder zu Hause waren, nichts mehr Ungewöhnliches bemerkt? Ich meine, Sie wohnen fast um die Ecke und haben den Polizeieinsatz vor dem Musch-Musch gar nicht mitbekommen?", versucht sie so sachlich, wie es ihr gelingt, noch eine Frage anzubringen, obwohl sie jetzt schon weiß, es ist Zeitvergeudung.

„Aber nein", sagt er nun, als wäre es selbstverständlich, dass man sich Kopfhörer aufsetzt, sobald man seine Wohnung betritt. „Ich war bei Beethovens Neunter erst bei der Hälfte, als ich mit Charlie zum Gassigehen aufbrach, so hörte ich mir den zweiten Teil danach an."

Dass dieser Mann allein lebt, kann man keiner Frau verdenken, und Selina ist froh, als er endlich aus ihrem Büro verschwunden ist, sie das Fenster aufreißen kann und die nach Stinktier riechenden Terpene sich nach draußen verflüchtigen. „Schon krass", denkt sie, „sich vor einem Besuch auf einem Polizeirevier einen Joint zu genehmigen."

22.

Während die Kollegen wieder etwas zu tun haben, nämlich in der Zulassungsstelle zu fragen, wie viele dunkle SUVs schätzungsweise in Wien angemeldet sind, und Erkundigungen über Olga Sernikovas Leben einzuholen, das sie führte, bevor sie in die Chefetage eines Fünfsterneschuppens aufstieg, und generell etwas über Olgas Ehemann in Erfahrung zu bringen, versucht Selina sich Ferdis Vertretung vom Leib zu halten. Moritz hat sich tatsächlich bei Novotny beschwert und dieser wiederum hat nach einigen erfolglosen Versuchen irgendwann Selina doch an die Strippe gekriegt und ihr unmissverständlich mitgeteilt, dass der freundliche Kollege aus dem Süden nicht den weiten Weg nach Wien angetreten sei, um von ihr wie Luft behandelt zu werden. Er sei gefälligst in die Recherchen einzubinden und Befragungen und andere Amtshandlungen seien ab sofort im Duo durchzuführen, andernfalls könne man ihr ein Disziplinarverfahren anhängen, was ihm natürlich außerordentlich leidtäte, wenn er für geraume Zeit auf ihre Dienste verzichten müsse.

Selina ist lernfähig, sie schnappt sich die Mappe mit den spärlichen Unterlagen, geht in Annalenas Büro und drückt ihrem unliebsamen Partner auf Zeit diese mit den Worten in die Hand: „Schön, Moritz, aufgrund der Unmenge an Arbeit ist es ganz untergegangen, dass der Leichnam bereits freigegeben ist und man ihn bestatten sollte. Ob hier, in Malta oder in China, weiß ich leider auch nicht, aber bestimmt schaffst du es mit deinem überbordenden Charme, diese Frage mit den überaus freundlichen Zeitgenossen in der chinesischen Botschaft zu klären." Sie wartet gar nicht auf den Proteststurm, der mit Sicherheit einsetzen wird, sondern eilt geschäftig ohne Grußworte aus dem Zimmer und verschwindet auf die Herrentoilette, denn da wird sie bestimmt keiner suchen.

Es dauert eine Weile, bis von draußen Geräusche in die Waschräumlichkeiten dringen und Selina zufrieden feststellt, Annalena und ihr neuer Augenstern suchen nach ihr. Sie hört, wie sie vergeblich ihren Namen rufen, fluchen und sich vor allem keinen Reim machen können, wohin sie schon wieder verschwunden ist. Die Winterjacke hängt an der Garderobe und die noch nassen Stiefel stehen neben ihrem Drehsessel.

„Weit kann sie nicht sein." Diese Erkenntnis hört sie Annalena von sich geben, während Moritz das Schimpfwörterregister für Frauen herunterbetet.

Erst als der Sturm sich gelegt und der Suchtrupp sich wieder verzogen hat, schleicht Selina auf baumwollenen Sohlen zurück in ihre vier Arbeitswände. Dort liegt bereits eine Nachricht, auf einen Zettel geschmiert. Darauf steht, dass die Suche nach dem Fahrzeug sinnbefreit ist, sie jedoch einen zwar lückenhaften, aber sehr interessanten Lebenslauf von Olgas Ehemann, Antonio Sernico, in ihren E-Mail-Eingängen findet und dass man über Olga bis zu ihrer Eheschließung vor etwa drei Jahren nichts, aber rein gar nichts rausfinden konnte.

23.

Momentan kann Selina die Informationen nicht verwerten, obwohl sie, als sie die E-Mail gelesen hat, am liebsten losgelegt hätte. Es gibt drei Möglichkeiten, wobei die letzte, schon nachdem sie sie zu Ende gedacht hat, ausscheidet.

Erstens: Sie wartet, bis Olga ihren wohlverdienten Urlaub beendet hat und gut erholt nach Wien zurückkehrt.

Zweitens: Sie setzt sich in ein Flugzeug, Auto oder in den Zug und tritt eine Reise nach Ischia an.

Drittens: Sie nimmt Kontakt mit der Polizeibehörde in Neapel oder sonst wo in dieser wunderschönen Gegend auf und bittet um Amtshilfe.

Nach Abwägen der Chancen nimmt sie auch von Variante zwei Abstand. Dienstlich kriegt sie diese Fahrt nicht genehmigt und Urlaub zu nehmen, um Befragungen durchzuführen, ist nicht im Sinne des Urlaubers.

Auf keinen Fall darf sie ihren aufgeblasenen Blindgänger einweihen, der bestimmt genau wüsste, was zu tun ist. Die zwei Tage, bis Ferdi vom Krankenhaus entlassen ist, wird sie die Füße stillhalten müssen, dann würde sie sich mit ihrem Sparringpartner beraten, wie sie weiter vorgehen. Sie nimmt den Notizzettel, steckt ihn in ihre Handtasche und macht sich zum Aufbruch fertig. Die Aussicht, dass sie heute auf Cynthias Liebesdienste verzichten muss, weil diese für zwei Tage zu einer Fortbildung nach London unterwegs ist, macht den Abend dieses beschissenen Tages nicht besser. Selina stapft durch die mittlerweile beachtliche Schneedecke in Richtung U-Bahn-Station, leiert im Kopf eine Einkaufsliste herunter und denkt an den einzigen Lichtblick des heutigen Abends. Eine Wanne voll mit heißem Wasser, viel Schaum und zwei Stöpseln in ihren Ohren, die ihr die kultige Gossip-Sängerin Beth

Ditto nur musikalisch näherbringt. In der Wanne hätte die geoutete Lesbe nicht genügend Platz.

24.

Die nächsten Tage verlaufen in ruhigeren Bahnen, zumal Selina ihrem interimistischen Kollegen die ihr zugespielten Informationen vorenthält und offenbar auch kein anderer Mitarbeiter in ihrer näheren Umgebung engen Kontakt zum Aushilfebullen, wie er hinter vorgehaltener Hand bezeichnet wird, sucht. Seine stümperhaften Versuche, einen persönlichen Termin in der chinesischen Botschaft zu ergattern, um seine eigene Wichtigkeit in diesem Fall zu unterstreichen, machen im Revier die Runde und man witzelt darüber, dass die Leiche wahrscheinlich von selbst zum Laufen beginnt, bevor er es auf die Reihe bringt, was mit dem Toten geschehen soll. Was das Angenehme ist: Er geht voll und ganz in seiner Aufgabe auf und lässt Selina weitgehend mit dummen Fragen, nicht erwünschter Hilfsbereitschaft und unnötigen, besserwisserischen Ratschlägen in Ruhe.

Ferdi muss entgegen seinem optimistischen Plan seinen Krankenhausaufenthalt um zwei Tage verlängern, weil angesichts des mittlerweile handfesten Ärztemangels niemand ausreichend Zeit hat, seinen Entlassungsschein zu unterzeichnen – sagt man jedenfalls. Böse Denker könnten auch behaupten, dass nach Jahren der guten Belegung der Spitalbetten aufgrund der beinahe nicht enden wollenden Pandemie der Primarius der Klinik auf den warmen Geldregen der Krankenkasse nicht verzichten will und daher weiterhin auf Vollauslastung abzielt.

Mehr aus Langeweile als aus recherchentechnischer Notwendigkeit stattet Selina dem Laufhaus Musch-Musch, das den Betrieb wieder aufgenommen hat, einen Besuch ab. Sie will sich zwar Smirna nicht als Freundin anbiedern, aber die Dame ist schon lange im Geschäft und noch länger in Wien. Wer weiß, ob ihr je eine Olga über den Weg gelaufen ist. Der Nachname scheint vom Angetrauten geliehen zu sein und Olga klingt ganz und gar nach einer östlichen Herkunft.

Es ist ein sonniger, bitterkalter Wintervormittag und es liegt so viel Schnee in Wien, wie seit Jahren nicht mehr. Bis heute, obwohl es vor zwei Tagen aufgehört hat zu schneien, sind viele Gassen noch nicht geräumt. So mancher Autofahrer, der nicht im Detail weiß, wo er vor der Ankunft der weißen Hölle sein Vehikel abgestellt hat, schaufelt mit großem Enthusiasmus ein Fahrzeug aus, um nach fast getaner Arbeit frustriert feststellen zu müssen, dass sich der blöde Kerl vom Mezzanin gerade über die unerwartete Nachbarschaftshilfe freut. Außerdem muss man auf der Hut sein, nicht eine Dachladung auf den Schädel zu bekommen, und lange Beine erweisen sich als nützlich, wenn man über den einen oder anderen Schneehaufen springen muss, der von dem einen nach A, vom anderen nach B und wieder von dem einen mit übelsten Flüchen nach A zurückgehievt wird. Wem die verbalen Subschubladen gelten, ist nicht eindeutig zuzuordnen. B, dem Schnee, dem Magistrat, das jedes Jahr mit der weißen Pracht hoffnungslos überfordert ist, dem Wettergott oder den Parkscheriffs, denen es schnurzegal ist, ob es stürmt, regnet oder schneit, geparkt wird gefälligst gebührend geordnet.

Selina betritt das Laufhaus unter den verwunderten Blicken einiger Passanten und steuert auf die schummrige Bar zu. Sie hat Smirna ihr Kommen vorangekündigt. Diese sitzt, eine halb volle Wodkaflasche und ein leeres Glas vor sich auf dem wackeligen Hocker, und telefoniert, während sie in der anderen Hand einen rosaroten Dildo hält und mit ihm spielt. Als sie Selina erblickt, verabschiedet sie sich mit „Da, da" und „Noká".

„So eine Frreude, Frrau Kommissarrin." Sie steigt von ihrer gemeingefährlichen Sitzunterlage und umarmt Selina, die nach einer Minute versucht, sich nach Luft japsend aus der engen Umklammerung zu befreien.

„Danke, Smirna", sagt sie und ringt nach Atem.

Während Smirna ihr ein Tonicwater eingießt und ihr eigenes Glas randvoll mit Wodka anfüllt, entledigt sich Selina ihrer Jacke, legt sie auf die Sitzfläche des Barhockers und setzt sich drauf.

„Geschäft geht schlecht", sagt Smirna, „und ich muss immer denken an Toten, wenn ich aus dem Bett steige. Dorrt, wo err gelegen, genau vorr meinem Bett! Mit Loch im Kopf!" Sie schüttelt ihren Kopf und gießt den Wodka in einem Zug in ihren Mund.

Zweimal lässt sie den klaren Schnaps durch ihre Zahnlücke rinnen, zieht das brennende Gesöff nach hinten und schluckt, so wie es aussieht, die gesamte Ladung auf einmal ihre Kehle hinunter. „Ahhh. Das tut gut." Sie öffnet dabei ihren großen Mund richtig weit und stößt einen Lufthauch dabei aus, dass es Selina schwindlig wird und sie sich am Hocker festhält, um nicht vom imaginären Karussell zu plumpsen. Smirna legt in guter Manier ihren Paraderülpser nach, dann setzt sie sich gerade und fragt: „Was wollten Sie mich frragen?"

Selina muss sich sammeln und schaut irritiert in Smirnas Hand, wie sie wieder mit dem schweinchenrosa Plastikteil spielt.

„Sorry", sagt Smirna, als sie bemerkt, dass Selina noch immer auf ihre Finger starrt, „Übung macht den Meister, nicht wahrr?" Jetzt grinst sie über das ganze geschminkte Gesicht und Selina weiß nicht, ob der Kitt nicht gleich in viele kleine Splitter zerreißt.

„Ich wollte Sie fragen, ob Sie eine Olga kennen. Olga Sernikova."

Smirna scheint zu überlegen, während sie an dem vollen Glas Wodka nur nippt, die Zunge eintaucht, zusammenrollt und sie wieder in ihrem Mund verschwinden lässt.

„Olga, Olga. Ich kenne viele Olga, aberr die wohnen nicht in Wien."

Das ist im Moment nicht hilfreich für Selina. „Sernikova! Sagt Ihnen der Name gar nichts?"

Smirna schüttelt den Kopf. Es ist der erste Moment, in dem sich ihre Lippen vom Schnapsglas trennen.

„Schade", meint Selina, trinkt ihr Tonic aus und will aufstehen.

„Haben Sie Foto von Olga?"

Überrascht sieht Selina Smirna an, auf die Idee hätte sie eigentlich kommen müssen.

„Nein, habe ich nicht, aber wir finden bestimmt etwas im Netz über sie, als Managerin eines der besten Häuser in Wien."

Es dauert nicht lange und Selina hält Smirna ihr Handy unter die Nase. Auf der Homepage des Edelladens muss man nicht lange suchen und Olga lacht ihnen mit ihrem perfekten Styling aus dem Smartphone entgegen.

Smirna scheint es die Sprache verschlagen zu haben. Wortlos nimmt sie Selina das Handy aus der Hand und geht so nah mit dem Kopf an das Foto, dass Selina fürchtet, sie würde sich gleich die Nase am Display stoßen. „Sie muss stark kurzsichtig sein", denkt sich Selina, „aber für eine Brille bestimmt zu eitel."

„Das ist nicht Olga, das ist Tamara." So trocken und klar, wie Smirna das ausspricht, scheint nicht der geringste Zweifel zu bestehen.

„Wie, Tara?" Jetzt steht Selina der Mund offen und die Augen mutieren zu leuchtenden Weihnachtskugeln.

„Ja. Das ist Tamara. Hat vor dieser Kacke mit diesem Corrona im Musch-Musch gearbeitet. Ist dann plötzlich, als man nicht sicher war, was mit Corrona passiert, von einem Tag auf den anderren verschwunden. Niemand weiß, wohin. Emil glaubte, sie ist heim nach Georgien. Habe ich aber nie geglaubt. Was soll sie in Georgien? Ich habe immer gesagt, ist abgehauen mit Frreier."

Unruhig rutscht Selina auf ihrem Hochstuhl hin und her. Jetzt brennen hundert Fragen auf ihrer Zunge.

„Freier, mit welchem Freier könnte das sein?"

„Oh, Tamara ist schön, hat viele Stammkunden."

Voller Ungeduld prasseln jetzt Fragen auf Smirna ein, ob sie den echten Nachnamen von Tamara wisse, wie lange sie im Musch-Musch schon gearbeitet habe, ob Smirna zumindest einige der Freier beschreiben könne oder deren Vor- oder vielleicht sogar Familiennamen wisse.

Smirna bemerkt Selinas wachsende Neugierde und will ihr wirklich helfen, nur weiß sie so gut wie gar nichts über Tamara. Sie habe sich immer abgeschottet, habe geglaubt, sie sei etwas Besseres, aber Emil wisse sicher mehr über sie zu erzählen.

Ja, auf diese Idee ist Selina auch schon gekommen, nicht ganz umsonst tut sie schon seit Jahren Polizeidienst.

Während Smirna noch unbrauchbares Zeug schwafelt, ihr Glas im Fünfminutentakt auffüllt und leert, kramt Selina im Internet nach einem Foto von Antonio Sernico. „Hoffentlich finde ich es, bevor Smirna erblindet ist", betet sie. Endlich stößt sie auf einen Zeitungsausschnitt, auf dem Antonio nicht gerade wie ein „bello ragazzo" dreinschaut, sondern eher wie ein „castoro fradicio", was man hier landläufig mit „begossener Pudel" übersetzt. Man könnte meinen, seine Hände schützen sein Gemächt, doch bei genauerer Betrachtung sieht man die zwei umschlungenen Armreifen um seine Handgelenke. Sie hält Smirna auch dieses Bild vor ihr Gesicht. Der Methylalkohol dürfte Wirkung zeigen und Smirnas Nase hinterlässt auf dem Display einen fetten Abdruck, weil sie mittlerweile gefährlich schwankt, als sie sich vorbeugt.

„Ja, den kenne ich, das ist Antonio. Der war oft bei Tamara. Ein echter italienischer Liebhaber! Die zwei hat man trrotz der schalldichten Wände im ganze Haus gehörrt! Tamara hat nicht viel errzählt, aber wenn Antonio kam, sagte sie immer, heute gibt es wieder wilden Rritt!"

Aber nach ihren präzisen Ausführungen wird Smirna nachdenklich. „Das ist altes Foto von Antonio, nicht wahr? Da ist er noch jung und wieso hat er diese Rringe um Hände? Wie sagt man?"

„Handschellen", ergänzt Selina.

„Aha", denkt Selina, „nun nimmt die Sache tatsächlich Gestalt an." Smirnas orgiastische Ausführungen sind für sie nicht von Interesse, aber dass es zwischen dem Laufhaus und dem Hotel eine nicht zu unterschätzende Verbindung gibt und zusätzlich der verblichene Chinese mit an Sicherheit grenzender Wahrscheinlichkeit etwas mit der Mafia auf dem Hut hatte, ist mehr als eine leise Vermutung.

25.

Nachdem sie sich von der nun endgültig volltrunkenen Smirna erlöst hat, die in ihrem Suff immer mehr zu einem heulenden Elend mutiert, weil die guten Jahre unwiederbringlich dahin seien, sie schon mehr Geld für Gleitmittel ausgeben müsse als für Reizwäsche und über kurz oder lang nur mehr solch grindige Gestalten wie das erschossene „Schlitzauge" an ihr Gefallen finden würden, beschließt Selina, ohne Umweg Emil Wotruba noch einmal aufzusuchen. In weiser Voraussicht ruft sie an, wo er denn anzutreffen sei, sie habe noch ein paar Fragen. Sie fährt mit der Straßenbahn nach Ottakring. Herr Wotruba genieße noch seinen wohlverdienten Weihnachtsurlaub, wie er frank und frei am Telefon mitteilte.

Als Selina an der Wohnungsglocke läutet, dauert es keine fünf Sekunden, und die Tür wird schwungvoll vom Hausherrn geöffnet.

„Hereinspaziert", sagt er fröhlich und mit einer einladenden Handbewegung bittet er Selina herein, als ob er sich über ihren Besuch freuen würde. Selina findet es seltsam, dass man die Kripo ohne Bedenken in seine vier Wände bittet, aber das lässt vermuten, dass er nichts zu verbergen hat, oder er glaubt, mit undistanzierter Freundlichkeit und eisernem Kooperationswillen der höchst attraktiven Polizistin näherzukommen. Jeder weiß, welche Phantasien in Männerhirnen gesponnen werden, wenn die eigene Gattin nicht im Haus ist und plötzlich eine 90-60-90 Frau im Raum steht. Jedenfalls hat sich Emil Wotruba eiligst auf den Besuch vorbereitet, er ist frisch rasiert, riecht nach einem Eau de Toilette, dessen Preisklasse Selina ihm nicht zugetraut hätte, steckt in Jeans, die seinen ziemlich perfekt geformten Pobacken betonen, und sein kurzärmeliges Poloshirt ist so eng, dass man die Suche nach

Bi- und Trizeps gar nicht erst beginnen muss, weil die gut trainierten Muskeln ungeniert zur Schau gestellt werden.

„Kaffee?", fragt er, als sie die Küche erreichen, und mustert Selina mit einem netten, aber leicht anzüglichen Lächeln.

„Ja, danke, schwarz und ohne Zucker." Und weil sie den Typen eigentlich als sympathisch in Erinnerung hat, ihr sein gockelhaftes Verhalten aber gehörig auf den Wecker fällt, schließt sie an: „Ihre Frau ist nicht zu Hause? Und die Kinder?"

„Ähm, nein. Meine Frau ist in der Arbeit und die Mädchen im Kindergarten", antwortet er mit einem leicht genervten Unterton, denn gerade jetzt will er nicht daran erinnert werden, dass er vor Jahren einen Treueschwur geleistet hat.

„Schade", sagt Selina, „ich finde Ihre Frau sehr nett." Obwohl Emil Wotruba mit dem Rücken zu Selina steht, glaubt sie zu sehen, wie sein Gesicht von betont freundlich in leicht säuerlich höflich wechselt.

Er weicht aus und sagt: „Sie wollten mit mir sprechen, oder?"

„Ja, allerdings." Ihr gefällt ihr strenger Ton, der im Normalfall nichts Gutes folgen lässt. Er ist in dieser Situation zwar nicht angebracht, wie sie findet, aber er soll ruhig ein wenig Nerven zeigen, und wenn er wirklich ein Saubermann ist, hat er nichts zu befürchten. Wenigstens ist es ein probates Mittel, um lästige Anbiederungsversuche im Keim zu ersticken.

Die Befragung Emil Wotrubas über Tamara ist schlussendlich kurz und schmerzlos. Angesprochen auf seine ehemalige Angestellte, zögert er keinen Moment, den Personalakt herauszurücken. Er sei damals höchst angefressen gewesen, als sie einfach so verschwunden sei, denn sie sei mit Abstand das beste Pferdchen im Stall gewesen, wenn man das so sagen dürfe. Auf die Frage, ob er selbst auch ihre Dienste in Anspruch genommen habe, wehrt er entrüstet ab. „Ich bin glücklich verheiratet, was glauben Sie!"

So wie er die Augen rollt, die Nase rümpft und gespielt auf beleidigt tut, weiß Selina, er hat von den verbotenen Früchten genascht oder Tamara durfte ihre Miete oder die Betriebskosten in Naturalien bezahlen.

Viel gibt es zur attraktiven Georgierin nicht zu berichten. Sie war schon in der Firma, als Wotruba den Laden an die Backe kriegte, und hatte jede Menge Stammkunden.

„Kennen Sie denn welche?", fragt Selina.

Wotruba schüttelt den Kopf. „Nein, das war das Bier der Mädchen, da habe ich mich nie eingemischt."

Wie schon bei Smirna zieht sie ihr Handy aus der Jacke und konfrontiert Wotruba mit dem Bild von Antonio Sernico.

„Den schon mal gesehen?", fragt sie. Wotruba rückt näher, was ihm höchst willkommen ist. Länger als nötig schaut er auf das Display, obwohl Selina genau weiß, dass sein Kopfkino gerade andere Bilder abspult.

„Nein", noch nie gesehen, sagt er schließlich. „Wer ist das?"

„Ehemaliger Stammkunde und nun Tamaras Ehemann", gibt sie lapidar zurück. „Und der Typ, mit dem sie durchgebrannt ist."

Dass Tamara jetzt verheiratet ist, scheint ihn nicht zu treffen, aber dass sie mit einem Spaghetti das Weite gesucht hat und offenbar gar nicht mehr an die Schäferstündchen mit ihm denkt, schmerzt sein Ego.

Als sie Emil Wotruba verklickert, dass seine ehemalige Gespielin nun ein Nobelhotel mitten im Zentrum von Wien managt, hellt sich sein Gesicht wieder auf. Selina weiß nicht, ob es die Freude darüber ist, dass das einstige Freudenmädchen einen bürgerlichen Job ausübt, oder er die Chance sieht, dort anzuknüpfen, wo er nach ihrer Flucht aus dem Musch-Musch aufgehört hat.

26.

Die nächsten Tage nutzt Selina, um mehr über Antonio Sernico in Erfahrung zu bringen. Geboren in jener Stadt, in der Goethe literarisch seinen Lebensatem am liebsten ausgehaucht hätte, als Sohn eines – wie könnte es in Neapel anders sein? – Pizzabäckers und einer – auch das ist ein neapolitanisches Klischee – mittelmäßig erfolgreichen Stummfilmdarstellerin, wenn man genau hinschaut, einem Pornosternchen, hat er früh die Schule abgebrochen und sich als Pizzabote, zumindest steht es so in den Akten, verdingt. Beweise, dass er in diesem zarten Alter schon als Drogenkurier für die Camorra unterwegs war, fehlten, als man ihn Jahre später für andere mafiöse Machenschaften wie Mädchenhandel, Kokainbesitz und Betreiben von illegalen Clubs in mehreren Städten Kampaniens fasste, anklagte und zu zehn Jahren hinter schwedischen, Pardon, römischen Gardinen verknackte.

Dass er überhaupt dingfest gemacht werden konnte, muss seinem Expansionsdrang geschuldet gewesen sein. Seine Strategie, das lukrative Nachtclubgeschäft nach Kalabrien auszudehnen, war der ‚Ndrangheta ein großer Dorn im Auge gewesen. Im Zuge des Revierkampfes geriet Sernico unter die Räder und wurde von der Polizei gefasst.

Sernico wurde vor nunmehr fünf Jahren wieder in die Freiheit entlassen. Seine Kontakte und die flüssigen Mittel, die er mit hoher Wahrscheinlichkeit von der Organisation zur Verfügung gestellt bekam, weil er sich nicht als Singvogel entpuppt hatte, reichten aus, dass er sich ein Anwesen in Ischia kaufte und groß ins Immobiliengeschäft einstieg. Er tourte durch halb Europa und kaufte in Italien, Österreich und Deutschland in erster Linie exklusive

Hotels, die finanziell aus dem einen oder anderen Grund ins Trudeln gekommen waren und ohne zahlungskräftigen Investor die Pforten für immer hätten schließen müssen. Er stattete sie reich mit Kohle aus, tauschte das Management und brachte tatsächlich in kurzer Zeit den einen oder anderen Luxustempel wieder in die schwarzen Zahlen. Auf diese Art war dem Hotel und dem Standort gedient und die Geldwaschmaschine arbeitete auf Hochtouren.

So steht auf seinem Speisezettel auch das Hotel, in welchem der obskure Chinese abgestiegen ist. Was allerdings das eher unwahrscheinlich ehemalige, wahrscheinlich noch immer treue Mitglied der Mafia mit dem Chinesen verband, liegt noch im Dunkeln. Jedenfalls musste Sernico auf der Suche nach einem interessanten Objekt in Wien bei einem seiner Besuche über das Musch-Musch und somit über Tamara gestolpert sein.

Näher betrachtet gibt es genügend theoretische Anknüpfungspunkte zwischen dem Musch-Musch, Bo Zhang, Tamara und Antonio Sernico, aber weder ein Motiv noch irgendwelche Spuren, die Anlass gäben, die zwielichtige Managerin und den mafiösen Hotelbesitzer einzulochen. Aber um sie gehörig in die Mangel zu nehmen, dafür wird es wohl reichen, hofft Selina.

27.

Endlich darf Ferdi das Krankenhaus verlassen und Selina bietet ihm an, ihn abzuholen und in seinem eigenen Dienstwagen nach Hause zu kutschieren. Dankend lehnt er ab, er habe bereits (s)einen Freund bemüht. Die Formulierung ist nicht eindeutig, sodass Selina im Trüben fischt, ob Ferdi aktuell bemannt ist oder ohne fixe Bindung lebt. Er verspricht aber, sobald er sich wieder aktiv genug fühle, sich bei ihr zu melden, damit sie ihm den angekündigten Besuch abstatten und sie vielleicht sogar über den aktuellen Fall diskutieren könnten. Selina ist enttäuscht. Sie hätte Ferdi gerne geholfen und ist außerdem ungemein neugierig auf seine Wohnung, in die sie bis jetzt noch nie einen Fuß hatte setzen dürfen.

Abgesehen von diesen Kleinigkeiten wäre sie gerne aus dem Revier geflüchtet, denn noch immer treibt der Notnagel jenseits von Wechsel und Pack sein Unwesen und zu allem Überfluss hat Novotny seine Homeofficephase beendet und beehrt die Mannschaft mit seiner täglichen Anwesenheit, was vor allem Annalena in einen Gewissenskonflikt stürzt. Obwohl sie sich sehr darüber aufgeregt hat, dass er sie zu Silvester einfach hat sitzen lassen, hat sie ihm dieses einmalige Fehlverhalten zu seinem großen Bedauern verziehen. Er hingegen hatte noch nicht die Courage, sie in die Wüste zu schicken, und genießt momentan die praktische Zweigleisigkeit. Allerdings findet Annalena ihren neuen Kollegen auch zum Anbeißen, was sie, ohne mit der Wimper zu zucken, Selina mitteilt. Er sei umwerfend gut aussehend, immer schick gekleidet, na ja, kein Wunder, wenn man so nah an der italienischen Grenze wohnt, charmant und obendrein intelligent und erfolgreich. Sie merkt gar nicht, wie Selina den Mund verzieht, als sie all diese ihm angeblich anhaftenden positiven Attribute aufzählt. Das alles sei ihr Herzblatt selbstverständlich auch, sagt sie, aber der Neue habe so etwas Exotisches, das ziehe sie magisch an. Ja, das mit dem Exoten kann Selina nachvollziehen, wenngleich sie nicht sicher ist, ob Annalena hier nicht einem der üblichen Rechtschreibfehler unterliegt und ihn ausspricht. Wahrscheinlich meint ihre unterleibsgesteuerte Kollegin, er habe etwas Erotisches, und wünscht sich sehnlichst, dass er sie gleich auf ihrem Schreibtisch nimmt. Annalenas Seufzer zu entnehmen, hat Selina richtig getippt und hebt ihren Zeigefinger.

„Na, na, so knapp davor, Frau Novotny zu werden, und in fremden Gefilden grasen wollen. Du weißt aber schon, dass Moritz verheiratet ist", verrät sie dem nicht allerhellsten Stern am Kommissariatshimmel.

„Echt?" Annalena kriegt den Mund gar nicht mehr zu. „Er trägt aber keinen Ehering."

„Braucht er auch nicht, dann erspart er sich das Wechseln", antwortet Selina mit einem Grinser, „wenn er das fünfte Mal in den Hafen der Ehe einläuft."

Jetzt ist Annalena ehrlich bestürzt. „So ein Pech aber auch, auf welche Schlampen der arme Mann getroffen sein muss."

Dazu gibt es nichts mehr zu sagen. Selina flüchtet mit ihren Hacken, die sie schon ziemlich gut im Griff hat, in ihr eigenes Büro und verschanzt sich hinter ihrem Schreibtisch.

28.

Zwei Tage später erhält sie endlich die ersehnte Audienz beim rekonvaleszenten Kollegen in dessen Wohnung. Auf ihr Läuten öffnet eine attraktive geschätzte Mittvierzigerin in engen Jeans und einem noch engeren Bustier. Freundlich streckt sie Selina ihre Hand entgegen.

„Sie müssen Ferdis Kollegin sein", piept sie mit einer Stimme, die jedem Spatzen zur Ehre gereichen würde. „Kommen Sie, Ferdi erwartet Sie schon in seinem Schlafzimmer."

Nun ist es mit Selinas Fassung endgültig vorbei. Zuerst wird ihr die Tür von einem männermordenden Vamp geöffnet, obwohl sie weiß, dass Ferdi stockschwul ist, und nun soll sie in sein Schlafzimmer geführt werden! Die Dame bemerkt Selinas Verwirrtheit und versucht, den Wind aus den Segeln zu nehmen.

„Entschuldigen Sie, ich bin Cornelia, Ferdis ..." Jetzt stockt sie einen kurzen, fast unmerklichen Moment, um mit dem Lächeln eines Zahnpastawerbungsmodels fortzufahren. „... Freundin. Keine Sorge er ist angezogen, aber im Bett kann er sein Bein optimal hochlagern."

„Aha", denkt Selina, „er engagiert eine Freundin, oder was weiß ich, um seine Homosexualität vor mir geheim zu halten. Spannend und eigentlich krank zugleich. Wieso darf man im 21. Jahrhundert nicht zu seinen Neigungen stehen?"

Aber sie braucht daran keinen Gedanken zu verschwenden, sie kennt das Problem nur zu gut, und es geht ihr im Prinzip gar nicht anders! Sie folgt Cornelia, oder wie immer die Dame in Wirklichkeit heißen mag, in Ferdis Schlafzimmer.

Es ist anders, als sie es sich ausgemalt hat. Sie hat sich ein verspieltes Zimmer mit viel Spiegel, Plüsch, bunten

Wänden und einem französischen Bett erwartet, nun steht sie in einem nüchtern ausgestatteten Raum, in dem sich ein Doppelbett aus Holz, ein ebenso schlichter Kleiderschrank und ein nahezu leerer Schreibtisch mit einem spartanischen Holzsessel ohne Polsterung befindet. Kein Spiegel, kahle weiße Wände, an denen nicht ein einziges Gemälde oder Foto hängt, nur ein einsamer Haken, vermutlich aus Edelstahl, ziert die nackte Fläche.

Ferdi sitzt im Bett, sein Rücken gestützt von zwei Pölstern, das Gipsbein auf einem Gestell ruhend, und blättert in der Tageszeitung. Auf der zweiten Betthälfte liegt der Laptop. Sein avantgardistischer Morgenmantel hebt sich von dem nüchternen Ambiente – seine Bettwäsche ist ebenfalls ganz in Weiß gehalten – wie ein völlig unplatzierter Farbklecks ab.

Als Selina das Zimmer betritt, legt er seine Zeitung beiseite und begrüßt sie überschwänglich: „Selina! Schön, dich zu sehen! Meine Freundin Cornelia hast du schon kennengelernt."

Verwirrt steht Selina im Raum, nickt, murmelt eine Begrüßung und schlüpft aus ihrer Jacke, von der sie nun nicht weiß, wohin damit. Aber Cornelia ist sofort zur Stelle und nimmt ihr die Jacke ab.

„Ich hänge sie auf die Garderobe neben dem Eingang." Sie dreht sich um und fragt noch, ob sie Selina Tee oder Kaffee anbieten könne. Dankend entscheidet sich Selina für einen Kaffee. Ferdi bittet sie, auf dem nicht besonders bequem aussehenden Holzsessel Platz zu nehmen. Noch immer fühlt sich Selina wie in einer schlechten Komödie und noch ist sie unschlüssig, ob sie als Akteurin mitwirken oder lieber den Platz in der ersten Reihe fußfrei einnehmen sollte. Denn Ferdi jetzt aufzuklatschen wäre ungemein verlockend, andererseits ist sie nicht hergekommen, um sich das Arbeitsleben in Zukunft schwer zu machen, sondern um ihm einen Besuch abzustatten und seine Sicht auf den aktuellen Fall zu hören.

Während man die Floskeln austauscht – „Wie geht es dir?", „Was macht die Vertretung?", „Gibt es Neuigkeiten im Büro?" – und Ferdi seinen verhängnisvollen Unfall schildert, bringt Cornelia Kaffee, Wasser und Kuchen, selbst gebacken, wie sie voller Stolz berichtet. Alleine dass Ferdi eine Freundin hätte, die backen kann, findet Selina mehr als suspekt. Wenn sie eins und eins zusammenzählt, muss es sich bei Cornelia um die viel gepriesene Putzfrau von Ferdi handeln, von der er immer wieder schwärmt, da sie nicht nur seine Wohnung in tipptoppem Zustand hält, sondern auch hervorragende Kuchen bäckt, insbesondere der englische Teekuchen sei zum Niederknien. Soweit Selina sich erinnern kann, hat Ferdi nie den Namen seiner guten Fee erwähnt, aber sie hält eine Platte in ihrer linken Hand, auf der sich, schön auf weißer Spitze angerichtet, einige köstlich duftende, noch lauwarme Stücke eines englischen Teekuchens befinden.

Nachdem sie mit den Worten: „Ich verzieh mich wieder, ihr habt bestimmt zu arbeiten", verschwunden ist, beginnt Selina ausführlich den aktuellen Ermittlungsstand zu schildern.

Ein paar Mal kratzt sich Ferdi an seiner Glatze und streicht über sein unrasiertes Kinn, während er aufmerksam lauscht.

Es dauert eine Weile, als Selina fertig ist, bis er das Gehörte in drei Sätzen zusammenfasst und mehr für sich selbst die Ausführungen wiederholt.

„Gut", meint er, „viel ist das noch nicht, was wir haben. Aber ich schlage vor, wir warten, bis unsere Olga oder Tamara aus dem Urlaub kommt. Nur – wir müssen es vorsichtig angehen, denn wir wollen doch auch an Antonio rankommen. Dort liegt meines Erachtens der Schlüssel zum Verbrechen."

Selina gibt ihm absolut recht. Es ist nicht auszuschließen, dass es hier um eine mafiöse Verstrickung geht, die nicht nur Fingerspitzengefühl erfordert, um an etwaige Hintermänner ranzukommen, sondern, wie man aus einschlägigen Berichten weiß, sind Ermittlungen in diesem Umfeld nicht ungefährlich. So manch ehrgeiziger Polizist musste seine Wissbegierde und seine Aufopferung, einer organisierten Verbrecherbande das Handwerk zu legen, mit dem Leben bezahlen. Daher einigen sich Selina und Ferdi im ersten Schritt, den Ball flach zu halten und ihre Erkenntnisse nicht an die große Glocke zu hängen beziehungsweise Novotny nicht einmal mit Vermutungen zu versorgen. Wie Selina allerdings das lästige carinthische Anhängsel rasch loswerden könnte, da fehlt selbst Ferdi die Idee. Zum Erstaunen aller hat der Pfau es tatsächlich geschafft, dass die Leiche in zwei Tagen eingeäschert wird und die Urne mit den Überresten von Bo Zhang tags darauf die Heimreise nach China per Flugzeug antreten kann. Daher ist zu befürchten, dass er sich in Bälde wieder in die Ermittlungstätigkeiten einmischen und Novotny über jeden einzelnen Schritt von Selina berichten wird.

Zum Ende des Besuches kann es sich Selina nicht verkneifen, wie schade sie es finde, dass Ferdi in diesem Jahr auf dem Polizeiball nicht tanzen werde, was er mit einem säuerlichen Grinser quittiert. Ferdi hasst jede Art von Bewegung, die über die Verfolgung eines Missetäters hinausgeht, und dass Tanzbein schwingt er nur, wenn sein Promillespiegel seine geistigen Kapazitäten auf die eines Mehlwurms reduziert hat und Selina ihm droht, sich wie ein trotziges Kind auf den Boden zu werfen und zu trommeln und zu toben, bis sie bei der Damenwahl Gehör finden würde. Wenn diese beiden Umstände zeitgleich eintreffen, gelingt es Selina, ihren Kollegen, der im nüchternen Zustand betont, wie sehr er die Nähe eines schwitzenden Körpers verabscheut, für Walzer und Polka auf das Parkett zu entführen. Das Interessante ist nur, dass Ferdi gar keinen schlechten Tänzer abgibt, ganz im Gegenteil. Würde er sich nicht standhaft dagegen wehren, würde sie sich vorstellen können, die halbe Nacht mit ihm auf der Tanzfläche zu verbringen. Möglicherweise ist es nur ein Vorwand, tanzen zu hassen, um nicht allzu oft in die Verlegenheit zu kommen, eine Frau in seinen Armen halten zu müssen.

Zudem kann er Bälle prinzipiell nicht ausstehen, und er besucht auch nur diesen einen. Es geht hier weniger darum, an seinem beruflichen Weiterkommen zu basteln, aber es ist immer wieder nützlich, wenn man die höheren Etagen der Exekutive kennt, denn das eine oder andere Mal musste Ferdi den Dienstweg schon überspringen, um mit höheren Kompetenzen ausgestattet zu werden als üblich. Novotny ist nicht immer die Hilfe, die man sich erwartet, und so nebenbei ist sein Boss gerne geneigt, den Fahndungserfolg auf seine persönlichen Fahnen zu heften. Im Gegensatz zu Ferdi hat er eindeutige Ambitionen, die Karriereleiter stetig nach oben zu klettern. Bevor Selina nämlich in den Dienst der Kripo gestellt und zu Ferdis Partnerin auserkoren wurde, musste ihr glatzköpfiger Partner mit Novotny das Büro und die Arbeit teilen, was scheinbar nicht immer ganz friktionsfrei über die Bühne ging. Erst nachdem deren Vorgesetzter, angeblich ein honoriger, feinfühliger, ungemein kompetenter und höchst korrekter Beamter, in seinen wohlverdienten Ruhestand entschwand, wurde seine Stelle mangels Alternativen mit Novotny nachbesetzt. Novotny war angeblich weder der Wunschkandidat noch, traute man ihm zu, diesen Haufen zu leiten, aber zum Bedauern war er der einzige Bewerber auf die ausgeschriebene Stelle. Hinter vorgehaltener Hand sagte man, dass niemand mit Novotny arbeiten wolle und eine Versetzung im Staatsdienst durchzubringen, wenn man ihm kein schuldhaftes Verhalten nachweisen kann, ist ungefähr so, wie Drillinge von drei verschiedenen Männern zu gebären, also quasi unmöglich. So kam es, dass dieser hochgradig unsympathische Typ die Leitung übertragen bekam und Ferdi zu seinem Untertanen mutierte.

Ferdi allerdings kümmerte das relativ wenig, seine Fachkenntnisse und vor allem seine Erfolge konnten sich sehen lassen, sein Ruf als genialer Ermittler eilte ihm überall voraus, sodass Novotny, der es nur zu gerne gesehen hätte, dass Ferdi das Handtuch wirft, sich mit dem außergewöhnlichen Polizisten arrangieren musste. Noch schlimmer kam es für Novotny, als die Neue ihren Dienst antrat, er sie für sich vereinnahmen wollte und diese langbeinige Schönheit weder auf seine Komplimente noch auf den feinen Wiener Schmäh reflektierte, sondern sich gleich mit dem untersetzten Glatzkopf verbrüderte und ihn als Chef ziemlich kalt im Regen stehen ließ. Blöd an der Sache war nur, dass sie ihren Job richtig gut machte und er somit nichts gegen sie in der Hand hatte, um sich über sie zu beschweren. Irgendwann sah Novotny ein, dass es besser war, die beiden Kriminalisten arbeiten zu lassen, zu versuchen, sich deren Erfolge unter den Nagel zu reißen und den Blick nach oben zu richten.

Jedenfalls verlässt Selina ihren Partner nach gut drei Stunden, vollgestopft mit Teekuchen und Kaffee, und verspricht ihm, täglich entweder via Telefon oder, soweit es die Zeit zulässt, persönlich Bericht zu erstatten. Dem E-Mail traut sie nicht. Wer weiß schon so genau, ob nicht jemand anderes im Hause still und heimlich mitliest und ihr irgendwann vorwirft, ihren Vorgesetzten oder aktuellen Teilzeitkollegen nicht ausreichend und zeitgerecht informiert zu haben?

29.

Die Ermittlungserfolge halten sich in Grenzen. Weder über Wotruba noch über das Musch-Musch kann man irgendetwas in Erfahrung bringen und der Polizeiball rückt unaufhörlich näher. Selina hasst es, wenn so ein Fall zu diesem Zeitpunkt noch offen ist und so mancher der Ausgehuniformträger sich an der Bar nach dem aktuellen Stand erkundigt. Noch peinlicher wird es, wenn die von Champagner und Schnaps illuminierten Herren ihr schwankend und lallend Ratschläge erteilen, wie sie den Fall endlich lösen könne. Meist bieten sie an, dass sie Selina selbstverständlich gerne unter die Arme greifen, drücken ihr mit ihren Wurstfingern und den nicht zu übersehenden Ständern in der Hose die Visitenkarte in die Hand, mit den Worten: „Damit Sie wissen, wo sich mich finden, wenn Sie Hilfe benötigen. Zögern Sie nicht, davon Gebrauch zu machen." Es liegt ihr meist die Frage auf der Zunge, wovon genau sie Gebrauch machen solle, aber die besoffenen Offiziere würden ihren zynischen Ton angesichts des partiellen Hirntodes nicht einmal zur Kenntnis nehmen.

Sie weiß, was sie unternehmen wird, wenn Olga, besser gesagt Tamara, aus ihrem Urlaub zurück ist, aber bis dahin muss sie sich in Geduld üben. Zum Glück ist Novotny seit ein paar Tagen damit beschäftigt, seine zwei Frauen zu betreuen, und kümmert sich wenig um die Arbeit. Moritz wurde vor ein paar Tagen zurück nach Villach beordert, weil eine Bäuerin aus der Umgebung ihren notgeilen Ehegatten, den sie in flagranti mit ihrer Nichte auf dem Heuboden erwischt hatte, mit einer Mistgabel erstochen hat. Dann lief sie der Flüchtenden bis zum Ossiacher See nach und hielt deren Kopf so lange unter Wasser, bis sie zu atmen aufhörte. Die Sachlage war klar, die

Frau geständig, der Psychiater der Meinung, dass es Mord im Affekt war und die Mörderin unzurechnungsfähig. Moritz hingegen fand, dass sie einem ausgeklügelten Plan gefolgt sei, eine berechnende und eiskalte Person hinter der biederen Fassade stecke und sie genau gewusst habe, was sie tat. Selina kann sich gut vorstellen, dass er mehrmals darüber nachdachte. Es hätte auch ihn treffen können – bei all seinen Affären wäre es durchaus möglich, dass er die Verwandtschaft vögelt – und daher müsse er alles tun, um ein Exempel zu statuieren, und sie für den Rest ihres Lebens hinter Gitter bringen.

So gesehen hat Selina genügend Zeit, um sich auf den Ball optimal vorzubereiten. Sie stolziert mit ihren Pumps im Büro auf und ab, was ihr mittlerweile ohne Stolperer gelingt, und abends sitzt sie an ihrer Nähmaschine und schneidert sich einen umwerfend sexy aussehenden Fummel, mit dem sie in diesem Jahr die Männerwelt zum Lechzen bringen wird. Die dazugehörigen Ehegattinnen werden auf Monate genügend Gesprächsstoff für ihre Kaffeekränzchen haben. Auch Cynthia findet die originelle Anordnung der Stoffteile, wie sie es nennt, sehr aufregend. Als Kleid könne man sie nicht bezeichnen, dazu sei es zu wenig durchgängig, was auch immer sie damit meint.

Dass Selina in diesem Jahr auf die rauschende Ballnacht wird verzichten müssen, ahnt sie zu diesem Zeitpunkt noch nicht.

30

Eine frostige Nacht kündigt sich an und Selina steht vor dem Spiegel. Ihre Haare zu einem Knoten hochgesteckt, links und rechts ein paar Locken, die ihr frech über die Ohren hängen, und zwei kleine Strähnen, die ihre hübsche hohe Stirn zieren. Dezent geschminkt, die Lippen in Rosa nachgezogen, die Augenbrauen fein säuberlich gezupft, ein dünner Strich in Schwarz am Lidrand, die Wimpern dank Mascara zu einem dichten Kranz getrimmt und die Augenlider mit einem silbrig glänzenden Puder bedeckt, prüft sie mit einem frivolen Lächeln, das sie tatsächlich üben muss, ihr Aussehen. Gerade als sie in den Tangaslip steigt, läutet ihr Handy, das am Rand des Waschbeckens liegt. Ein Blick auf das Display genügt, um ihren ansonsten eher am unteren Ende angesiedelten Blutdruck in ungesunde Höhen schnellen zu lassen. Novotny. Was zum Kuckuck will ihr Boss so kurz vor dem Ball? Soll sie ihm den Kummerbund zuschnüren? „Ja das wäre mal was", denkt sich Selina. Aber nicht um die Taille, der Hals würde ihr besser gefallen – oder gibt es tatsächlich noch etwas Dienstliches? Sie nimmt den Stöpsel ihres Kajalstiftes aus dem Mund und beantwortet den Anruf mit einer Mischung aus Missmut und Neugierde.

„Selina, aus dem Ball heute wird nichts. Wir haben zwei Leichen. In der Feuerbachstraße."

„Das muss jetzt ein Scherz sein", denkt sich Selina und schnaubt hörbar.

„Ehrlich, kein Scheiß, Hund und Herrl. So wie die Kollegen von der Streife das sehen, erschossen. Beide haben ein Loch im Schädel", ergänzt Novotny die Hiobsbotschaft des Abends.

„Geh, so ein Dreck", entfährt es ihr und sie steigt aus dem aufreizenden Tanga wieder heraus, während ihr das

Mobiltelefon aus den Fingern gleitet und scheppernd auf dem harten Fliesenboden in mehrere Bestandteile zerfällt. Fluchend hebt sie die Einzelteile auf, Novotny ist nicht mehr zu sehen und zu hören. Sie geht in ihr Schlafzimmer und streift ihre spezielle Ausgehuniform, wie sie ihre Alltagsarbeitskleidung nennt, über, schlüpft in die fellgefütterten Winterschuhe, schnappt sich die dicke Daunenjacke vom Haken, fischt Mütze und Handschuhe aus der Jackentasche und verlässt ihre Wohnung. Vielleicht geht es sich aus, dass sie später noch zum Ball kommt, keimt ein kleiner Hoffnungsschimmer auf.

Als sie allerdings am Schauplatz des Geschehens eintrifft, weiß sie, der Ball ist heuer für sie Geschichte. Der Tote liegt auf dem Rücken, seine Augen sind gegen Himmel gerichtet. Er ist nur mit Unterhose bekleidet, sein schlaksiger Körper wirkt noch dünner, als Selina ihn in Erinnerung hat. Daneben Charlie, sein Hund, aus dem Loch in seiner Stirn tropft noch Blut.

Im Stiegenhaus stehen ein paar Nachbarn, manche in Pyjama und Morgenmantel. Die Dame von gegenüber, eine Frau um die sechzig, in einer rot geblümten Kleiderschürze, hält sich ein Taschentuch unter die Nase, weint leise vor sich hin und wischt sich von Zeit zu Zeit die Tränen aus den Augen. Wie Selina erfährt, hat sie die Polizei gerufen, weil sie zwei Schüsse hörte. Ohne nachzuschauen, habe sie einfach den Notruf gewählt, dann sei sie mit dem Handy in der Hand zum Türspion gegangen und habe ihren Nachbarn samt seinem Hund tot auf der Schwelle liegen sehen. Jemand sei die Stiege hinuntergeeilt, sie habe sich nicht getraut, die Türe zu öffnen. Von der Statur, was sie noch gesehen habe, sei es ein Mann, ziemlich groß, meint sie, und er sei vollkommen in Rosa gekleidet gewesen.

„Fehlen nur noch der Schwanz und die Ohren, dann können wir nach Pink Panther fahnden", denkt Selina, „das würde die Sache vereinfachen!" Aber im Ernst, sie kann nicht glauben, dass ein Killer im rosaroten Outfit einen Mord begeht, ausgenommen er hat sich tatsächlich mit einem Faschingskostüm verkleidet.

Die Dame wimmert vor sich hin, wie freundlich und nett der junge Mann doch gewesen sei, so hilfsbereit und höflich.

Ein anderer vom oberen Stockwerk, adäquat in Feinrippunterleibchen, wobei die Rippen um den Bauch nicht mehr als solche erkennbar sind, und schwarzen Boxershorts mit bunten Luftballons, nein, bei näherer Betrachtung bunten aufgeblasenen Präservativen darauf, scheint allerdings die Meinung nicht zu teilen.

„Des war a Kiffer, der G'stank von seine Joints, den hast bis in mei Kuchl g'schmeckt. Und die Giftlermusi hat er a immer aufdraht, dass bei mir die Glasln g'wockelt ham."

Selina wundert sich, dass er überhaupt Gläser besitzt, ihm traut sie zu, dass er ausschließlich aus der Flasche trinkt.

Laut sagt sie: „Gut, meine Damen und Herren, hier gibt es nichts mehr zu sehen. Bitte gehen Sie in Ihre Wohnungen zurück und halten Sie sich für Befragungen bereit."

Ein unwilliges Gemurmel kommt auf, als einige Streifenpolizisten die neugierige Schar hinter ihre Türen drängt.

Selina seufzt, denn eines ist ihr klar: Der junge Mann musste nicht sterben, weil er seinem Dealer das Geld für sein Gras schuldig geblieben war, sondern weil er entweder dem Mörder des Chinesen oder dessen Helfer für einen ganz kurzen Moment in die Augen geblickt hat.

31.

Die halbe Nacht ist um, als Selina müde und grantig zurück in ihre Wohnung kehrt. Der Ball ist gelaufen und sie durfte in der Zeit, in der das Event ohne sie über die Bühne ging, einen Haufen Leute befragen. Sie hat nicht damit gerechnet, dass irgendjemand eine Beobachtung machte, die zur Aufklärung des Falles dienlich wäre. Nur zwei Dinge waren interessant: Einerseits erfuhr sie, dass die beflissene Nachbarin seit ihrer Geburt an einer chromatographischen Störung ihrer Augen leidet und daher die Angaben zu Farben nicht für voll genommen werden können und ein Mann aus dem vierten Stock beobachtete, wie ein schwarzer SUV kurz nach den Schüssen mit hoher Geschwindigkeit um die Ecke verschwand. Marke, Kennzeichen und ob ein oder zwei Personen im Auto gesessen waren, war in der Kürze für ihn nicht erkennbar gewesen.

Angewidert steigt sie aus ihren Schuhen und kickt sie durch das Vorhaus. An Schlaf ist nicht zu denken. Aufgekratzt und wütend, in erster Linie auf Ferdi, der sich des Falles bestimmt angenommen hätte, weil er so dem verhassten Ball entgangen wäre. Aber nein, der humpelt mit seinem Gipsbein durch seine Wohnung, wird aller Voraussicht nach erst in einer Woche ins Büro zurückkehren und darf sich eine Zeit lang im Innendienst fadisieren. Und Novotny hat sich fein aus dem Staub gemacht. Nachdem Selina am Tatort eingetroffen war, suchte er mit einem jovialen Schulterklopfen und den Worten: „Du machst das schon", das Weite und ward seit damals nicht mehr gesehen. Das wird er büßen. Wie weiß sie zwar noch nicht, aber ihr wird bestimmt noch die zündende Idee kommen.

Während sie mit der wärmenden Tasse Tee durch ihre Wohnung wandelt, ihren Vorgesetzten und Ferdi verflucht, sich darüber ärgert, dass sie zu allem Unbill auch noch ihr Handy geschrottet hat, beschließt sie, sich etwas Gutes zu tun. Sie packt das Ballkleid und ihre neuen dunkelblauen High Heels, die sie sich extra für diesen Abend leistete, in ein Sackerl, schlüpft zurück in Stiefel und Jacke und macht sich auf den Weg zu Cynthia. Sie will ihre aktuelle Liebste mit dem nächtlichen Besuch überraschen und hofft, während sie die fünfhundert Meter zu Cynthias Wohnung zurücklegt, inständig, dass diese auch zu Hause ist. Es ist fast drei Uhr morgens. Als sie an der Haustüre läutet, dauert es eine Weile, bis der Türöffner ohne Rückfrage, aber mit den Worten „Blödes Arschloch" summt. „Sie ist zu Hause!", freut sich Selina und eilt die Stufen hinauf. Noch mal läutet sie, diesmal an der Türe, und wieder dauert es, bis Cynthia vor ihr steht, nackt wie Gott sie schuf, und gerade zu schimpfen beginnen will: „Du dummer ..." Sie spricht nicht weiter und reißt die Augen auf.

„Du?" Die Überraschung ist tatsächlich gelungen! Aber so wie das „Du" klingt und Cynthia das Gesicht verzieht, freut sie sich über den nächtlichen Besuch so ganz und gar nicht.

„Ich dachte ...", beginnt Selina, „ich war nicht auf dem Ball und außerdem ..." Weiter kommt sie nicht, denn Cynthia knallt ihr mit einem aus tiefstem Herzen kommenden „Scheiße" die Türe vor der Nase zu.

Kurz ist Selina irritiert, dann versteht sie die Botschaft. Sie unterlässt es, noch einmal zu läuten, und zieht mit ihren Habseligkeiten von dannen. Auf dem Rückweg nach Hause macht sie Halt bei einem Würstelstand, stopft sich eine unvegane „Eitrige" in den Mund, dazu ein zähes Wienerbrötchen.

32.

In den darauffolgenden Wochen gerät Selina mehr und mehr unter Druck. Täglich steht Novotny in ihrem Büro und erinnert sie daran, dass diese zwei ungelösten Fälle die Aufklärungsquote in seinem Verantwortungsbereich massiv nach unten drücken. Novotny geht es weniger um die Ergreifung des Mörders als darum, guten Wind zu verbreiten, weil er an seinem Aufstieg bastelt. Hierfür sind positive Neuigkeiten aus der eigenen Abteilung nicht nur hilfreich, nein, sie sind quasi ein Muss. Zudem ist Novotny nicht nur beruflich unter Strom, auch privat brauen sich Gewitterwolken zusammen, denn Annalena hat seine Doppelgleisigkeit entlarvt. Wie ihr das gelungen ist, bleibt für Novotny – nicht allerdings für Selina – das große Geheimnis. Sie hat ihre Widersacherin oder Mitstreiterin, je nachdem, von welcher Perspektive man die Sache betrachtet, zu einem Kaffee eingeladen und nach diesem Kennenlerntreff war Novotny plötzlich wieder auf dem Markt verfügbar. Annalena blieb sechs Wochen im Krankenstand wegen schwerwiegender psychischer Probleme und nach ihrer Rückkehr reichte sie ihre Versetzung ein. Sie habe einen aussichtsreichen Job in Villach angenommen, wo sie einerseits mehr verdienen, nein, richtig muss es heißen, mehr bekommen, würde und andererseits ihre neue Liebe gefunden habe. Genaueres zum neuen Liebhaber wollte sie nicht mitteilen, aber er sei ein Bild von einem Mann, hochintelligent und in aussichtsreicher Position, in nächster Zeit befördert zu werden. Das verschwörerische Augenzwinkern hätte sie sich sparen können.
Selina wusste auch so, an wen sie geraten war, und sie wünschte ihr inständig, dass in Kärnten ihre mangelhaften Deutschkenntnisse nicht auffallen würden und Moritz sie zu seiner fünften Ehefrau kürte. Nur so wäre gesichert,

dass Annalena nie mehr nach Wien zurückkehrt und vor allem diesem Revier in Zukunft erspart bliebe. Das einzig Lähmende an diesem Umstand allerdings ist, dass Selina bis auf Weiteres ihre Berichte selber tippen muss, und dass Novotny wieder auf der Jagd ist und er in Selina sein nächstes Opfer sieht. Sich diesen ständig geilen aufgeblasenen Gockel vom Leib zu halten, ist schon eine Herausforderung. Selina verbringt daher in dieser Woche mehr Zeit außerhalb ihres Büros als nötig, und wenn sie nur ziellos durch die Gegend fährt, um diesem selbstgefälligen Dummkopf aus dem Weg zu gehen.

Nach dieser wenig fruchtbringenden Zeit ist Ferdi endlich wieder im Dienst, auf Krücken gestützt humpelt er montags am frühen Morgen ins Büro. Selina, die gerade ihrem Schuhfetisch eine neue Note erteilt, indem sie aus den Winterschuhen hinein in flache, aber umso extravagantere Slippers schlüpft, begrüßt ihren Kollegen mit Überschwang, was im speziellen Fall Umarmungen und Küsschen aufgrund seiner mangelnden Stabilität und ihr Wissen um seine Vorlieben verbietet. Nachdem sich die beiden den belanglosen Tratsch von der Seele geredet haben, schlägt Selina vor, an diesem Tag Olga Sernikova einen Besuch abzustatten, schließlich müsste ihr ausgedehnter und verdienter Urlaub auf der schönen Mittelmeerinsel auch schon zu Ende sein.

„Schön wäre es, wenn wir diesen Antonio auch antreffen", meint Selina, während sie an der braunen Brühe nippt und sich wieder einmal die Frage stellt, wieso sie dieses widerliche Zeug überhaupt trinkt.

Ferdi, der um eine bequeme Stellung in seinem Sessel bemüht ist, grunzt zu ihren lauten Gedanken, was als ein „Ja" gewertet werden darf.

„Sollten wir vielleicht anrufen und nach ihm fragen? Denn wenn wir diese Olga in die Zange nehmen, wird sie ihn warnen, wenn er mit den Morden etwas zu tun hat, und er wird abhauen und sich in Österreich nicht mehr so schnell blicken lassen."

Auch den zweiten Laut, der Ferdi über die Lippen kommt, wertet Selina als Zustimmung und wäre nicht in diesem Augenblick die Tür aufgeflogen, der Leiter dieses Dezernates hereingeschneit und hätte er sich nicht vor Ferdi wie ein rolliger Kater aufgebaut, hätte es ein gemütlicher, beschaulicher Montagmorgen werden können.

„Hrdlicka, schön, dass Sie wieder da sind und Ihrer Kollegin zur Hand gehen. Mir scheint, sie steckt aktuell in einer Sackgasse."

Selina steht daneben und möchte nur zu gerne zum Schlag ausholen, wenn sie sich nicht, immer wenn sie Ferdis Nachnamen hört, ein Lachen verkneifen müsste. Seit sie Ferdi in seinem Caesarenkostüm gesehen hat, bekommt sie das Bild, wie Ferdi mit einem leder-, lack- und kettenbestückten Freak turtelnd und Händchen haltend durch die Stadt streift, nicht mehr aus dem Kopf.

Erst als sie sich von dieser Vorstellung lösen kann und Novotny sagen hört: „Diese beide unaufgeklärten Fälle sind für Frau Hinterstopfer wohl eine Schuhnummer zu groß. Na ja, der tote Chinese ist vielleicht eine Herausforderung, wobei ... wenn ich es mir so recht überlege, hat ihn bestimmt die Nutte über den Haufen geschossen. Aber dieses Pack lügt doch dauernd, und Frau Hinterstopfer lässt sich halt leicht von Personen ihres Geschlechts", wobei sein Blick anzüglich zuerst zu ihrem Busen und dann in ihren Schritt gleitet, „einlullen. Herr Hrdlicka, ich setze auf Sie, dass Sie diesen Akt bald schließen werden, wenn nötig müssen Sie einfach den Druck erhöhen. Sie haben meine volle Unterstützung, wenn Sie wissen, was ich meine. Wir brauchen Erfolge, herzeigbare Ergebnisse."

Er holt Luft und bevor Selina ihm gehörig über den Mund

fahren kann, redet er unbeirrt weiter: „Aber die Leiche im Stiegenhaus, ein so eindeutiger Fall. Ein Grasjunkie, da braucht man nur den Dealer finden. Was ist daran so schwierig?" Während er die Frage langsam und gedehnt ausspricht, schaut er Selina herausfordernd an, als wolle er sagen: „Komm, Häschen hüpf in mein Bett, dann pinkle ich dich auch nicht weiter an." Wie hasst sie diesen Blick!

„So, jetzt muss ich aber!" Er blinzelt auf seine protzige Armbanduhr und bevor Selina sich verteidigen oder Ferdi etwas sagen kann, ist Novotny aus dem Zimmer gerauscht. Selina würde ihm gerne nacheilen, denn das Detail, dass der junge Mann und der Chinese ganz offensichtlich mit derselben Waffe niedergestreckt wurden, ließ ihr vielgehasster Boss geflissentlich unter den Tisch fallen.

Dass Novotny und Ferdi noch immer beim formellen Sie sind, obwohl sie einst gemeinsam ermittelten, spricht für Ferdis untrügliche Menschenkenntnis, findet Selina.

Nachdem die Luft wieder rein ist, atmen die Kollegen fast wie im Gleichschritt hörbar aus.

„Gut", meint Ferdi, „der Novotny ist nicht besonders gut drauf. Komm, wir fahren zum Hotel!"

„Du willst mitkommen?", fragt Selina und heftet ihre Augen demonstrativ auf sein Gipsbein.

„Ja, sicher. Du kannst doch Auto fahren, oder nicht?", fragt er mit einem unverschämten Lächeln.

Sie ist einerseits froh, dass sie Ferdi wieder an ihrer Seite weiß. Andererseits gibt es da seinen Seitenhieb in Sachen Auto, der bei Selina noch immer Magengeschwüre auslöst. Sie wechselt wieder die Schuhe, nimmt den Schlüssel vom Dienstwagen aus der Hosentasche. Mit einem „Auf geht's" hilft sie ihrem Partner unsanft aus dem Sessel und die beiden verlassen das Gebäude.

33.

Dass Selina sich den einen oder anderen Witz bezüglich Autofahrens gefallen lassen muss, beruht auf einer Geschichte, deren Bart schon länger ist als jener von Gandalf. Es war in ihren Anfängen als Kommissarin, als sie in der Eile, nach Eingang eines Notrufes, auf dem Polizeiparkplatz irrtümlich den Retourgang einlegte, und bevor sie reagieren konnte, dem Wagen dahinter eine ansehnliche Reparatur bescherte. Nicht genug des Pechs, als sie ihren Fauxpas bemerkte und am Schalthebel drehte, als wäre er ein Stabmixer, erwischte sie nochmals den Gang, der ein Auto rückwärtsfahren lässt, trat kräftig auf das Gaspedal und die schon ziemlich zerbeulte Front ihres Opfers wurde noch einmal gezielt attackiert. Da fast alle anwesenden Kollegen nach dem ersten Rums schon mit ihren Nasen an den Fensterscheiben klebten, war unvermeidbar, dass sie Zeugen des zweitens Attentats wurden. Die einen reagierten mit Entsetzen und die anderen, also die männlichen Zuschauer, mit Machosprüchen, die sich für lange Zeit hartnäckig in den alten Gemäuern hielten. Selina düste damals, ohne auszusteigen, davon, ungeachtet dessen, dass sie soeben in Summe ein ganzes Auto, nämlich von einem den Vorderteil und von ihrem das Heck vernichtet hatte. Irgendjemand fand es witzig und wählte den Notruf der Polizei, um einen Unfall mit Fahrerflucht zu melden. Selina raste zu einem Tatort, gefolgt von zwei Streifenwagen mit Blaulicht und Folgetonhorn im Anschlag, die die Flüchtige stellen wollten. Am Ort des Geschehens angelangt, sprang Selina aus dem Fahrzeug und eilte auf das Haus zu, in dem eine wild gewordene Ehefrau ihrem Mann die Bratpfanne so unglücklich über den Scheitel gezogen hatte, dass er schlussendlich zwei Tage später im Krankenhaus seinem

Schädel-Hirn-Trauma erlag. Selina allerdings wurde von einem diensteifrigen Streifenpolizisten gehindert, das Gebäude zu betreten, der sich daran erfreute, sich mit ihr anzulegen. Nur mit Müh und Not gelang es Selina, ihn und seine in der Zwischenzeit eingetroffenen Kollegen davon zu überzeugen, dass sie demselben Verein angehörten und sie sie gefälligst nicht an ihrem Einsatz behindern sollten. Enttäuscht nahm der junge Polizist die Handschellen ab, entschuldigte sich und die vier Verfolger vertrollten sich wieder. Wer allerdings den Notruf gewählt hatte, konnte nie rausgefunden werden. Selina und Ferdi vermuteten, dass jemand, der auf Selinas Gunst gehofft hatte und nicht erhört worden war, ihr eines auswischen wollte.

34.

Selina lenkt den Wagen sicher durch den Wiener Vormittagsverkehr, der durch den Schneematsch und die unverbesserlichen Sommerreifenfahrer immer wieder stockt, weil einer dieser lernresistenten und winterverneinenden Volltrottel sein Fahrzeug nicht rechtzeitig zum Stehen bringt und entweder dem Vordermann auf den Kofferraum reitet oder sich dem Querverkehr in den Weg stellt. Manchmal wünscht sich Selina, einfache Streifenpolizistin zu sein und neben den saftigen Strafzetteln, die sie verteilen würde, dem einen oder anderen Führerscheinbesitzer seine Fahrlizenz zu entziehen und ihm so wirklich, wie man in Wien so treffend sagt, „ane in die Gosch'n zu hau'n".

Ferdi scheint es zu genießen, dass er selbst nicht fahren muss, und während er sich von Selina chauffieren lässt, chattet er auf seinem Handy mit einem seligen Lächeln auf den Lippen mit weiß Gott wem. Erst als Selina ihre Autotüre öffnet, um auszusteigen, registriert er, dass sie beim Hotel angekommen sind.

„Sorry", murmelt er, steckt das Telefon in die Jacke und wartet, bis Selina ihm beim Verlassen des Vehikels behilflich ist.

Während Ferdi sich aus dem Auto müht und die kostümierten Diener dem Treiben zuschauen, denn mittlerweile wissen sie, dass dieses seltsame Pärchen nicht zum zahlungskräftigen Publikum gehört, erscheint Olga, diesmal in einem engen türkisfarbenen Kostüm und dunkelblauen Pumps. Sie hat sich bei ihrem Mann, der stilecht in einem dunkelblauen Anzug mit einer Krawatte in dem gleichen Farbton wie Olgas Outfit und – zu Selinas Entzücken – in türkisen Schuhen steckt, untergehakt. „Ein wirklich schönes Paar", denkt Selina, „wenn Sernico, der seiner Frau gerade mal bis zu den Augenbrauen reicht, etwas größer geraten wäre und man sein faltiges Gesicht mit einem Bügeleisen glätten könnte." Aber welche kriminelle Energie steckt hinter dieser perfekten Fassade? Das ist für Selina die Frage.

Sernico begrüßt die beiden Beamten, als wären sie seit Langem eng befreundet, und auch Olga scheint ihre kühle Art in Italien gehörig der Sonne ausgesetzt zu haben. Ferdi und Selina werden in ein feudales, bestimmt sehr teuer eingerichtetes Zimmer geführt, das trotz des in der Mitte thronenden, überdimensional großen Schreibtisches eher wie ein Wohnzimmer anmutet. Generös bittet Sernico die Gäste in sein „Reich", wie er es nennt, was Ferdi mit einem tadelnden Blick kommentiert, denn das mit sein oder mein Reich interpretiert er als praktizierender Katholik anders. Nachdem Selina und Ferdi schließlich auf dem weichen und exklusiven Sofa Platz genommen haben, für Ferdi ein Fußhocker bereitgestellt wurde, und man ihnen den Kaffee – den besten, den man in Wien kriegen kann, wie Sernico mit stolzgeschwellter Brust verkündet – quasi aufgenötigt hat, beginnt Selina sich langsam vorzutasten. Sie beginnt bei Olgas, besser gesagt Tamaras, Vergangenheit.

Schon nach den ersten Ausführungen, nämlich als Selina auf Tamaras frühere Profession zu sprechen kommt, bröckelt die freundliche Fassade und aus dem aufgesetzten Dauerlächeln wird eine knallharte Miene, die Augen schmal, die Lippen ein Strich und die Schminke über den Falten auf der Stirn wirkt mit einem Mal porös und rissig.

„Was geht Sie meine Vergangenheit an?", giftet sie in Selinas Richtung und ihre Augen flattern unruhig zwischen Selina, die sich voll und ganz auf die Befragung konzentriert, und Ferdi, der eine gelassene bis langweilige

Haltung einnimmt und gelegentlich auf einem Block Notizen macht, hin und her.

„Weil der Chinese in jenem Haus umgebracht wurde, in dem Sie jahrelang gearbeitet haben? Das kann doch kein Zufall sein. Und vor allem weil Sie dieses Detail, sprich Ihre frühere Tätigkeit im Musch-Musch, in den letzten Gesprächen mit keiner einzigen Silbe erwähnt haben."

„Nun gut." Olga lehnt sich in ihrem Ohrensessel zurück. „Ich habe ihm das Etablissement empfohlen, als er fragte, wo man sich am Abend, wenn man dem christlichen Freudenfest entgehen möchte, optimal entspannen könne." Dann fügt sie mit einem hinterhältigen Grinser hinzu: „Na ja, das mit der Entspannung ist ein wenig gelogen, wenn man mit seiner Statur an Smirna gerät."

„Sie spricht die wahren Worte gelassen aus", denkt sich Selina, als sie sich an den schmächtigen Körper des Verblichenen und Smirnas Umfang erinnert.

Nun kommt Selina auf Touren und nimmt Olga in die Zange. Aus den Augenwinkeln beobachtet sie Antonio, der ruhig, beinahe stoisch neben seiner Frau sitzt und nicht einen einzigen Funken Nervosität erkennen lässt. Beiläufig fragt sich Selina, ob man sich diese Haltung in den mafiösen Organisationen oder im Knast antrainiere. Olga hingegen beginnt Nerven zu zeigen, sie knetet ihre Finger, dass die Knöchel weiß hervortreten, ihre Mundwinkel zucken vor so mancher Antwort und ihr Make-up auf der Stirne vermischt sich mit der einen oder anderen Schweißperle. Ergiebig sind die Antworten trotzdem nicht. Nein, sie kenne den chinesischen Gast nicht näher, ja, er habe des Öfteren in diesem Haus genächtigt, immer in der Suite, ja, sie habe Anweisung gegeben, das Zimmer außerordentlich zu reinigen am Morgen des Christtages, aber nur auf Wunsch des Gastes, der sehr penibel und reinlich gewesen sei. In diesem Punkt gehen die Meinungen zwischen Olga und Selina weit auseinander. Nein, sie wisse nicht, wie er ins Musch-Musch gelangt sei, und nein, sie fahre keinen dunklen SUV und im Hotel stünden auch nur dunkle Limousinen zur Verfügung, um betuchte Gäste zu kutschieren. Alles in allem: Sie wisse nicht, was die Befragung solle, und sie werde sich auf keinen Fall noch einmal auf ein Gespräch mit der Polizei einlassen, ohne ihren Anwalt hinzuzuziehen. Sie komme sich gerade vor, als würde Selina sie eines Verbrechens, ja gar eines Mordes, bezichtigen, und das sei doch der Gipfel an Frechheit. Wahrscheinlich sei es für eine kleine Beamtin wie Selina unvorstellbar, dass man den Sprung vom schnöden Dienstleistungsgewerbe in die Managerebene schafft, und das, ohne korrupt und kriminell zu sein. Und nein, die Angestellten im Hotel wüssten nicht, wie ihre berufliche Laufbahn aussehe, und dabei solle es auch bleiben. Sie werde die Polizei, nein, gleich den ganzen Staat Österreich verklagen, wenn man an ihrem untadeligen Ruf als engagierte und erfolgreiche Hotelmanagerin kratze und ihr persönliches Image sowie jenes des mittlerweile gefragten Nobelhotels demoliert würden.

Als Selina nach dem Alibi für den Heiligen Abend fragt, gibt sie mit einem giftigen Lächeln zurück: „Mein Alibi sitzt neben Ihnen. Mein Mann und ich haben den Abend, wie schon in den letzten beiden Jahren, in aller Ruhe in den privaten Gemächern des Hotels verbracht, bei Champagner, Lachs und Kaviar." Mit einem herablassenden Grinser fügt sie hinzu: „Alles Dinge, die Sie sich wahrscheinlich nicht leisten können."

Worauf Selina kontert: „Ich trinke keinen Alkohol, der macht nur Falten und tötet Gehirnmasse. Und weder mag ich fetten Fisch, noch esse ich Eier, die man per Operation den Fischen aus dem Bauch schneidet, also quasi per Kaiserschnitt erntet. Und zum Alibi: Das ist aber ziemlich dünn, wie Sie sicher wissen, genau genommen unbrauchbar." Sie lehnt sich amüsiert in ihrem Stuhl zurück, denn nun zeigt Antonio seine erste Regung.

Er richtet sich auf und mit Entrüstung fährt er Selina an: „Na hören Sie einmal! Meine Frau und ich verbrachten einen entspannten Abend und haben das Hotel nicht ein einziges Mal verlassen."

„Sagt wer?" Nun mischt sich Ferdi ins Gespräch, was die beiden Befragten gehörig irritiert.

„Ich. Ich sage das." Nun kommt Leben in den zwielichtigen Italiener.

„Aha, ja dann …", gibt Ferdi zurück.

Selina und Ferdi schauen sich an und Selina weiß, jetzt kommt ihr echter Auftritt.

„Gut, wenn ein Mafioso, der zehn Jahre eingelocht war, uns sein Wort gibt. Das ist so gut wie in Stein gemeißelt. So, nun zu Ihnen. Wir werden Ihnen nachweisen, dass Sie den Toten gekannt und mit seiner Ermordung etwas zu tun haben. Nebenbei nehmen wir Ihr Firmenkonstrukt auseinander, werden uns genauer anschauen, wie Sie die Hotels finanzieren und Ihre gesamten Machenschaften aufdecken. Vielleicht dauert es, aber Sie werden in das Loch zurückkehren, aus dem Sie vor ein paar Jahren rauskriechen durften. Ich gebe Ihnen mein Wort. Und dann werden wir Ihnen nachweisen, dass Sie einen weiteren Mord zu verantworten haben. Einen jungen Mann, der Sie vor dem Musch-Musch beobachtet hat. Blöd, nicht? Wir haben seine Aussage, dass er Sie erkannt hat, in dem Wagen, dem SUV, den sie angeblich nicht besitzen. Deswegen hat er auch sterben müssen, nicht wahr?"

Selina beobachtet den Italiener scharf. Entweder hat er sich ungemein gut im Griff oder tatsächlich nichts mit der Sache zu tun. Er zuckt mit keiner einzigen Wimper, als sie ihm die Anschuldigung entgegenschleudert. Im Gegenteil, er schlägt seine Beine übereinander und zischt leise und gefährlich: „Raus aus meinem Hotel! Aber ein bisschen plötzlich! Meine Frau und ich haben mit dieser Sache nichts zu tun und in Zukunft werden wir nur mehr über unsere Anwälte mit Ihnen kommunizieren."

Er steht auf und unmissverständlich ist die Befragung beendet. Selina und Ferdi werden ohne weitere Worte von den beiden Sernicos flankiert zum Hotelausgang geleitet.

35.

Selina und Ferdi erwarteten nicht, dass die Ex-Prostitu-
ierte und der wahrscheinlich Noch-immer-Mafioso gleich
in die Knie gehen und schluchzend um Verzeihung bittend
ein umfassendes Geständnis ablegen würden. Aber dass
sie so wenig erreichen konnten, wurmt die beiden schon.
Es bleibt ihnen nicht viel übrig, als auch die Kollegen von
der Wirtschaftsabteilung miteinzubeziehen, in der Hoffnung, mehr über Sernicos Geschäfte zu erfahren und so
den Schlüssel zur Lösung und Aufklärung zu finden.
Selina mag die Kollegen vom Wirtschaftsdezernat nicht
besonders, sie gelten als überhebliche und hochgradig
eingebildete Truppe. Die meisten von ihnen haben einen
Universitätsabschluss in Wirtschaft und/oder Rechtswis-
senschaften, einige rühmen sich noch, ein Studium der
Psychologie gemeistert zu haben, und zwei der Kollegen
werden nicht müde, den Überakademiker raushängen zu
lassen, weil sie sogar eine Dissertation geschrieben haben.
Alles in allem gut ausgebildete Leute mit einem leichten
Hang zum Narzissmus, wenig Zugang zum Hausverstand
und hochgradige Formalisten. Bevor die in die Gänge
kommen, muss der siebente Zettel von links korrekt und
vollständig ergänzt sein. Die Verdächtigen sind dann über
alle Berge, die Spuren verwischt und der Fall wandert
ungelöst zu den Akten. Aber Hauptsache, die Formulare
sind zur Gänze und richtig befüllt, sodass die alljährliche
Revision keinerlei Beanstandungen hat und die Wirtschaftsabteilung als die am besten organisierte Fach-
gruppe den „Award für Bürokratie" entgegennehmen darf.
Da mag Selina die Truppe vom Rauschgiftdezernat
wesentlich lieber. Ein Haufen lockerer Typen, die auf die
Zettelwirtschaft pfeifen, das Bürohocken hassen und am
liebsten jeden Dealer an den Eiern aufknüpfen, wie sie

es auszudrücken pflegen. Vor allem jene, die sich bis zu den Schultoren wagen, um dort ihre zukünftige Klientel anzufixen, was heutzutage in vielerlei Hinsicht leichter erscheint. Früher musste man schon mit dem Stoff im Sackerl jemanden überzeugen, das Zeug zu rauchen und zu spritzen, heute geht es subtiler. Bunte Pillen, die hübsch aussehen und zudem noch einfach zu konsumieren sind, kein Aufsehen erregen, weil es weder nach Rauch stinkt oder sich jemand eine Nadel einführen muss, sind sie wesentlich leichter an den Schüler zu bringen.

Nach Abwägen der Argumente, ob man Hilfe von den Kollegen erwarten kann, treten Selina und Ferdi den Canossagang zum Wirtschaftsdezernat an und bitten um eine Besprechung, um im Fall Bo Zhang voranzukommen.

36.

Die Faschingszeit ist ins Land gezogen und in besagtem Fall sind die Vorwärtsschritte klein. Wie schon erwartet, müssen sich Selina und Ferdi durch einen Berg Papierkram fressen und einen solchen auch abgeben, bis man endlich weiterarbeiten kann. Man ist enttäuscht, da man so rein gar nichts über die Geschäfte des Chinesen in Erfahrung bringt. Selbst aus Valletta gibt es nur Stückwerk zu vermelden und mit China in Sachen Mord zu kooperieren ist so erfolglos, wie einem Hund das Sprechen beizubringen. Mehr, als dass Bo Zhang offenbar Import-Export-Geschäfte mit Waren aller Art betrieben hat, ist nicht in Erfahrung zu bringen. Was genau von China importiert wurde und welche Waren Österreich oder vielleicht die EU wohin auch immer verlassen haben, ist nicht zu eruieren. Die Gelder, die auf seinem Konto in Malta eingegangen sind, stammen von einer Import-Export-Company mit Sitz in Fujian, also seiner Heimatstadt, und der Geldfluss passierte über Hongkong.

Obwohl Selina und Ferdi mehrmals gebeten haben, die Geschäfte des zwielichtigen Italieners und seiner Angetrauten genauer unter die Lupe zu nehmen, gehen die Wirtschaftskollegen dieses Thema für Selinas Geschmack zu gemächlich an. Gerne hätte sie der Abteilung Feuer unterm Hintern gemacht, aber sie hat weder Weisungsbefugnis, noch ist ihr Chef in der Lage, seinem Pendant die Dringlichkeit der Sache zu erläutern, weil er der Meinung ist, dass Selina und nun auch Ferdi sich in der Sache verrennen. Abgesehen von Novotnys Unwillen, zu glauben, dass man hier einer größeren, internationalen Sache auf der Spur ist, kämpft er vertikal und horizontal. Einerseits kosten ihn die Bemühungen, seine Karriere voranzutreiben, viel Beziehungsarbeit, die mit hohem Zeitaufwand, vielen Restaurant- und Barbesuchen und gelegentlichen Blackouts, ob der exzessiven Abende, verbunden ist, andererseits hat vor zwei Wochen Annalena Rotz und Wasser heulend ihr carinthisches Intermezzo beendet und ist frustriert und unverheiratet nach Wien zurückgekehrt, hat sich in Novotnys Bett getröstet und nun weiß er nicht, wie er sie wieder loswerden soll. Zum Leidwesen von Selina wurde die Assistentenstelle noch nicht nachbesetzt und man hat es begrüßt, dass die erfahrene Sekretärin ihren alten Job wieder annehmen möchte. Das einzig Positive im tristen Monat Februar sind die vielen Veranstaltungen, man kann nach Belieben ausgehen, sich als Lesbe verkleiden und keiner bemerkt, dass man wirklich eine ist. Ferdi, der nach Wochen der Rekonvaleszenz endlich von seinem Gips befreit wird, humpelt zuerst auf Krücken, später ohne, ebenfalls von Party zu Party, mehr in der Hoffnung, den Partner fürs Leben zu finden, glaubt Selina.

Zwischen angesagten Feten und rauschenden Ballnächten gibt es noch den einen oder anderen Kriminellen zu verhaften, der eine, der im Vollrausch seinen besten Freund erschlagen hat, weil der, ebenfalls sturzbetrunken, im falschen Bett mit der falschen Frau gelegen ist. Der andere, ein amtsbekannter cholerischer ehemaliger Boxer, der im Sinnesnebel in seinem Stammlokal dem Barkeeper eine mit der Rechten über den Schädel gezogen hat. Leider ist der Mann hinter dem Tresen in die Knie gegangen, auf Scherben gebettet auf dem Boden gelandet und nie mehr aufgestanden. Alles in allem ist es in diesem Jahr in Wien ziemlich ruhig, obwohl es jene Saison ist, in der sich die Menschen am ehesten an die Gurgel gehen, weil neben dem Nebel auch der generelle Alkohol- und Drogenpegel steigt.

Es ist schon März, als endlich wieder Bewegung in den Fall kommt. Die Ermittler vom Wirtschaftsdezernat, die nunmehr mit den italienischen Behörden Kontakt in Sachen Sernico aufgenommen haben, fördern zumindest diesbezüglich Neuigkeiten ans Licht. „Kein Wunder", denkt sich Selina grimmig. „Wenn diese Schnecken- und Bürokratentruppe mit den südlichen Nachbarkollegen kooperiert, darf man mit den Ergebnissen frühestens zum Beginn der eigenen Pensionierung rechnen." Würde die Mordkommission in diesem Tempo arbeiten, wären die Gefängnisse frei von Totschlägern und Mördern. Aber trotz all ihres verhaltenen Zorns über das Arbeitstempo der Mitstreiter ist das Ergebnis allemal interessant.

Wie man weiß, gehörte Sernico einer Untergruppe der Camorra an, die im Umland von Neapel, insbesondere in der Gegend um Caserta, ihr Unwesen treibt. Für die schon bekannten Delikte saß er zehn Jahre im Gefängnis. Gesungen hat er nicht, denn seine Verhaftung hat keine großen Kreise in der Organisation gezogen. Was aber höchst interessant ist: Sernico verschwand nach seiner Enthaftung aus der Gegend spurlos. Er setzte sich, soweit man es nachvollziehen kann, nach Südostasien ab und kehrte erst vor vier Jahren wieder nach Italien zurück, genauer gesagt nach Ischia, wo er eine Villa bezog. Was genau er von dort aus macht, entzieht sich der Kenntnis der obligatorischen Mafiajäger. Irgendwann tauchte er als Investor auf, kaufte Hotels und Restaurants vornehmlich in Deutschland und Österreich, die nach Ermessen eines rational denkenden Menschen nur dazu dienen, Geld aus illegalen Geschäften zu waschen. Dass er sich hütet, diese Art von Geschäften in Italien zu machen, ist nicht unverständlich, wenn man weiß, dass in dem südlichen Nachbarland nur der Nachweis, dass man einer verbrecherischen Organisation angehört, genügt, dass Hab und Gut von Staats wegen konfisziert und die Person eingelocht wird. Hingegen muss man in Österreich und Deutschland schon eine kriminelle Handlung setzen und diese muss bewiesen werden, um den verbrecherischen Zeitgenossen hinter Schloss und Riegel zu verfrachten. Außerdem ist es in gut informierten Kreisen – und dazu zählen mafiöse Verbindungen auf alle Fälle – allerseits bekannt, dass gerade die österreichischen Kriminalbeamten noch immer glauben, dass der Arm der Mafia gerade mal bis Tarvis reicht, und sich dem Irrglauben hingeben, dass etablierte italienische Verbrecherorganisationen Staatsgrenzen respektieren.

Dass Sernico sich nach seiner Entlassung auch in chinesischen Gefilden herumgetrieben haben soll, würde den Kreis endlich rund machen, allerdings wissen weder Selina und Ferdi noch die Kollegen, wo der Anfang des verworrenen Knäuels ist, an dem man ziehen kann, um alles ins Rollen zu bringen.

Obwohl man Sernico und seine Frau das eine oder andere Mal zur Einvernahme vorgeladen hatte, gelang es Selina und Ferdi nicht, ihnen auch nur die geringste potenzielle Verfehlung anzulasten, die eine Beschattung, geschweige denn Verhaftung, gerechtfertigt hätte. Wie bei ihrem ersten Gespräch angedroht, erschienen sie ausschließlich mit einer Heerschar von Rechtsanwälten zu den Terminen. Allesamt schmierige italienische Weißkragenhemdträger, die man in Italien als Colletti bianchi bezeichnet und denen man Tuchfühlung zu den süditalienischen Mörderbanden nachsagt. Weder die Mordwaffe noch der mysteriöse dunkle Wagen tauchten je wieder auf. Auch von dem anderen ominösen Chinesen, der die Champagnerflaschen mit Bo Zhang geleert hat, fehlt jegliche Spur.

Die Ermittlungen verlaufen langsam, aber sicher im Sand und gegen Selinas Willen wird der Akt in den nächsten Tagen auf Geheiß ihres kleingeistigen Chefs, der noch immer der Meinung ist, dass Smirna den Freier, aus welch unerfindlichen Motiven auch immer, getötet hat, im Archiv landen. Dass es dafür weder Beweise, Indizien noch Geständnisse gibt, ist dem Novotny egal und wenn Selina nicht vollkommen von Smirnas Unschuld überzeugt wäre, würde Smirna in Untersuchungshaft schmoren, bis sie einen Mord zugäbe, den sie nie begangen hat.

37

Die Osterfeiertage nähern sich mit Riesenschritten und Selina bereitet sich mental vor, ihren obligaten Besuch bei der Verwandtschaft anzutreten. Freiwillig meldet sie sich, am Ostersonntag den Journaldienst zu übernehmen, damit Ferdi die Auferstehung des Herrn in vollen Zügen genießen kann. An den Tagen davor wird sie die eine oder andere Überstunde abbauen und sich auf Drängen ihrer Mutter in heimatliche Gefilde begeben. Es kommt ihr gelegen, die Osterfeiertage nicht in Siniwöd verbringen zu müssen, denn weder Schinken noch Eier stehen auf ihrem üblichen Speisezettel. Da ist es jedenfalls besser, die strengen Fasttage in der schönen Steiermark zu verbringen, weil man als Veganerin kulinarisch in dieser Zeit dort gut aufgehoben ist. Der Spinat am Gründonnerstag, den ihre Mutter freundlicherweise ohne Rahm zubereitet, und in Olivenöl gebratene Röstkartoffeln sind nach Selinas Geschmack. Wenigstens gibt es an diesen Tagen keine Diskussionen mit ihrem Vater über ihre Essgewohnheiten. Wobei sie sich nicht sicher ist, ob ihre Fast-Stiefmutter schon rein aus Abneigung Selina gegenüber nicht die eine oder andere tierische Zutat verwendet, alleine um Selinas vegane Sattelfestigkeit zu prüfen. In jedem Fall entgeht sie so dem gesellschaftlichen Druck, sich gefälligst an die steirischen österlichen Esskonventionen zu halten, denn sie verschwindet aus der grünen Mark, wenn die Fastenzeit ihr Ende findet, nämlich nach dem Frühstück am Karsamstag.

Da diesmal die Feiertage schon sehr früh angesetzt sind, weil der erste Vollmond im Frühling am Gründonnerstag zu betrachten ist, beschließt Selina, ihren Wagen vor der Fahrt über den Semmering noch nicht mit Sommerreifen auszustatten. Sie wäre eigentlich gerne mit dem Zug gereist, nicht etwa weil sie der große Eisenbahnfreak ist, aber aus Überzeugung, der Umwelt etwas Gutes zu tun und ihre Brieftasche zu schonen. Beide hehren Ziele entpuppen sich als Fahrt ins Nirwana. Einerseits würde sie, wie man so schön sagt, mit der Kirche ums Kreuz fahren und statt eineinhalb Stunden Autofahrt fast vier Stunden Zug- und Busfahrt und dann noch einen Fußmarsch von zwanzig Minuten in Angriff nehmen müssen und auf der anderen Seite ist der Preis mit fast einhundert Euro für das Ticket von und nach Wien nicht gerade ein Schnäppchen. Alles in allem ist das Gerede über den angeblichen Ausbau der Öffis in die Provinzen genauso viel heiße Luft, wie der Auspuff ihrer Klapperkiste in die Umwelt setzt. Also schwingt sich Selina am Donnerstagmorgen hinter das Steuer und tritt ihre Reise nicht mit enthusiastischer Freude an, sondern eher mit dem Gefühl, wieder einmal eine Pflicht zu erfüllen. Sie schwört sich, im nächsten Jahr Ostern in wärmeren Gegenden zu verbringen, wie im Süden Italiens oder in Spanien. Dass ihr diese Gedanken durch den Kopf schießen, ist bei der aktuellen Wettervorhersage kein Wunder. Für die Fahrt über den Semmering ist Schneefall prognostiziert und für die Gegend um Graz empfiehlt man während der Osterfeiertage, nicht ohne Gummistiefel, Regenschirm und Windjacke aus dem Haus zu gehen. Vorsorglich sind in ihr Gepäck noch zwei Bücher gewandert, falls sie den Gesprächen mit ihren Schwestern und deren Noch-Ehemännern, aktuellen Lebensgefährten, potenziellen Heiratskandidaten, echten Nichten und Neffen, angeheirateten und bald geschiedenen Verwandten sowie ihrer Mutter entkommen möchte. Selina hat den Überblick über jeweils aktuelle Liaisons verloren, genau genommen möchte sie diese gar nicht in ihrem Gehirn abspeichern, denn sie ändern sich mindestens halbjährlich. Wenigstens ist man mit Ausrichten der

Verflossenen und Schönreden der Neuen meist so intensiv beschäftigt, dass nur selten die Frage an Selina
gerichtet wird, wann sie sich endlich zu einer Beziehung
aufraffen kann. Meist ist sie schon auf dem Sprung zurück
nach Wien, wenn der Gesprächsstoff über die Ex-Ver-
wandten ausgeht und man sich besinnt, Selinas Liebes-
leben näher unter die Lupe zu nehmen.

Anders verhält es sich allerdings am Karfreitag, wenn sie
ihrem Vater gegenübersitzt. Nach anfänglichen Berichten,
wie prächtig sich sein einziger Sohn entwickelt, der nunmehr seit einem Monat glücklich verheiratet ist und noch
in diesem Jahr selbst Vater eines männlichen Nachwuch-
ses werden wird – was man, so schnell es ging, via Ultra-
schall bestätigen ließ – fällt die Sprache, meist mit einem
mehr oder minder vorwurfsvollen Unterton, auf Selinas
Beziehungsleben. Ihr Vater, der noch immer die besten
Partien für sie in petto hat, drängt mehr und mehr auf
Selinas Heirat. Meist aber sind die potenziellen Schwie-
gersöhne nicht mehr ganz so taufrisch, weil sie selbst
schon das eine oder andere Mal geschieden und mit
mehr oder weniger ehelichen, außerehelichen und Stief-
kindern belastet sind. Das müsse Selina eben in Kauf
nehmen, wenn sie sich schon so lange Zeit lasse, um
unter die Haube zu kommen. Aber wenn sie so weiterma-
che, werde sie als säuerliche alte Jungfer enden und
weiß Gott, von denen gebe es schon genug auf der Welt,
zumindest in Siniwöd.

Nur mit Mühe gelingt es Selina, zwischen den karg
anmutenden Gängen – in Wirklichkeit wird gevöllert wie
jeden Tag, nur dass man das Fleisch für einen Tag im
Jahr nicht auf den Tisch bringt – ihren selbst gewählten
Lebensstil mit der Ausrede, dass der Job ihre ganze
Energie benötige und daher kein Platz für die Hege eines
verwöhnten Ehegesponses bleibe, einer Verkuppelung

durch ihren Vater zu entkommen. Noch immer schwärmt er vom Sohn des hiesigen Badausstatters, sprich Gas-Wasser-Scheisse-Krösus des Ortes, der – man staune – die HTL geschafft hat und nun der einzige „Akademiker" in der näheren Umgebung ist.

Selina unterlässt es, ihren Vater zu korrigieren, dass eine HTL keine Universität ist und der „Burzi", wie er im Ort gerufen wird, auch wenn sie hetero wäre, niemals mit seinen Fingern näher an sie rankommen würde als auf einen Meter. Der Burzi ist von Beruf Sohn, für die HTL hat er sich etwas mehr Zeit genommen als der Rest seiner Kommilitonen und Selina hat es nicht ganz so mit Männern, die kaugummikauend und nach Energiedrinks miefend eine Frau mit den Worten „Na, wie geht es der süßen Mieze heute?" anzumachen versuchen. Außerdem glaubt sie, dass die protzige Goldkette, die verspiegelte Sonnenbrille und der Siegelring an seiner linken Hand schon von Geburt an ihm kleben. Ob er tatsächlich das Gewerbe seines Vaters einmal übernimmt, ist fraglich, denn selbst der dümmste Bauer in der Umgebung würde die marode Wasserleitung in seiner Keusche nicht vom Burzi erneuern lassen und noch weniger würde er seine Tochter diesem selbst ernannten provinziellen Märchenprinzen zur Frau geben. Damit Burzi nicht unterbeschäftigt ist, hat sein Vater ihm den Fliesen- und Steinhandel in seinem Geschäft überlassen, ein unbeachtlicher Anteil des Firmenumsatzes und noch weniger einträglich als der Rest des Installateurbetriebes. Die Margen sind niedrig, weil die vorwiegend in Italien erworbenen Keramiken und Marmorplatten schon im Einkauf einen stolzen Preis aufweisen, und würde man sie mit dem gewünschten Aufschlag verkaufen, blieben sie in diesem Teil der Welt klassische Ladenhüter.

Daher bedauert Selinas Vater diesen jungen Mann aufs Äußerste, schimpft über die Spaghettifresser, wobei die Aussprache sich fast nach Spanferkel anhört, oder Itaker, ohne zu wissen, dass dieses Wort tatsächlich einmal kein Schimpfwort war, sondern Kamerad bedeutete. Dass womöglich das verkäuferische Geschick des studierten HTLers grobe Lücken aufweist und er mit seinem Verhalten, das eine explosive Mischung aus Chauvinismus und proletenhaftem Frauenverstehertums darstellt, keine Bombengeschäfte an Land zieht, ist dem alten Hinterstopfer nicht beizubringen.

„Aber weißt Selina, der hat richtig Pech gehabt letztes Jahr."

„Wow, zum Unvermögen auch noch Pech, sieh mal einer an, wem passiert schon so was?", fragt Selina, während sie eine Gabel voll köstlicher Polenta mit Bärlauchsoße in den Mund schiebt. Auch wenn sie ihre Quasi-Stiefmutter so gar nicht ausstehen kann und nicht die geringste Gesprächsbasis mit diesem zänkischen Fass findet, eines muss sie ihr lassen: Kochen kann sie perfekt. Ganz sicher ist sich Selina allerdings nicht, ob nicht die Sauce mit Schlagrahm und die Polenta mit Käse und Ei verfeinert wurden. Aber egal, heute will sie ausnahmsweise nicht vegan herumzicken, denn in spätestens zwei Stunden sitzt sie wieder in ihrem Auto und verschwindet in Richtung Metropole.

„Jetzt sei doch nicht immer so spitz", antwortet ihr Vater. „Der Burzi ist einem italienischen Lieferanten voll auf den Leim gegangen. Der hat ihn diesmal echt geschnupft beim Preis und dann ist auch noch alles gestohlen worden."

„Aha, und wieso?"

„Ja, der Burzi bestellt Marmorplatten nur dann, wenn ein Kunde unbedingt so ein Glumpert haben will. Und er kauft sie immer beim gleichen Großhändler in Italien.

Dort hat sein Vater das Zeug schon organisiert, wenn irgendwer geglaubt hat, er ist was Besseres in der Gegend. Also der Burzi hat für den großen Bauunternehmer in Gleisdorf, du weißt schon, für den Gauner, den Verbrecher ..."

„Ja, ich weiß, von wem du redest." Selina rollt die Augen. Ihr Vater hasst diesen Typen schon seit Jahren, nur weil er bei einem Großprojekt die Ausschreibung gegen ihn verloren hat. Allerdings hat man damals gemunkelt, dass der Hinterstopfer beim Schmieren halt ein bisserl geizig war und der Edeltupfer, so heißt er wirklich, den Hinterstopfer halt getupft hat. Das Dumme war, dass der Edeltupfer nicht einmal ein paar Brosamen im Subauftrag dem Hinterstopfer überlassen hat. Er sei zu teuer, hat er argumentiert, und dann hat er alles mit Slowaken, Tschechen und Rumänen gebaut. Und so, wie es ausgeschaut hat, haben die den Zement gleich mitgebracht.

„Ja, also", fährt der Alte fort, „der Edeltupfer baut ein Haus für seine Tochter und da ist alles aus Marmor, die Bäder, die Klos, die Vorräume und das gesamte Stiegenhaus. Aus dem weißen, dem aus Italien."

„Carrara", nuschelt Selina zwischen zwei Löffeln Polenta.

„Nein, Selina, da kennst du dich nicht aus. Das ist ein Auto, von dem du redest, ein Porsche."

„Ich rede von Carrara-Marmor. So heißt der, weil er aus Carrara – das liegt in der Toskana übrigens – kommt. Der Porsche heißt Carrera."

„Aha", stockt der alte Hinterstopfer kurz und belässt es dabei, damit er den Faden nicht verliert. „Also der Burzi kauft, ich weiß nicht, wie viele Platten von dem Zeug inklusive Kleber und Fugenmasse. Da braucht man spezielles Material dafür, das kriegst du bei uns gar nicht."

„Ja, gut, und was ist daran so spannend?" Selina hat zwischenzeitlich ihren Teller leergelöffelt und legt das Besteck beiseite.

„Also der Burzi hat alles bestellt und weil es halt wieder einmal gar so eilig war, hat er das ganze Zeug gleich auf die Baustelle liefern lassen und nicht, wie er es sonst immer gemacht hat, in sein Geschäft. Dazu kommt noch, dass er alles per Vorauskasse bezahlen hat müssen. Wo gibts denn so was!" Entrüstet schüttelt er seinen Kopf. „Und dummerweise ist die Lieferung auch noch an einem Donnerstag gekommen und am Freitag hat es geregnet, da war keiner auf der Baustelle."

Ziemlich gelangweilt rührt Selina in ihrem schwarzen Kaffee, den sie in der Zwischenzeit serviert bekommen hat. Erst als ihr Vater weiterredet, wird die Unterhaltung spannend.

„Und wie der Burzi und seine Truppe am Montag auf die Baustelle kommen, ist das ganze Material einfach weg. Verschwunden! Alles weg, gestohlen. Ja, das war ein Trara. Die Polizei war da, aber niemand hat was gesehen oder gehört. Ist auch abgelegen, der Bauplatz. Jetzt streitet er halt mit dem Edeltupfer und mit dem Lieferanten herum, wer den Schaden zahlen wird." Und nach einer Pause fügt er mit einer riesigen Portion Genugtuung hinzu: „Aber trifft ja keinen Armen. Der Edeltupfer wird wohl eine Baustellenversicherung haben. Wahrscheinlich hat einer seiner schwarzarbeitenden Tschuschen alles mitgenommen und verkauft es auf dem Schwarzmarkt."

„Wann ist das passiert?", fragt Selina, denn ihr Interesse als Polizistin ist geweckt.

„Ha, das ist schon eine Zeit lang her, war irgendwann, bevor es richtig kalt geworden ist. Ich hätte gesagt, Anfang Dezember, denn zu Weihnachten wollte das Töchterlein in das neue Heim einziehen."

„Hat man die Diebe schon gefasst?"

„Nein, die hat man nie erwischt. Weißt eh, wie das ist, von da bist gleich in Ungarn und dann fahrst weiter nach Rumänien oder so. Die kriegst du nimmer." Noch immer liegt eine gute Portion an Schadenfreude in Hinterstopfers Stimme. „Aber weißt, was die echte Sauerei war?", fragt er Selina.

„Nein, aber du wirst es mir gleich erzählen."

„Die Fugenmasse kommt nicht einmal aus Italien, das ist ein chinesisches Glumpert. Der Burzi hat Fotos gemacht von der Lieferung am Donnerstag und da ist ihm aufgefallen, dass die Schachteln, in denen die Fugenmasse verpackt war, nicht einmal auf Italienisch beschriftet waren! Das war alles auf Chinesisch! Ich habe gesagt, da siehst du wieder, wie die Spaghetti einen legen, kaufen den Dreck billig in China, tun so, als wäre es aus Italien, und verkaufen's teuer weiter."

38.

Als Selina ihre Rückreise nach Wien antritt, hat sie den Namen und die Adresse des Händlers in der Tasche. Zusätzlich erhielt die Polizei von Sinabelkirchen vor ein paar Tagen die Information, dass es auch in Baden bei Wien und in St. Pölten ein ähnliches Problem zur beinahe selben Zeit gegeben hatte. Auch dort wurden die exklusiven Materialien direkt von der Baustelle gestohlen und tauchten nie wieder auf. Die Pikanterie am Rande ist, dass in allen drei Fällen die Ware von ein und demselben Marmorlieferanten, der nördlich von Verona angesiedelt ist, geliefert wurde.

Grundsätzlich interessiert sich Selina nicht für organisierten Diebstahl, dafür gibt es Dezernate, die besser auf diesem Gebiet bewandert sind. Aber Selinas Spürsinn reagiert derzeit auf sino-italienische Verknüpfungen äußerst sensibel. So nebenbei wundert sie sich, dass es noch keinem der Kollegen in den jeweiligen Orten in den Sinn gekommen ist, dass vielleicht sogar der Händler selbst hinter den Diebstählen steckt. Wäre nicht das erste Mal, dass ein Lieferant sich die Ware wieder zurückholt, nochmals verkauft und auf dem Schaden der Käufer oder einer Versicherung sitzen bleibt.

Auf der halben Fahrt nach Wien telefoniert sie mit Ferdi und erzählt ihm die Burzi-Fliesen-Story, während sie sich über den mangelnden Hausverstand und Ermittlungseifer so mancher Polizisten ärgert. Aber was soll sie an einem Karsamstag schon ausrichten, abgesehen davon, dass sie kein gesteigertes Interesse hat, sich mit der Arbeit von anderen Leuten zu beschäftigen?

In ihren vier Wänden angekommen, kann sie es allerdings nicht lassen und googelt nach dem Marmorhändler. Deren scheint es im Veneto einige zu geben und die Parella s.r.l.

unterscheidet sich in ihrer Präsentation nicht wesentlich vom Mitbewerb. Parella handelt mit Natursteinen, Marmor, Granit, kauft die Materialien in aller Welt zu, wobei der Großteil der Modelle aus Italien stammt. Offenbar liefert die Firma nur an Wiederverkäufer, nicht direkt an den Endkunden. Nichts deutet darauf hin, dass es sich bei Parella s.r.l. um ein unseriöses oder gar kriminelles Unternehmen handelt. Nicht unlogisch. Ein Internetauftritt mit „Wir sind Mafia" wäre äußerst geschäftsschädlich.

Während Selina genüsslich an ihrem alkoholfreien Bier nippt und das gefühlt in Arial zwei geschriebene Impressum der Firma Parella zu entziffern versucht, vibriert ihr Mobiltelefon unaufhörlich. Mehr geistesabwesend nimmt sie das Telefonat an, ohne vorher zu prüfen, wer gerade ihre investigative Arbeit unterbricht. Zu ihrem Erstaunen meldet sich eine sonore männliche Stimme, nämlich jene von Emil Wotruba.

„Frau Hinterstopfer, ähm, hätten Sie Zeit auf eine Tasse Kaffee mit mir?", fragt er ohne Umschweife. „Mir ist doch noch etwas eingefallen, was diesen – wie hieß der Lover von Tamara, mit dem sie abgehauen ist? – betrifft."

„Antonio Sernico", antwortet Selina lapidar, obwohl ihre Neugierde gehörig erwacht ist.

„Ja, genau."

„Müssen Sie nicht mit ihren Kindern nach Osternestern suchen oder Eier färben?", fragt sie und beißt sich anschließend gleich auf die Lippen ob des überflüssigen Kommentars.

„Ähm, nein", sagt Wotruba. Es scheint ihm peinlich zu sein, auf familiäre Pflichten angesprochen zu werden. „Das macht meine Frau."

„Gut, wo wollen wir uns treffen?"

„Ich komme gerne zu Ihnen, Frau Kommissarin", gibt Wotruba zurück.

„Tut mir leid, ich habe heute frei und bin nicht in meinem Büro."

„Ich kann auch gerne zu Ihnen nach Hause kommen", hört sie Wotruba sagen, was fast bettelnd klingt.

Selina muss schmunzeln. „Wenn der wüsste, wie wenig mich seine Muskeln antörnen und ich nicht auf Gestänge zwischen den Beinen stehe!" Beinahe ist sie geneigt, sein Angebot anzunehmen, aber im letzten Moment kehrt die Vernunft ein und sie schlägt ein Kaffeehaus unweit ihrer Wohnung als Treffpunkt vor. Die Enttäuschung, dass er nicht in ihre privaten vier Wände eingeladen wird, ist Wotruba selbst durch das Telefon anzumerken, aber schlussendlich überwiegt seine Begierde, Selina wieder-zusehen, und er erklärt sich mit ihrer Wahl des Ortes ein-verstanden.

39

Ferdi blättert gelangweilt zum x-ten Mal den Akt Bo Zhang durch. Seine Beine ruhen auf einem Hocker, den er unter den Schreibtisch geschoben hat. „Was übersehen wir?", fragt er sich immer und immer wieder. Er weiß, dass der Tod des Grasjunkies und der Bo Zhangs in Zusammenhang stehen, auch wenn Novotny dieser Überzeugung gar nichts abgewinnen kann. Er riecht förmlich, dass das Ehepaar Sernico tief in diesen Fall verstrickt ist, aber es gibt nur drei vage Hinweise und ein handfestes Indiz, dass es eine Verbindung zwischen dem Toten und den Sernicos gibt: die Tatwaffe, was aus Ferdis Sicht kein Zufall sein kann, und der ominöse dunkle SUV sowie Olgas früherer Job im Musch-Musch.

Das Wirtschaftsdezernat konnte bis jetzt auch nichts Brauchbares zutage fördern, auch wenn Ferdi überzeugt ist, dass Sernicos Luxushotel in Wien mit gewaschenem Geld, wahrscheinlich aus Drogengeschäften, gekauft wurde und die Burg vielleicht sogar so manchem zwielichtigen Zeitgenossen temporären Unterschlupf bietet. Vielleicht hätten die abgehobenen Kollegen sich mit den italienischen Behörden in Verbindung setzen sollen, was Ferdi ihnen geraten hat zu tun. Aber diesen Ratschlag haben sie spöttisch in den Wind geschlagen. Sie wüssten schon, was zu tun sei, und bräuchten sich nicht von den Leichengaffern – wie sie die Mitarbeiter der Abteilung Mord verächtlich nennen – ihren Job erklären lassen. Außerdem sei die Mafia, egal welcher Organisation, ob Camorra oder Cosa Nostra, das Problem der süditalienischen Polizei und nicht jenes österreichischer Fahnder.

Während sich auf seiner Stirn Zornesfalten bilden, wenn er an die letzte Dienstbesprechung denkt, und er noch über Selinas Anruf von vor einer Stunde grübelt, als sie ihm die eigenartige Geschichte mit dem Marmorlieferanten aus Verona erzählte, schneit der diensthabende Streifenpolizist, ohne anzuklopfen, in sein Büro.

„Hrdlicka, es gibt a Leich, a chinesische. Im Beichtstuhl im Steffl."

40.

Selina blickt noch einmal prüfend in den Spiegel, bevor sie ihre Wohnung in Richtung Treffen mit Emil Wotruba verlässt. Sie steht zwar nicht auf den verdeckten Schürzenjäger, aber je mehr sie ihn mit ihren Reizen aus der Fassung bringt, umso weniger überlegt er vermutlich seine Antworten, und die Chance, dass er sie anlügt, tendiert gegen null.

Diesen Punkt will sie ausnützen und sie entscheidet sich schließlich, in unbequemes Schuhwerk zu schlüpfen, das zwar auf dem Weg bis zum Kaffeehaus leidlich auszuhalten sein wird, aber ihre langen schlanken Beine, die in hautengen schwarzen Jeans stecken, und ihre schmalen, eleganten Fesseln vollends zur Geltung bringt. Während sie dank der tagelangen Übung im Büro ihre Pumps unter Kontrolle hat und beinahe leichtfüßig den Bürgersteig entlangschlendert, läutet schon wieder ihr Telefon. Ferdi. Er wird doch nicht etwas über die Firma Parella herausgefunden haben!

Obwohl sie sich abgewöhnen sollte, in ihrer Freizeit Mosaiksteinchen für Verbrechensaufklärung zu sammeln, hebt sie neugierig ab.

„Ja, Ferdi, bist du fündig geworden?" Sie ist überzeugt davon, dass er weiß, wovon sie spricht.

„Ja, meine Liebe. Ich habe noch einen toten Chinesen gefunden."

Selina schluckt. Ein netter Versuch, sie an ihrem freien Tag in die Arbeit zu locken.

„Okay, schon gut. Nun aber im Ernst, was willst du mir sagen an einem so schönen Tag wie heute?"

„Du findest mich im Stephansdom vor den Beichtstühlen, falls du Lust auf mich haben solltest", flötet Ferdi ins Telefon, dann legt er auf.

„Komiker", entfährt es Selina, allerdings klang es, um ehrlich zu sein, nicht nach einem billigen Scherz. Im Gehen versucht sie Ferdi zurückzurufen, aber bevor es läutet, kündigt sich mit einem Piep an, dass sie eine Nachricht erhalten hat. Ein Foto. Aufgenommen in einer Kirche, auf dem schachbrettartigen rot-weißen Marmorboden liegt ein Toter, offenbar Chinese, mit einem kreisrunden Loch in seiner Stirn.

„So ein Mist", brummt sie in sich hinein.

Sie scrollt zum vorletzten Anruf und informiert Wotruba, dass sie ihr Date verschieben müssen. Sie würde sich melden, sobald sie wieder verfügbar sei.

41.

Selina zieht ihre hohen Hacken aus, läuft barfuß zurück in ihre Wohnung, wirft sich in die Arbeitskleidung und schlüpft in bequeme Schuhe. Mit der engen Hose und den anzüglichen Schuhen möchte sie nicht am Tatort erscheinen, denn um den prominenten sakralen Bau wird es von Schaulustigen und Journalisten nur so wimmeln und sie möchte nicht zum Gespött der stierenden Masse werden, wenn sie sich wie ein Mannequin mit Dienstmarke den Weg durch die Gaffer in die Kirche bahnen muss. Außerdem ist sie sich nicht sicher, ob nicht irgendeine christliche Zeremonie bereits im Gange ist. Was weiß sie als praktizierende Atheistin schon über katholische Festtagsbräuche am Karsamstag?

Danach eilt sie zur U-Bahn-Station und macht sich auf den Weg in das Zentrum der Stadt. Schon auf ihrer Fahrt ist sie gewiss, dass der Tote etwas mit Bo Zhang zu tun haben muss. Auch wenn sie nur ein schlechtes Foto von der Leiche erhalten hat, passt es fast haargenau auf die Phantombildzeichnung, die man nach der Beschreibung des Zimmermädchens vom Hotel nach Weihnachten anfertigte. „Ha", denkt sich Selina, „schon wieder ein toter Chinese um die Feiertage. Und diesmal sogar an einem heiligen Ort! Ob es Methode hat, dass zu Festtagen gemordet wird?" Dunkel kann sie sich erinnern, dass sie irgendwo einmal las, dass gerade die Camorra gerne an Jahrestagen oder außergewöhnlichen Daten ihre unliebsamen Geschäftspartner um die Ecke bringt. Aber bis jetzt ist es ihrem Partner und ihr nicht gelungen, hieb- und stichfeste Beweise für einen Bezug zwischen den Morden und mafiösen Machenschaften herzustellen. Alles nur Vermutungen.

Als sie endlich vor den Pforten des Domes steht, stellt sie einerseits zufrieden fest, dass der schaulustigen Menge die Blicke ins Innere der Kirche verwehrt bleiben, weil die Tore geschlossen und verriegelt scheinen, andererseits muss gerade sie durch diese hinein.

Sie zückt ihr Telefon und versucht, Ferdi zu erreichen und ihn zu bitten, dass man ihr Einlass gewähre. Aber der Lärmpegel am Stephansplatz hat ungeahnte Höhen erreicht, sodass Ferdi ihr Gebrülle zwar nicht wortwörtlich versteht, aber kombiniert, dass Selina wahrscheinlich vor der Türe steht und hineingelassen werden möchte.

Selina drängelt sich mit erhobener Dienstmarke durch die Leiber, muss einige Rempler und unhöfliche Kommentare über sich ergehen lassen, kann aber schließlich ohne gröbere Blessuren durch den Türspalt schlüpfen, den ein eifriger Polizist rasch wieder zudrückt, bevor sich der eine oder andere ungebetene Zaungast hindurchdrängt.

Zielsicher steuert Selina die Beichtstühle an, auch wenn sie diese noch nie aufgesucht hat, aber die vielen Leute, die davor stehen, sind nicht zu übersehen. Sie bemüht sich, möglichst ohne potenzielle Spuren zu zerstören, nahe an den Toten heranzukommen, über den Ferdi gebeugt steht, sich die Glatze kratzt und eine unverständliche Begrüßung murmelt.

„Alle Wette, es war eine Beretta mit aufgesetztem Schalldämpfer", gibt er nun für alle Umstehenden hörbar von sich.

„Mit mir brauchst du nicht zu wetten, vielleicht mit Novotny." Selina beugt sich ebenfalls vor und schaut sich den Toten genauer an.

Er scheint um die vierzig Jahre alt zu sein, sofern man das Alter bei Chinesen als Europäer schätzen kann, ist klein, untersetzt und scheint eine Brille getragen zu haben. Die Gläser derselben liegen zerbrochen auf dem

Boden, die Einfassung sitzt schief auf seiner kurzen Nase. Der Mund ist halb geöffnet, die gelblichen Zähne blecken hervor und das schüttere Haar gibt Einblicke auf die weiße Kopfhaut. Die Kleidung wirkt wie bei Bo Zhang teuer und ist mindestens genauso geschmacklos kombiniert. Eine graue, schlecht sitzende Wollhose, grün gestreiftes Hemd und ein teures rotes Sakko mit braunen Lederaufschlägen und Lederflecken an den Ellenbogen. Dazu dunkelblaue Slipper mit roten Quasten und gelb karierte Socken. Die Zusammenstellung lässt vermuten, dass der gute Mann Ostern für eine Art Karneval hielt und wenig darüber wusste, welch ernste Angelegenheit das höchste kirchliche Fest hierzulande ist.

„Fehlt nur noch, dass seine Eier ebenfalls bunt sind", denkt sich Selina und muss sich vor Ekel schütteln. Der Tote trägt genauso wenig bei sich wie sein verblichener Landsmann. Kein Handy, keinen Ausweis nicht einmal etwas Kleingeld und außer einem ausgiebig benutzten Taschentuch fördert die Spurensicherung aus seinen Hosen- und Jackentaschen nichts zutage.

Während Selina den leblosen Körper betrachtet, die Spurensicherung ihre Arbeit verrichtet und Ferdi einige Notizen in sein Tonband spricht, verschwindet eine groß gewachsene, mit einer schwarzen Soutane bekleidete Gestalt durch eine Holztüre. Niemand beachtet den Geistlichen oder hält ihn gar auf. Erst als Selina nach Zeugen fragt, fällt auf, dass der Pfarrer, den sie nur sehr vage wahrgenommen hat, nirgends mehr zu finden ist.

42

Ihr freier Abend ist somit dahin und auf dem Rückweg in ihre Wohnung, - es ist schon fast Mitternacht - macht sie einen Abstecher in ihr zweites Wohnzimmer. Bianca, die freundliche Kellnerin, ist allein und will gerade die Schotten dichtmachen, als Selina sie mit Dackelblick noch um ein Tonic bittet. Mit einem Seufzer stellt Bianca das Glas auf den Tresen.

„Scheißtag, oder?"

„Ja, eigentlich hatte ich frei, aber die Mörder fragen nicht, ob ich meine Ruhe haben will." Selina macht einen kräftigen Schluck und das eisgekühlte Gesöff brennt ihre Speiseröhre fast aus.

Bianca nickt zustimmend, während sie die letzten Gläser aus dem Spüler nimmt und gewissenhaft mit einem Geschirrtuch poliert, ehe sie sie in das Regal stellt.

„Was von Cynthia gehört?", fragt Selina und beißt sich im selben Moment auf die Lippen. Sie will nicht den Eindruck erwecken, dass sie dieser Schlampe nachtrauert, aber Bianca ist entweder zu müde, um sich darüber Gedanken zu machen, oder Selinas Gefühle sind nichts, womit sich die Bardame groß beschäftigt.

„Nein, nicht wirklich. Sie war schon eine ganze Weile nicht mehr hier. Habe gehört, sie habe sich eine Auszeit von ihrem Job genommen und genieße die schönen Mädchen am Strand von Ipanema", berichtet Bianca tonlos, während sie das letzte Glas verstaut.

„So, magst noch was? Ich möchte für heute gerne Schluss machen."

„Schon gut." Selina trinkt ihr Tonic aus, wirft ein paar Münzen auf den Tresen und mit einem „Ciao Bella, a domani" verschwindet sie durch die verspiegelte Eingangstüre.

43.

Die nächsten zwei Tage darf Selina wieder dem Journaldienst frönen, der aber aufgrund des neuen Mordopfers genug Arbeit fordert. Ferdi, dem das schlechte Gewissen angesichts seiner freien Tage ins Gesicht geschrieben stand, gönnt sich nur die für ihn so wichtigen kirchlichen Feierlichkeiten und eilt nach dem Hochamt am Ostersonntag noch mit Anzug, Krawatte und auf Hochglanz polierten Schuhen bekleidet direkt nach dem Kirchgang ins Büro, um seine Kollegin nicht allein am Fall kiefeln zu lassen. Wer selbstverständlich keine Ambitionen hat, dem Ermittlerduo Gesellschaft zu leisten und ihnen unter die Arme zu greifen, ist ihr allseits beliebter Chef Novotny. Wobei beide froh darüber sind, nicht mit Störfaktoren rechnen zu müssen. Lediglich das Tippen des Berichtes geht Selina auf die Nerven, weil auch Annalena frei hat, andererseits liegt das Dokument nun in einwandfreiem Deutsch verfasst und ohne orthografische Besonderheiten und andere Stilblüten am Dienstag nach Ostern auf dem Tisch des Staatsanwaltes.

Wieder geht es für die beiden Kriminalisten in das Nobelhotel, denn ohne Zweifel handelt es sich bei dem Ermordeten um jenen Kerl, der mit Bo Zhang zu Weihnachten zwei Flaschen Champagner geleert hat. Wieder sind Frau Sernikova und ihr Angetrauter nicht im Lande und weilen diesmal, gemäß den Angaben der säuerlichen lächelnden Dame an der Rezeption, in Übersee. Wo genau, weiß sie nicht, aber sie meint, irgendwo in amerikanischen Gefilden.

Auf Nachfrage, ob sie den Toten kenne oder je im Hotel gesehen habe, verneint sie entrüstet. Selina ist sich nicht sicher, ob sie der Dame empfehlen soll, sich im Reinhardt-Seminar für einen Ausbildungsplatz zur Schauspielerin zu bewerben oder vielleicht doch die Wahrheit zu sagen. Alle anderen Angestellten, denen ebenfalls das Foto oder das Phantombild unter die Nase gehalten wurde, scheinen ebenso wenig zu wissen wie die unterkühlte Empfangsdame. Lediglich das Zimmermädchen aus Portugal wäre noch zu befragen, aber leider habe es vor einem Monat gekündigt.

Dieser Fall scheint noch komplizierter zu werden, zumal man nicht einmal den Namen des Opfers kennt. Alle Aufrufe via Printmedien und Fernsehen bringen keine Erkenntnisse. Niemand, aber schon gar keiner, scheint den Mann zu kennen. Nicht einmal aus der chinesischen Community, die in Wien zu einer stattlichen Größe angewachsen ist, gibt es einen brauchbaren Hinweis, der zur Aufklärung der Identität des Toten führt. Selina und Ferdi betrachten ihre spärlichen Ermittlungsergebnisse als persönliche Niederlage, denn das ansonsten erfolgsverwöhnte Duo steckt irgendwo im Dreck fest, was ihrem unfreundlichen Vorgesetzten einerseits zur Genugtuung gereicht, andererseits aber stetig den Druck auf die beiden Beamten erhöht, weil er sein Fortkommen auf der Karriereleiter gefährdet sieht. Schließlich hat er die ersten Schritte, um seine Integrität zu unterstreichen, bereits gesetzt und Annalena zum Teufel gejagt, damit man ihm nicht ein Gspusi mit Kolleginnen vorwerfen kann. Annalena wiederum hat das Ende der Beziehung mit einer Folge von Weinkrämpfen – selbstverständlich in der Abteilung und darüber hinaus in allen Büros des Hauses – erlitten, sodass ohnehin jeder, auch der es nicht wissen wollte, nun im Bilde ist, dass Novotny und die kesse Annalena ein Paar waren und er sie wegen der Leibsekretärin des Staatsanwaltes, einer üppigen, bisweilen herben und zusammenoperierten Blondine – wie Annalena feststellt – hat sitzen lassen.

Dass das mit dem Leib tatsächlich keine Erfindung von Annalena ist und der Staatsanwalt möglicherweise, sollte er von der neuen Vorliebe seiner langjährigen außerehelichen Gespielin hören, eine berufliche Weiterentwicklung Novotnys mit allen Mitteln verhindert, wäre für Annalena eine angemessene Entschädigung für die Enttäuschung ihres Lebens. Vorbei ist der Traum, Frau Novotny zu werden, und weil sie nun wieder auf aktiver Partnersuche ist, häufen sich die Montagskrankenstände und die ohnehin kaum vorhandene Konzentrationsfähigkeit leidet zusätzlich.

Erst eine Woche nachdem man den Leichnam gefunden hat, landet der Obduktionsbericht des Namenlosen auf Selinas Tisch. Dass er mit derselben Waffe niedergestreckt wurde wie sein Landsmann und Claudius Ehrlich, ist keine Überraschung, aber dass auf den Fingerkuppen des guten Mannes Rückstände eines Wurmmittels – mit hoher Wahrscheinlichkeit Levamisol – zu finden waren, ist möglicherweise hilfreich. Vielleicht hält er ein Haustier, Hund oder Katze, und hat vor seinem Abgang in der Kirche seinem vierbeinigen Liebling noch eine Tablette verabreicht. Aber warum wäscht er sich anschließend nicht die Hände? Darüber mag Selina gar nicht nachdenken.

Das zweite Highlight an diesem Tage beschert den beiden Beamten ein Mitarbeiter der städtischen Müllabfuhr. Er schneit am späten Nachmittag des trüben Freitags ins Revier und hält dem Polizisten am Empfang einen verschmutzten und geknickten Ausweis entgegen, der, so wie es aussieht, eindeutig dem Toten gehört haben muss. Jing Ma ist der Name, der unter dem Bild steht, und offenbar kommt dieser Kerl aus der gleichen Stadt wie sein ebenfalls ermordeter Kompagnon.

Der Müllmann habe am Stephansplatz einen Eimer leeren wollen, dabei sei ihm dieser entglitten und gemäß

Murphys Law sei der Inhalt auf dem Gehsteig verteilt gelegen. Zuoberst diese Karte, die er eingesteckt habe, weil er es komisch gefunden habe, dass jemand einfach seinen Ausweis knickt und in den öffentlichen Müll wirft. Erst zu Hause habe er das Bild näher betrachtet, sich an die Bilder in Zeitung und Fernsehen erinnert und es als seine Pflicht angesehen, den Ausweis bei der Mordkommission abzugeben.

Selina und Ferdi sind dem pflichtbewussten Mann dankbar, denn es dauert nicht lange und der Computer, den Selina mit den Daten gefüttert hat, spuckt ein paar interessante Details über Jing Ma aus. So ist dieser Typ gar kein unbeschriebenes Blatt, wie man vermutet hätte, sondern er war schon das eine oder andere Mal den hiesigen Behörden, genau genommen den Zollfahndern, ins Visier geraten. Laut Informationen, die Selina zusammenträgt, hat er seine Brötchen mit Importgeschäften, vornehmlich mit Waren aus China, verdient und versucht, die Einfuhrzölle zu umgehen oder saftig nach unten zu drücken, indem er Proformarechnungen gefälscht und den Wert der Güter oft um ein Vielfaches zu billig angab.

Vor etwas mehr als einem halben Jahr rückte er in den Fokus der Ermittler. Was er allerdings mit dem importierten Zeug gemacht hatte, kann Selina nicht gleichermaßen rasch eruieren. Wie sich die Lage darstellt, hat er in der Nähe von Wiener Neustadt ein Lager, zumindest sagt das die Lieferadresse, die auf den Papieren steht, die Selina in ihrem System finden kann, angemietet. „Manchmal ist es doch hilfreich, dass die Korinthenkacker aus der Wirtschaftsabteilung genau arbeiten", denkt sich Selina.

Der Verdacht der gewerbsmäßigen Hehlerei stand im Raum. Für Selina aber unverständlich, dass der Kerl bereits amtsbekannt war und keiner der Kollegen nur ein einziges Ohrwaschel gerührt hat, als das Bild vom Toten durch die Computer und die Medienwelt ging. Die einzige Erklärung ist, dass diese selbst nicht wussten, wie er aussah, und brauchbare Fingerabdrücke, die Ferdi abgeglichen hat, scheinen nicht gespeichert zu sein. In jedem Fall hat sie eine Fahrt nach Wiener Neustadt gewonnen und sie lädt ihr Gegenüber mit den Worten „Komm Ferdi, wir machen einen Ausflug" ein, sie zu begleiten.

44.

Nervös rutscht Olga auf dem Plastiksessel hin und her. Sie kann nicht mehr ruhig sitzen, seit sie in der Tageszeitung blätterte und das Phantombild eines alten Bekannten entdeckte. Darunter stand in fetten Lettern: „Wer kennt diesen Mann? Hinweise bitte ..."

Als sie diese Meldung gelesen hatte, musste sie auf ihrem Handy nachsehen, was sich in den letzten Tagen in Wien, während sie und ihr Mann schöne und geschäftlich erfolgreiche Tage in Bogota verlebten, alles ereignete. Wieder wurde ein Chinese tot aufgefunden, mit einem Loch im Kopf.

Ihr schwant, was das bedeutet. Antonio, der nicht mir ihr nach Wien zurückgeflogen ist, sondern bereits in der Maschine nach Neapel sitzt, kann sie jetzt nicht befragen. Ihr Abflug von Frankfurt nach Wien ist in einer halben Stunde. Bestimmt wird diese arrogante Polizistin mit ihrem glatzköpfigen Gefährten in den folgenden Tagen bei ihr aufschlagen und sie nach Jing Ma befragen. Wie sie Bernardo, Antonios „Sanguinario", zu Deutsch Bluthund, kennt, hat er bestimmt den Ratschlag, stets eine andere Waffe zu benutzen, nicht beherzigt. Zudem hat sie Antonio gewarnt, sich mit den Chinesen einzulassen, denn jeder weiß, dass sie irgendwann beginnen zu betrügen und dass man sich nicht mehr vollends auf sie verlassen kann. Er hat jede Warnung in den Wind geschlagen und sie ausgelacht. So billig werde er nie mehr an das Streckmittel kommen, hat er ihr erklärt. Es ist auch lange gut gegangen, bis sich dieser gierige und hässliche kleine chinesische Wicht mit dem verlängerten Arm der ‚Ndrangheta ins Bett gelegt und diese mit Levamisol versorgt hat. Das Ganze hätte Antonio noch verkraftet, aber als er erfahren musste, dass sein Marktbegleiter das Zeug um fast den halben Preis bekam, war es mit der Freundschaft vorbei. Einen Sernico legt man nicht aufs Kreuz. Sie wollte eigentlich nicht in Antonios Mordpläne eingeweiht werden, aber jemand musste dafür sorgen, dass alles, was irgendwie zu ihnen führen könnte, verschwindet.

Sie hatte die Idee, Smirna den Mord in die Schuhe zu schieben. Immerhin wusste sie um Smirnas Alkoholproblem und was lag da näher, als dass sie in ihrem Suff einen Freier kalt macht. Aber nein, Bernardo musste ja seinen Standardweg gehen und diesen chinesischen Gartenzwerg so umlegen, wie man für gewöhnlich nur unliebsame Organisationsmitglieder oder rivalisierende Nervtöter um die Ecke bringt. Alles in allem war der Plan gut, aber dass dieser Dummkopf von Bernardo vergaß, den Reisepass mitzunehmen, war einfach nur ärgerlich. So stießen die Ermittler rascher, als ihr lieb war, auf ihr Hotel. Sie wollte die Suite noch auf Hochglanz bringen und alle Spuren beseitigen, aber die Kriminalisten waren schneller.

Sie ärgert sich heute noch, dass sie nicht gleich beide portugiesische Zimmermädchen auf die Straße setzte. Diese dumme Pute erzählte den Polizisten auch noch von dem Besuch des anderen Chinesen. Alles in allem ein Desaster, das sie und Antonio ziemlich in Schwierigkeiten brachte. Die Ohrfeigen, die sie von Antonio kassierte, als er merkte, dass einige Dinge aus dem Ruder gelaufen waren, schmerzen heute noch.

Das alles ist noch nicht genug, Bernardo hat sich auch noch von seinem Bruder chauffieren lassen, der, als er im Auto auf Bernardo wartete, gesehen wurde. Als Draufgabe, als ob Antonio nicht schon genug Probleme hätte, stellte sich heraus, dass der Importeur des Zeugs, Jing Ma, aus reiner Profitgier den Zoll beschiss und die Kriminalpolizei ihm bereits auf den Fersen war. So nebenbei hat er die

Kurierdienste des verblichenen Bo Zhang übernommen und so wie sein Vorgänger nicht nur Antonio, sondern auch die Konkurrenz mit Levamisol beliefert. Es stand außer Zweifel, dass dieser Kerl verschwinden musste, aber hätte es denn keine andere Möglichkeit gegeben, ihn ins Nirwana zu schicken! Herrgott noch mal, was sind diese Mafiosi auch einfallslos!

Außerdem tun sich nun Probleme auf, die sie vorher nicht hatten. Woher sollen sie ab nun Streckungsmittel beziehen, vor allem in diesen Mengen und überdies zu solch einem sensationell günstigen Preis?

Sie könnte sich heute noch in den Hintern beißen, dass sie Sernico je mit diesem chinesischen Geschäftsmann bekannt machte. Sie kann sich nur allzu gut an jenen denkwürdigen Abend erinnern, an dem mit viel Champagner und Wodka in der Hotelsuite auf eine glorreiche Zukunft angestoßen wurde. Der hässliche, aber überaus teuer gekleidete asiatische Gast fiel ihr schon bei seinem ersten Besuch in ihrem Hotel auf. Er war allein und Olga kümmerte sich persönlich um ihn, denn so oft war die Suite in ihrem Hause nicht gebucht.

Nach und nach erfuhr Olga, dass er mit Waren aller Art handelte und diese gemeinsam mit seinem Partner via Airfreight nach Österreich importierte. Da er nur Andeutungen über die Art der Güter machte und sich nicht festlegte, vermutete sie, dass es sich mitunter auch um Dinge drehte, die nicht legal eingeführt werden konnten.

Gerade zu dieser Zeit schloss Sernico einen Vertrag über die Lieferung von Kokain aus Kolumbien mit einer Splittergruppe einer paramilitärischen Untereinheit. Zudem fand man eine Route und Möglichkeiten, den Stoff im Hafen von Triest einzuschleusen. Von dort wurde er zum Ort der Weiterverarbeitung gebracht. Was Sernico damals zu seinem Glück fehlte, war der Einkauf von Streckmittel in größeren Mengen. Was lag da näher, als sich an einen Handelsvertreter des Fernen Ostens zu wenden?

So fand man in dem etwas seltsamen Hotelgast einen patenten Geschäftspartner, wenngleich Olga immer wieder Unbehagen befiel, wenn sie ihm gegenüberstand, und sie ihm nie wirklich über den Weg traute. Aber die Gier, richtig Kohle zu machen, war größer als ihr mahnender Verstand.

Nun sind drei Menschen auf Geheiß ihres Mannes tot, sie selbst Mittäterin, und sie vermutet, dass die hartnäckige Polizistin sie ganz schön in die Mangel nehmen wird.

45

Selina hasst den Freitagnachmittagsverkehr, der sich von Wien in Richtung Süden bewegt. Die Blechlawine ist schier unendlich und an ein zügiges Vorankommen ist nicht zu denken. Nach zwei Kilometern Stop-and-go reicht es ihr, sie knallt das Blaulicht auf das Armaturenbrett und mit Getute und Gehupe verschafft sie sich den Platz, den sie sich für ihre Fahrt wünscht. Mit einem Grinser sitzt Ferdi daneben und genießt Selinas Durchsetzungsvermögen in vollen Zügen. So kommen sie in angemessener Zeit zu besagter Adresse in Wiener Neustadt und stellen fest, dass eben dort auf einem geschotterten Park-and-Ride-Parkplatz ein einsam und verlassen wirkender rostiger Container steht.

„Hätte ich mir denken können", brummelt Selina mit einem Anflug von Zorn in sich hinein. Weil sie aber schon da seien, meint Ferdi, dass die Blechschere, die im Kofferraum des Dienstwagens liege, benutzt gehöre. Ohne zu zögern und voller Tatendrang knackt er das nicht minder rostige Schloss.

Selinas Augen müssen sich erst an die Dunkelheit im Inneren des Containers gewöhnen und sie flucht, weil sie vergessen hat, den Akku ihrer Taschenlampe aufzuladen, denn in der Zwischenzeit ist es beinahe finster. Sie knipst das Licht auf ihrem Mobiltelefon an und lässt den Schein der Lampe durch den Container schweifen. Gähnende Leere macht sich breit.

„Verflucht, entweder ist es eine Fake-Adresse oder er hat es vor seinem Ritt in die Hölle geschafft, alles loszuwerden", sinniert sie. „Wir brauchen die Spusi, vielleicht finden die irgendetwas. Fasern, Materialspuren oder sonstiges Zeug, das uns weiterhilft."

Während Ferdi sich ans Telefon hängt und seinen Kollegen in Wien Arbeit beschert, scheppert Selinas Telefon. Wotruba.

„Scheiße, den habe ich völlig vergessen", flucht sie und hebt ab.

Sie vereinbart mit ihm den gleichen Treffpunkt wie beim letzten Mal für den nächsten Vormittag um zehn, was Ferdi, der das Ende des Telefonates mithört, mit einem anzüglichen Lächeln quittiert.

46.

Als Selina das kleine Kaffeehaus betritt, springt Wotruba von seinem Stuhl auf und kommt mit einem freundlichen Lächeln auf sie zu. Um diese Zeit ist der Laden dicht gefüllt mit Leuten, die bereits ihre ersten Einkäufe erledigt haben, sich zum Tratsch mit Freunden und Bekannten treffen und ein ausgiebiges Frühstück genießen. Wotruba steuert in die hinterste Ecke des kleinen Lokals auf einen Tisch zu, auf dem bereits eine Tasse mit einem wohlduf-tenden Cappuccino steht. Als sie an der Theke vorbei-geht, bestellt Selina einen Espresso, was die Kellnerin, die die Kommissarin kennt, mit einem „Kommt sofort!" beantwortet.

Emil Wotruba hat sich für das Treffen richtig in Schale geworfen, er sieht verdammt gut aus und zudem versprüht sein Eau de Toilette einen angenehm herben Duft. „Würde ich auf Männer stehen", denkt sich Selina, „wäre er in meinem Bett gut aufgehoben." Umständlich rückt Wotruba den Sessel für Selina zurecht, ehe er selbst wieder auf dem Stuhl, auf dem er vorher gesessen ist, Platz nimmt.

Mit einem verlegenen Räuspern beginnt er die Konversa-tion: „Ich will Sie nicht lange aufhalten, denn bestimmt haben Sie am Wochenende Besseres vor, als Ihrer Arbeit nachzugehen."

Selina lächelt. „Aha, er will abchecken, ob ich vergeben bin."

„Nein, Herr Wotruba, mein Beruf ist mein Leben", antwortet sie mit einem umwerfenden Augenaufschlag, sodass Wotruba gar nicht mehr aufhört, sich zu räuspern, und verlegen in seine Kaffeetasse starrt.

„Gut, also, ähm. Ja, dann sind Sie nicht in Eile?"

„Nein, in Eile bin ich nicht. Ich bin ganz Ohr, was Sie mir berichten möchten."

Sie lehnt sich weiter vor als nötig, sodass Wotruba einen optimalen Einblick in ihr makelloses Dekolleté erhält, was dazu führt, dass seine Wangen die Farbe wechseln.

„Ja, ach so. Mir ist noch etwas zu diesem, wie heißt er noch, Antonio eingefallen."

„Ich dachte, Sie kennen diesen Mann nicht und haben ihn noch nie zuvor gesehen." Selina spricht betont langsam und gedehnt, um den nun nicht mehr so toughen Mann noch weiter zu verunsichern.

„Ja, das stimmt. Ich habe ihn auf dem Foto, das Sie mir gezeigt haben, auch nicht erkannt. Aber das Ganze hat mir keine Ruhe gelassen und ich habe nochmals im Internet recherchiert."

„Das kann ich mir vorstellen", denkt Selina. „Dass dieser kleine und nicht besonders attraktive Italiener ihm seine Bettgenossin ausgespannt hat, hat Wotruba wohl noch immer nicht verdaut."

Erwartungsvoll blickt sie Wotruba in die Augen.

„Ja", fährt er nun etwas gefasster fort, „ich kann mich erinnern. Es ist schon eine Zeit lang her. Ich war im Musch-Musch, weil ein Freier sturzbetrunken die Treppe hinuntergestürzt war und Smirna mich hilfesuchend anrief. Es war gegen Mitternacht und ich eilte zum Lokal. Als ich vor dem Eingang hielt, stieg der Besoffene mithilfe des Italieners in einen Wagen und sie fuhren davon. Smirna kam mir aufgeregt entgegengelaufen und war fuchsteufelswild auf den Kunden, denn er hatte in seinem Suff die Bar vollgekotzt. Danach telefonierte er, wahrscheinlich hat er diesen Antonio angerufen, denn dieser, wie mir Smirna erzählte, stand fünfzehn Minuten später vor der Türe, schnappte sich den Kerl, beschimpfte ihn auf Italienisch und verschwand schließlich mit ihm."

„Gut", sagt Selina, „das war aber, als Tamara, besser gesagt Olga, nicht mehr im Musch-Musch arbeitete."

„Ja, ich schätze, das war vor etwas mehr als einem halben Jahr."

„Aha, und der andere, der Besoffene, können Sie den beschreiben."

„Nun, er war ziemlich groß. Ich würde sagen, seine Statur war meiner ähnlich. Dunkelhaarig und ziemlich sicher ein Italiener, zumindest das Wenige, was er lallend von sich gab, klang danach."

Noch weiß Selina nicht, ob diese Geschichte stimmt oder ob sie nur gut erfunden ist, weil Wotruba sie wiedersehen wollte. Andererseits müsste sie nur Smirna fragen. Sie kann sich an den Vorfall bestimmt erinnern und den Kunden besser beschreiben. Allerdings ist es auch fraglich, ob diese Information für die Aufklärung des Falles überhaupt nützlich ist, denn noch sieht sie zwischen dem betrunkenen Gast im Laufhaus und den Morden nicht unbedingt einen Zusammenhang.

Während Selina sich an dem heißen Espresso die Lippen verbrennt, hängt Wotruba schmachtend an denselben und hofft, dass Selina seine Botschaft versteht, denn er kann nicht wissen, dass sie gegen männliche Dackelblicke immun ist. Sie jedoch schaut ihm unverfroren in die Augen und weckt ganz offenbar Erwartungen, die sie bestimmt nie erfüllen wird.

„Also", nimmt er verlegen das Gespräch wieder auf, „besonders hilfreich war meine Beobachtung nicht, oder? Aber ich finde, ich muss Ihnen alles sagen, was ich über die Leute, nach denen Sie mich gefragt haben, weiß. Stimmt doch?"

„Ja", erwidert Selina, „vielleicht hilft mir diese Geschichte, vielleicht auch nicht. Aber wenn wir schon so offen und ehrlich miteinander umgehen, hätte ich noch eine Frage an Sie."

Wotruba lehnt sich zurück und freut sich, dass das Gespräch mit der außergewöhnlich hübschen Polizistin noch nicht vorüber ist.

„Fragen Sie, nur zu!", fordert er Selina beinahe fröhlich auf.

„Waren Sie sehr enttäuscht, als Tamara oder Olga, wie immer wir sie nennen wollen, ohne eine Verabschiedung von ihrem Lover, sprich Ihnen, abgehauen ist?"

Wotrubas anfänglich heitere Miene verändert sich kontinuierlich zu Stein.

„Wie meinen Sie das, ich verstehe nicht", stottert er und seine vor Aufregung, dass er Selina gegenübersitzen darf, glühend roten Wangen wechseln ins Bleiche.

„Na, Sie wissen, was ich sagen will", gibt Selina jovial und mit einem kaum merklichen Augenzwinkern zurück. „Ich erzähle es nicht herum, außer es ist für die Aufklärung der Morde relevant."

„Also, das ist doch die Höhe!" Dass Wotrubas Empörung gespielt ist, riecht Selina zehn Meter gegen den Wind.

„Sie glauben doch nicht etwa ..."

„Was ich glaube, ist eine Sache, was ich sehe und weiß, eine andere." Selinas lapidarer Ton stößt nicht auf große Freude.

Wotruba braucht eine Zeit lang, um sich zu fassen, in diesen Sekunden ist Selina bereits aufgestanden, hat ein paar Münzen auf den Tresen gelegt und verabschiedet sich winkend von Wotruba.

„Vielen Dank für das nette Gespräch und grüßen Sie Ihre nette Frau ganz herzlich von mir." Ohne sich noch einmal nach Wotruba, der schnaubend auf seinem Stuhl sitzt, umzudrehen, verlässt sie mit einem amüsierten Lächeln das noch immer proppenvolle Kaffeehaus.

47.

Auf dem Rückweg nach Hause überlegt Selina, einen Abstecher ins Büro zu machen. Ferdi hat den Wochenenddienst übernommen und sie selbst hat nicht viel vor mit den restlichen freien Stunden.

Noch weiß sie nicht, ob Wotrubas Aussage für ihren Fall Gewicht hat oder sich ein Nebenschauplatz auftut, der am Wesentlichen vorbeiführt. Genau darüber möchte sie mit ihrem Kollegen sprechen.

Während sie gedankenverloren, die mittägliche Sonne genießend, ohne Eile in Richtung Kommissariat schlendert, rattern ihre graue Zellen unaufhörlich. Es steht für sie außer Zweifel, dass die beiden Chinesenmorde und der gewaltsame Tod von Claudius Ehrlich und seinem Hund von ein und demselben Täter ausgeführt wurden. Aber zu Selinas Ärgernis hat dieser windige Antonio Sernico tatsächlich ein stichhaltiges Alibi für die Zeiten, als Ehrlich und Jing Ma ins Jenseits befördert wurden. Vor allem als der Chinese seine letzte Absolution erhielt, war Sernico mit seiner Frau außer Landes. Nachweislich weilte das Paar in Übersee, zumindest saßen sie zum Tatzeitpunkt in der First Class auf dem Flug nach Los Angeles.

Es wäre nicht ungewöhnlich, wenn ein eigens engagierter Killer das Umlegen unliebsamer Geschäftspartner übernommen hätte und somit Sernico selbst nicht in der Schusslinie steht. „Ist durchaus ein gängiger Mafiastyle", denkt Selina.

Je länger sie grübelt, desto klarer werden die Umrisse. Sernico wäscht Geld, das aus Drogenhandel, Waffengeschäften und sonstigen illegalen Transaktionen stammt, für die Mafia, indem er Hotels kauft, saniert und mehr oder minder betreibt. Dieses Geschäft ist zwar lukrativ, aber wirft nicht im Mindesten jene Margen ab, die man z.B.

mit Handel von Kokain verdienen kann. Noch schneller füllen sich die Taschen, wenn man den wertvollen Stoff, der wahrscheinlich aus Südamerika stammt, mit preiswerten Zusatzstoffen wie zum Beispiel Levamisol – einem der gängigsten Streckungsmittel für Kokain – aus Ostasien vermischt. Wahrscheinlich schleust er sein Nebeneinkommen sogar an seinem Brötchengeber vorbei. Ein gefährliches Spiel, weil man an zwei Fronten kämpft. Einerseits muss man sich Drogenfahnder und andere Uniformierte vom Hals halten und andererseits darf der Clan, welchem immer man angehört, nichts von den einträglichen Nebengeschäften erfahren. Was liegt da näher, als sich mit Chinesen ins Bett zu legen, die, soweit Selina sich erinnern kann, keine innigen Geschäftsbeziehungen zu mafiösen Organisationen in Europa pflegen, weil sie von den süditalienischen Familien auf Dauer als nicht paktfähig angesehen werden?

Obwohl Selina keine Ahnung hat, wie sich die Zusammenhänge darstellen und ob ihre Spinnereien nicht eher in das Reich der Sagen gehören, hat sie das Gefühl, dass sie an der Lösung des Falles nahe dran ist. Am Montag wird sie gleich in der Früh mit Ferdi ihre Mutmaßungen besprechen. Sie dreht wieder um und schlägt den Weg zu ihrer Wohnung ein.

Olga zieht heftiger als sonst an ihrer Zigarette und bläst den Rauch durch ihre Nase aus. Mit klammen Fingern tippt sie eine Nachricht auf ihrem Smartphone. „Verflixt, wo steckst du?", schreibt sie nun sicherlich zum zehnten Mal.

Seit zwei Stunden, als die lästige Polizistin mit ihrem glatzköpfigen Partner sie ohne Vorwarnung, und ohne dass sie rechtzeitig hätte verschwinden oder ihren Anwalt hätte hinzuziehen können, bei ihr im Büro aufgeschlagen ist, versucht sie vergeblich, ihren Mann zu erreichen.

Es war ihr nicht vergönnt, den Jetlag abzulegen, denn als sie sich nach der Ankunft in Wien zum Hotel hatte bringen lassen, nur um die Post abzuholen, waren keine zwanzig Minuten vergangen und das seltsame Ermittlerduo stand vor der Tür, und das an einem Montagvormittag. Wer auch immer prompt nach ihrem Erscheinen diese beiden Gestalten angerufen hat, würde sie noch rausfinden und diese Person fristlos entlassen.

Aber jetzt hat sie Wichtigeres zu tun. Sie muss ihren Mann warnen, denn die Verdächtigungen, die die Bullen aussprachen, sind verdammt nah an der Wahrheit. Sie hat versucht, cool zu bleiben, aber innerlich war sie hin- und hergerissen, aus purem Selbstschutz doch auszupacken. Schließlich hat sie selbst niemanden umgebracht, kein Kokain importiert, gestreckt oder gar verkauft. Sie weiß lediglich zu viel. Mit weichen Knien wandert Olga in ihrem Büro auf und ab, in der einen Hand das Telefon, in der anderen die glühende Zigarette. Ihr Blick streift ein Stück Papier, das achtlos auf dem Bürotisch liegt. Olga erstarrt. Jetzt ist ihr klar, wieso diese zähe Kommissarin inmitten einer Frage abgebrochen, ihren Kollegen zum

Gehen aufgefordert und mit einem unmerklichen Lächeln auf den Lippen das Büro grußlos verlassen hat.

Ein kleiner Fetzen rechteckiger Softkarton wird das Verhängnis sein. Der Boardingpass von Los Angeles nach Bogota.

Kaum dass Selina und Ferdi das Hotel verlassen haben, informiert Selina die Polizeidienststelle, sie mögen den letzten Flug der Sernicos checken. Immerhin erzählte Olga breit von ihrem erholsamen Trip in die USA, erwähnte aber mit keiner Silbe, dass sie eine Weiterreise nach Kolumbien angetreten waren. Die Wahrscheinlichkeit, dass sie in dem für den Kokainanbau weltweit bekannten Land eine ausgiebige Sightseeingtour machten, geht gegen null. Eher ist es richtig, dass man auf Geschäftsreise war und sich über Preis und Lieferung der nächsten Ladung Kokains unterhielt.

Obwohl sich Selina und Ferdi die Wahrheit zusammenreimen, ist es ungleich schwieriger, Indizien oder gar Beweise sicherzustellen. Es ist nicht verboten, nach Bogota zu reisen, und Olga muss der Polizei auch nichts davon erzählen. Zu allem Überfluss hat man zwar im verlassenen Container bei Wiener Neustadt Rückstände von Levamisol gefunden, aber was haben die Sernicos mit Jing Ma und dem rostigen Fundort zu tun? Rein nach der Papierform gar nichts, außer dass der verblichene Gauner mit Bo Zhang zu Heiligabend in dessen Suite im Hotel der Sernicos Champagner und Kaviar genossen hat.

Auf dem Rückweg ins Büro bittet Selina Ferdi, noch einen Abstecher ins Musch-Musch zu machen.

„Deine neue Freundin besuchen?", fragt Ferdi und schmunzelt.

„Nein, aber ich möchte sie zu diesem Vorfall befragen, von dem Wotruba erzählt hat. Auch wenn es nichts einbringt, zumindest habe ich mein Gewissen beruhigt."

Während Ferdi vor dem Laufhaus vergeblich nach einer Parkmöglichkeit sucht, Selina schließlich aus dem Wagen steigen lässt und weiterfährt, kommt Smirna mit freude-strahlendem Gesicht aus der Türe.

„So eine Überraschung, Frau Kommissarr!", begrüßt sie Selina. „Habe gute Nachrricht", überfällt sie Selina mit der Neuigkeit. „Kann nächste Woche aufhörren, als Hure zu arbeiten, habe eine Stelle bei grroße Putzfirma. Gleich viel Geld wie jetzt, aberr nicht so anstrengend. Emil hat mir Job besorgt. Wirrklich netter Mann."

Sie hat sich in der Zwischenzeit bei Selina wie ein Teenager untergehakt. So gehen sie durch den Eingang in die schmuddelige Bar.

„Schön zu hören", antwortet Selina und sie meint ihren Kommentar auch wirklich ernst. „Alles ist besser, als sich in dieser Bude von Fremden aufs Kreuz legen zu lassen", denkt sie.

„Schade für meine beiden Kolleginnen. Werrde sie vermissen", erzählt Smirna weiter, „aber bestimmt wird Emil für sie auch etwas finden. Er will Musch-Musch schließen, sagt er."

Das glaubt Selina aufs Wort. Die Zeiten für das horizontale Gewerbe sind so schlecht wie noch nie und keine der hier arbeitenden Damen scheint nach seinem persönlichen Geschmack zu sein, sodass er wenigstens aus purem Eigennutz das Geschäft weiter betreibt.

Die beiden Frauen steuern auf die Bar zu und zu Selinas Erstaunen gießt sich Smirna ein Glas mit Sodawasser voll.

„Frau Kommissarin, was führrt Sie zu mir?", fragt Smirna, während sie einen Schluck aus dem Glas nimmt.

Selina befragt Smirna über den Vorfall, von dem Wotruba ihr berichtet hat, und bemerkt, dass Smirnas ansonsten glatte Stirne sich in Falten legt.

„Ja, das war ein widerrlicher Kerrl. War so besoffen, hat alles angekotzt. Kann mich gut erinnern. Habe zwei Tage Barr geputzt."

Selina hakt nach: „Ist Ihnen klar, dass Antonio diesen Typen abgeholt hat."

Nun wird Smirna nachdenklich. „Hm..." Sie nippt noch einmal an ihrem Glas. „Ja, Antonio kam und war ebenfalls furchtbar wütend. Er beschimpfte ihn auf Italienisch und obwohl der Typ um vieles grrößer und kräftiger als Antonio war, verpasste Antonio ihm einen Tritt in den Hintern, packte ihn am Krragen und zog ihn mit sich fort."

Selina wartet geduldig, während Smirna ganz offensichtlich versucht, sich zu erinnern.

„Ist Ihnen irgendetwas Außergewöhnliches an ihm aufgefallen?", fragt Selina.

„Hm, eigentlich nicht. Oder doch? Ja, tatsächlich, er hatte eine ziemlich lange Narrbe im Gesicht."

Jetzt wird Selina hellhörig.

„Wie?"

Smirna zeigt auf ihre Wange und zieht mit ihrem Zeigefinger einen Strich von der rechten Schläfe bis zum Mundwinkel. „Etwa so. Und diese Narrbe war ziemlich dick. Schlecht verheilt, als ob der Schnitt nie genäht worden wäre."

„Na ja, viel ist das nicht", denkt sich Selina, „aber so viele italienische Narbengesichter werden in Wien wohl nicht herumlaufen."

„Sonst noch etwas?", fragt Selina eher aus Routine, denn sie erwartet sich keine weiteren Neuigkeiten.

„Nein", antwortet Smirna, „sonst weiß ich nichts über diesen Berrnardo."

„Wieso Bernardo?" Selina schaut Smirna verwirrt an.

„Der Typ hieß Bernardo. So zumindest hat ihn Antonio angeredet, wenn ich mich nicht verhörrt habe."

„Sicher?"

„Ja, sicher, ich habe noch an einen grroßen zotteligen Hund denken müssen."

Das ist mehr, als Selina sich zu erhoffen wagte. Sie hat einen Vornamen und eine vage Vorstellung, wie Antonios Freund und Helfer aussieht.

Aufgewühlt und mit heißen Wangen erzählt sie Ferdi die Neuigkeiten. Sie kann es kaum erwarten, im Büro zu sein und den Namen Bernardo mit dem Erkennungsmerkmal „dicke Narbe auf der rechten Wange" durch den Computer zu jagen.

50.

Nach einer schlaflosen und nervenzermürbenden Nacht läutet endlich Olgas Mobiltelefon. Es ist Antonio. Bevor sie den Hörer abnimmt, stößt sie den Seufzer der Erleichterung aus und schickt ein imaginäres Stoßgebet zum Himmel.

„Was ist so dringend?" Antonios Stimme klingt heiser und ganz nüchtern scheint er auch nicht zu sein.

In kurzen Worten schildert Olga das letzte Gespräch zwischen den Polizisten und ihr, das Detail mit dem Boarding Pass verschweigt sie ihm, denn er würde es nicht vergessen, bis er wieder in Wien wäre, und die schallende Ohrfeige für ihren dummen Fehler wäre vorprogrammiert.

„Antonio, du musst die nächste Lieferung aus Kolumbien stoppen. Wir müssen warten, bis ein bisschen Gras über die Sache gewachsen ist", mahnt sie eindringlich, aber ihr gieriger Ehemann sieht das anders.

„Jetzt, wo wir gerade den Kontrakt geschlossen haben, soll ich aufhören? Bist du völlig wahnsinnig geworden?", schreit er in das Mikrofon. „Der Stoff ist von feinster Qualität und wir werden diesmal auf Zutaten verzichten. Hast du überhaupt eine Ahnung, welche Möglichkeiten sich dadurch für uns auf dem Markt auftun und was wir mit diesem Zeug verdienen werden? Wir brauchen nur noch dieses eine Mal, und das lasse ich mir weder von mittelmäßigen Provinzpolizisten noch von dir oder von der Organisation versauen. Hast du mich verstanden?" Ohne Olgas Antwort abzuwarten, legt er auf.

Sie versucht, ihn noch zweimal zu erreichen, aber er drückt ihren Anruf einfach weg.

„So ein Mist", denkt Olga. Andererseits hat Antonio vielleicht doch recht. Was bedeutet schon eine Reise nach

Kolumbien und woher sollen die Bullen wissen, wenn sie schon ahnen, dass Antonio Stoff nach Europa schippert, wie er ihn transportieren lässt? Sie können nicht alle Häfen und Flughäfen von Norden nach Süden lückenlos kontrollieren, sie kennen keinen der Dealer, der das Zeug unter die Leute bringt, und sie wissen nichts von Bernardo, Antonios rechter und linker Hand.

Mehr Kopfzerbrechen bereiten ihr die Sorgen darüber, dass Antonio dieses Geschäft an seinem Arbeitgeber vorbeischleusen möchte. Die Camorra fackelt nicht lange mit abtrünnigen Mitarbeitern, die in die eigene Tasche wirtschaften, vor allem in einem Geschäftsfeld, das sie selbst ausgezeichnet betreibt. Antonio ist innerhalb der Organisation eine andere Aufgabe zugedacht und sie hat nicht nur einmal miterleben dürfen, wie es ist, wenn sich ein Mitglied nicht an die Regeln hält. Solange Antonio mit den Chinesen rummacht, ist die Sache geduldet, damit hat sich der Clan nie ernsthaft beschäftigt. Aber jetzt? Wenn Antonio nicht mehr das gestreckte, billige Zeug auf den Markt bringen möchte, sondern hochreinen Stoff für die Middle- und Upperclass in Mitteleuropa, was werden seine Bosse dazu sagen? Ob das gut geht?

Olga schwirrt der Kopf und entgegen ihren Gewohnheiten gießt sie sich zur Mittagszeit einen doppelten Wodka ein, den sie mit einem einzigen Schluck in sich hineinkippt. Dann streicht sie ihren Kostümrock glatt, prüft Frisur und Gesicht im Spiegel und stolziert mit einem aufgesetzten Lächeln aus ihrem Büro hinaus in die Lobby, wo einige Gäste an der Rezeption bereits darauf warten, auszuchecken.

51.

Die Tage verfliegen und Selina und Ferdi sind vollauf damit beschäftigt, die kleinen Mosaiksteinchen aneinanderzureihen. Zwei freundliche Kollegen vom Drogendezernat und eine blasierte Mitarbeiterin aus der Wirtschaftsabteilung wurden den beiden Beamten von höchster Ebene zur Seite gestellt, um Fahrt für den Ermittlungsendspurt aufzunehmen. Niemand im Dezernat zweifelt mehr, dass die drei Morde in Zusammenhang stehen. Selbst Novotny hat sich um einhundertachtzig Grad gedreht und betont bei jeder Gelegenheit, dass er von Anfang an gewusst habe, dass es sich hier um einen komplexen Fall handle und diese Verbrechen nicht getrennt voneinander zu betrachten seien. Aber wie das eben so sei mit den unteren Chargen, sie hätten ihm keinen Glauben geschenkt, deswegen sei man noch meilenweit von der Aufklärung entfernt.

Selina hätte ihn ob seiner Lügen vor versammelter Mannschaft am liebsten in den Allerwertesten treten mögen, aber Novotny ist momentan abgestraft genug. Annalena ist nach reiflicher Überlegung, was bei ihr dauern kann, zur Überzeugung gelangt, dass es nicht erstrebenswert ist, Frau Novotny zu werden, hat ein zweites Mal das Handtuch geworfen, ist endgültig nach Villach ausgewandert und hofft auf ein Revival ihres Intermezzos mit Moritz Plödutschnig.

Die Staatsanwaltsgespielin hat sich ebenfalls ihrer Wurzeln besonnen, ist zum wahrscheinlich finanziell potenteren Liebhaber zurückgekehrt und die kurzzeitigen Aussichten, in der Karriere eine Stufe nach oben zu klettern, sind nicht nur getrübt, sondern haben sich endgültig zerschlagen. Der von ihm angestrebte Posten wurde mit einer Dame besetzt, die sich ihre Sporen im LKA Graz verdient hat und als zähe und knallharte Ermittlerin gilt, die weder mit Verbrechern und noch weniger mit unegagierten Kollegen fackelt, was ihr den Ruf als „Polizistenschänderin" eingebracht hat.

Bereits an ihrem zweiten Arbeitstag geriet sie an Novotny, der gerade dabei war, sich bei ihr einzuschleimen, wahrscheinlich in der Hoffnung, die durchaus attraktive Frau für sich zu gewinnen. Frau Schmalzer, so ihr Name, wies ihn unsanft in seine Schranken, als er ihr vorschlug, bei einem Kerzenlichtdinner eine Art Dienstbesprechung abzuhalten.

„Herr Kollege, ich esse abends nicht, um meine Figur zu halten. Und Mitarbeitern, die sich durch eine Einladung Vorteile erschleichen wollen, habe ich besonders auf meinem Radarschirm. Denn entweder sind sie faul, dumm oder gar beides. Ich decke keine Leute, die ihren Job nicht zu einhundert Prozent ausführen und ihr Leben nicht dem Polizeidienst verschrieben haben. Also, Herr Novotny, Sie können sich meine Gunst erarbeiten, aber nicht erkaufen. Haben Sie das verstanden?"

Selina war gerade auf dem Weg zur Toilette, als sie durch die offene Türe diesem Wortwechsel lauschen durfte. Der Grinser, der sich in ihrem Gesicht breitmachte, war kaum enden wollend.

Die Vermutung liegt nahe, dass die neue Leiterin ihre eigenen sexuellen Vorlieben teilt und daher immun gegen männliche Anmache ist.

52

Nach unzähligen Besuchen bei den Sernicos, unange-
meldet und vereinbart, ist Selina mit ihrem Latein am
Ende. Jedes Mal, wenn sie mit Ferdi ohne Vorankündi-
gung erscheint, werden die beiden schon an der Rezeption
abgewimmelt. Die Sernicos seien nicht im Hause, nicht
im Lande oder sowieso auf Urlaub. Bei vereinbarten Terminen schweigen Olga und Antonio wie ein Grab und nur
eine Heerschar von Anwälten steht Rede und Antwort,
was schlussendlich zu keinem Ergebnis führt. Die bean-
tragte Hausdurchsuchung im Hotel wurde seitens des
Richters, einer eher zweifelhaften Gestalt, wie Selina findet,
weil man er immer wieder mit windigen Anwälten in diversen halbseidenen Nachtlokalen in Wien gesichtet wird,
abgelehnt.
Eine angeforderte Amtshilfe bei den Kollegen in Neapel
scheint vor Ort nicht ernst genommen worden zu sein,
denn mehr als „No, niente" erhält man nicht auf die Frage,
ob sie denn irgendetwas über die kriminellen Machenschaften Sernicos zu berichten hätten. Sie seien dran,
hätten aber alle Hände voll zu tun, dem stetig wachsenden
Drogen- und Waffenschmuggel im Hafen von Neapel
Herr zu werden, bei gleichbleibendem Personalstand und
immer ausgeklügelteren Systemen, die die Mafia beim
Import der Waren an den Tag legt. Ein Sernico sei für sie
ein kleiner Fisch und somit in der Liste der Dringlichkeiten
eher am unteren Ende angesiedelt.
Auch die Suche nach einem Bernardo mit Narbe im
Gesicht bleibt hier wie in Süditalien ergebnislos.
Obwohl die Kollegen von der Drogenabteilung den Sernicos mehr oder minder auf Schritt und Tritt hinterher sind,
man die bekannten Telefone angezapft hat und die Kollegen aus dem Wirtschaftsbereich die Geschäfte von Anto-

nio akribisch zerpflücken – behaupten sie zumindest –, hat alles den Anschein der Legalität. Ein paar unbedeutende Steuervergehen oder Schlampereien, kleinere Schweinereien in der Buchhaltung kommen zutage, aber nichts, was auf eine große Geldwaschmaschine oder gar auf Drogenimport oder Handel mit dem weißen Pulver deutet. Selbst als Selina den Sernicos auf den Kopf zusagte, dass sie in Kolumbien gewesen seien, um Stoff in großem Stil einzukaufen, zuckte keiner der beiden mit einer Wimper, und die gelackten Anwälte der beiden entrüsteten sich, ob es denn verboten sei, die kolumbianische Hauptstadt zu besuchen.

53.

Der Sommer hat Einzug im Land gehalten, in Wien steht die Luft, vor allem in den unklimatisierten Büros der Mordkommission. Selbst Selina, die Sommer und Wärme liebt, ist täglich einem Hitzekollaps nahe, wenn sie am Morgen das Gebäude betritt, von Ferdi ganz zu schweigen, der eher mit dem Winter liebäugelt und dem der Schweiß beinahe unaufhaltsam auf die Tastatur tropft.

Der Fall Sernico hat sich im Stapel unaufhörlich nach unten gearbeitet, weil der Aggressionspegel aufgrund der Außentemperaturen in Wien und Umgebung gehörig nach oben geschnellt ist und mehr unnatürliche Todesfälle aufzuklären sind als in den Vergleichszeiträumen der letzten zehn Jahre. Selina und Ferdi sind mit Arbeit zugedeckt, Verstärkung ist nicht in Sicht und beide haben ergeben, aber nicht ohne Zähneknirschen auf Druck der neuen Chefin dem Sommerurlaub adieu gesagt.

In den beiden Schwesternabteilungen ist es nicht viel besser, das Drogendezernat schwimmt gehörig, auch die Anzahl der Delikte, die in ihren Bereich fallen, sind stetig im Steigen begriffen und die Kollegen von der Wirtschaftsabteilung dürfen, weil sie angeblich höchst kompetent, gut ausgebildet und nicht überbordend beschäftigt sind, das hiesige Finanzamt unterstützen, das alle Hände voll zu tun hat, von Wirten, Hoteliers und anderen Wirtschaftstreibenden ungerechtfertigt eingeheimste Coronahilfen zurückzufordern.

Wer hat da schon die Muße und Zeit, sich mit einem komplizierten Fall, der internationale Verstrickungen hat und wahrscheinlich in irgendeiner Form unter die Kategorie Mafiafehde fällt, zu beschäftigen? Es sind, so wie es sich darstellt, außer Claudius Ehrlich, nur Gangster zu Tode gekommen. Und Ehrlich war ein arbeitsloser Kiffer, ewiger

Student und Empfänger von unzähligen Sozialhilfen. So gesehen für so manchen Polizisten, der heute noch für Peitschenhiebe und Todesstrafe plädiert, ein verschmerzbarer gesellschaftlicher Verlust.

54

Antonio ist aufgeregt. Heute soll die große Lieferung endlich im Triester Hafen einlaufen. Gut versteckt in marmornen
Blöcken wird das weiße Pulver, in Rollen eingeschweißt,
seinen Weg vom Meer in Richtung Westen antreten, wo
es nahe Verona in seinem Fliesenladen von Bernardos
Bruder Bruno in Empfang genommen wird.
Die Idee, Steinblöcke auszuhöhlen und darin das Kokain
zu verstecken, hatte Antonio schon vor Jahren und man
verschiffte auch quasi zu Übungszwecken kleinere Mengen
in der letzten Zeit so über den Atlantik. Das Versteck ist
genial, zumal selbst Drogenhunde, die immer häufiger im
Zoll zum Einsatz kommen, das Rauschgift nicht erschnüf-
feln.
Er hat Olga nichts erzählt, denn wer weiß, ob sie sich in
ihrer Angst nicht irgendwann verplappert. Sie stritten, denn
Olga hatte von ihm gefordert, den Deal zu verschieben.
Schließlich versprach er ihr, ihren Rat anzunehmen, in
Wahrheit allerdings dachte er nicht im Traum daran, seine
Frau in die Geschäfte regieren zu lassen.
Es ist drückend heiß und Antonio stehen die Schweiß-
tropfen auf der Stirne, die er gelegentlich mit einem blü-
tenweißen Taschentuch wegwischt. Er weiß, dass er sich
in Geduld üben muss und es noch Tage dauern wird, bis
die Ware vom Zoll freigegeben ist und er die wertvolle
Fracht auf Lastwägen verladen und abtransportieren kann.
Aber er wollte keinen Schritt verpassen und reiste daher
schon vor zwei Tagen nach Triest, checkte in einem Hotel
mit optimalem Blick auf den Hafen ein und sitzt nun auf
seinem kleinen Balkon, um die letzten Meter des Contai-
nerschiffes bis zur Anlegestelle zu verfolgen.
Es wurmt ihn noch immer, dass diese langbeinige,
eigentlich höchst attraktive Polizistin und ihr kahlköpfiger

Kollege herausgefunden haben, dass Olga und er in Bogota waren. Wie das passieren konnte, ist ihm ein Rätsel. Die Befragung zu dieser Reise war ausgenommen peinlich und obwohl seine Anwälte hervorragend argumentierten, fühlte er sich nicht wohl. Noch kritischer war die letzte Unterhaltung mit diesem aufdringlichen Duo, nämlich als man ihn auf Bernardo ansprach. Diesen Tipp müssen sie von dieser dämlichen und fetten Nutte erhalten haben, und alles nur, weil sein Leibgardist einmal über die Stränge geschlagen hat. Bernardo war lange Zeit ein treuer Diener seines Herrn und arbeitete fehlerfrei, aber in den letzten Monaten, vor allem seit er von den verbotenen Früchten nascht und sich das eine oder andere Mal selbst ein Sträßchen gönnt, ist er fehleranfällig. Allein wenn Antonio an den letzten Winter denkt, als anstatt der üblichen Fugenmasse, die man mit Marmorplatten ausliefert, die falschen Päckchen, nämlich jene mit Levamisol auf drei Baustellen in Österreich geliefert wurden. Zum Glück konnte man im letzten Moment Schlimmeres verhindern. Man holte das Zeug bei Nacht und Nebel wieder ab und es sah so aus, als wäre das Material gestohlen worden. Natürlich führte die Spur zu Parella s.r.l., aber Bruno, der offiziell den Laden leitet, konnte der Polizei glaubhaft versichern, dass man vielleicht auch ihm als Lieferant Schaden zufügen wollte. Die Ermittlungen verliefen im Sand, zumal sich diese drei Vorfälle in Österreich ereignet hatten, und was lag da schon näher, als dass die Baumafia aus dem Osten sich hochwertige Materialien von den Baustellen holte und unterpreisig irgendwo anders verscherbelte. Der Fehler allerdings lag bei Bernardo, der in seinem Rausch die Päckchen verwechselte und falsch in die Regale sortieren ließ. Dass man vom Lagerarbeiter, einem illegalen Einwanderer aus Nigeria, nicht erwarten konnte, dass ihm der Umstand auffiel, ist für Antonio klar, obwohl Bernardo nach diesem Vorfall den armen Kerl halb totgeprügelt hat. Antonio mag Fehler nicht. Er selbst weiß nur zu gut, wie schnell sich diese rächen und welche Konsequenzen sie mit sich ziehen. Und er ist sich nicht sicher, ob Bernardo so standhaft ist, wie er selbst es einst war, wenn er von den Bullen unter Druck gesetzt wird.

Er gab Bernardo die Chance, seine Unzulänglichkeit auszugleichen, und stellte ihn auf die Probe, ob er auch für Antonio töten würde. Das klappte grundsätzlich gut, nur dass er nicht daran gedacht hatte, die Waffe zu wechseln. Ganz so dumm war die Polizei in Österreich auch wieder nicht. Sie kombinierte, weil alle drei Morde mit derselben Pistole ausgeführt wurden, dass es einen Zusammenhang geben müsse. Diese Fehler wären Bernardo, bevor er der Sucht verfiel, niemals unterlaufen.

Für den aktuellen Job hat Antonio darauf verzichtet, Bernardo einzuweihen. Er würde nicht darum herumkommen, sich bald von Bernardo zu trennen, weil er sich schön langsam zu einem Pulverfass entwickelt. Außerdem scheint seine Loyalität zu Antonio zu bröckeln, zumindest hat er ihn in Verdacht, dass er sich mehr an dem weißen Pulver nimmt, als sein Eigenbedarf ist.

Während er diesen Gedanken nachhängt, das gleißende Licht der Sonne auf dem Meeresspiegel betrachtet und seine Vorfreude auf das große Geschäft ihm ein Lächeln auf seine Lippen zaubert, sitzt seine Frau, nackt, festgebunden und geknebelt auf einem Thonetsessel in der Suite seines Hotels und fleht um ihr Leben.

55.

Der Anruf erreicht Selina in ihrer Wohnung, als sie gerade dabei ist, sich eine abkühlende Dusche zu gönnen. Sie hört das Telefon läuten und mit einem Fluchen greift sich nach dem Handtuch, um sich die Hände zu trocknen, bevor sie das Gespräch annimmt. Der Anruf kommt aus dem Nobelhotel der Sernicos. Missmutig nimmt Selina ab, denn es ist nicht zu erwarten, dass jemand aktiv ihre Nummer gewählt hat, eher sieht es danach aus, dass man sich verwählt hat.

„Ja, Hinterstopfer", meldet sie sich mit einem unfreundlichen Brummen.

„Frau Kommissar?", flötet eine junge und für Selinas Geschmack viel zu hohe Stimme durch den Äther.

„Ja. Was gibt es?"

„Ähm, hier spricht Sonja Weitleitner, ich bin die diensthabende Polizistin vom Polizeiposten neben dem Hotel. Sie wissen schon, welches. Man hat uns gerufen, weil die Rezeptionistin die Managerin des Hotels seit Stunden nicht erreichen kann."

„Ja, und?" Selina glaubt es nicht. Nur weil Olga sich verzogen hat, vielleicht weil sie der Hitze entkommen möchte oder gar einem Gast eine Sonderbehandlung angedeihen lässt, stört man ihren Freizeitfrieden? Und überhaupt, wer kommt auf die Idee, nur weil diese Olga sich nicht an Dienstpläne oder andere Vereinbarungen hält, die beste Ermittlerin der Mordkommission damit zu beschäftigen, und das noch an ihrem Feierabend?

Mit einer Mischung aus Zorn und Neugier fragt sie daher: „Und wer hatte die grandiose Idee, mich deswegen zu kontaktieren? Ich bin weder die Leibwache von dieser Frau noch für verschwundene Ex-Huren zuständig und so nebenbei für heute außer Dienst."

Selina tut ihr die Wortwahl leid, denn wahrscheinlich steht am anderen Ende der Telefonleitung eine Neue, die sich auch nicht zu helfen weiß, und weiß Gott, wer ihren Namen im Hotel hat fallen lassen.

Verlegen hüstelt die junge Frau ins Telefon, ehe sie mit unsicherer und piepsiger Stimme fortfährt. „Entschuldigung, aber hier wurde Ihr Name erwähnt und da dachte ich, dass es Sie interessieren könnte."

„Schon gut." Selina ist um Beruhigung bemüht, soweit es der noch vorhandene Groll zulässt. „Ich bin in etwa zwanzig Minuten im Hotel."

Ehe sie auflegt, verflucht sie sich. Anstatt einfach ihren diensthabenden Kollegen anzurufen, muss sie sich selbst wieder in Szene setzen.

Zehn Minuten später steht sie, wieder im eigenen Schweiß geschmort, in der U-Bahn-Station und hat auch ihren Partner informiert, dass er sich zum Hotel begeben möge. Sernikova sei verschwunden und dieser Umstand bringe womöglich Bewegung in die „mafchinesische Mordsache", wie sie seit geraumer Zeit diesen Fall benennt.

56.

Ferdi und Selina treffen beinahe zeitgleich im Hotel ein. Zwei Polizisten lehnen am Tresen der Rezeption und scheinen sich mit der gelackten Brünetten zu unterhalten, allerdings wirkt die Dame hinter dem hochglanzpolierten Holz unentspannt.

Als sie Selina sieht, hellt sich ihr Gesicht ein wenig auf. Selina allerdings kann sich nicht erinnern, diese Frau bei ihren unzähligen Besuchen in diesem Haus je gesehen zu haben. Wie sich herausstellt, war sie bis vor einigen Tagen im sogenannten Backoffice tätig und stand nicht in der Auslage. Sie beobachtete Selina und Ferdi oft durch die runde Glasscheibe, die sich hinter dem langen Pult befindet, und kennt die beiden Kriminalbeamten daher zumindest vom Sehen.

Die beiden uniformierten Beamten, eine kleine Stämmige mit kurzen schwarz gefärbten Haaren und ein untersetzter Mittfünfziger, verziehen sich dezent, als sie die resolute Mordermittlerin und ihren etwas zu klein geratenen Partner kommen sehen. Die Empfangsdame des Hotels dagegen wirkt nervös und aufgebracht.

„Na, wo brennt es denn?", fragt Selina, während Ferdi noch höflich eine Begrüßung murmelt.

„Frau Sernikova ist verschwunden", meint die Dame und scheint tatsächlich den Tränen nahe.

„Aha, und seit wann soll das sein?" Selina klingt eine Spur zu barsch, wie Ferdi findet. Das arme Ding kann wohl wenig dafür, dass die Chefin nicht auffindbar ist.

„Ehrlich gestanden, das weiß ich nicht so genau. Wir haben morgen Abend einen Empfang mit großem Pomp für eine Handelsdelegation aus Brunei, selbst ein offizieller Gesandter des Sultans ist anwesend. Wir wollten heute um 16:00 eine Besprechung dazu abhalten, aber Frau

Sernikova ist nicht erschienen und wir können sie auch nicht erreichen. Ihr Mobiltelefon ist ausgeschaltet."

„Und was ist mit ihrem Angetrauten?", fragt Selina.

Pikiert schürzt die Dame ihre Lippen, denn weder der Ton noch die Wortwahl scheint ihr zu gefallen.

„Herr Sernico ist auf Geschäftsreise und wird erst in etwa zwei Wochen wieder erwartet. Selbstverständlich haben wir auch versucht, ihn zu erreichen, über alle Telefone, die uns bekannt sind, aber auch er nimmt nicht ab."

„Aha, Sernico verfügt über mehrere Nummern", denkt Selina. „Keine neue Information, aber immer wieder interessant."

„Könnte es nicht sein, dass Olga, ähm, Frau Sernikova, ihm nachgereist ist und augenblicklich zum Beispiel in einem Flugzeug sitzt? Oder wissen Sie eventuell, wohin es Herrn Sernico dienstlich verschlagen hat?"

Die für Selinas Geschmack viel zu stark geschminkte Frau schüttelt den Kopf.

„Nein, tut mir leid, ich weiß nicht, wo der Chef sich gerade befindet. Und ich glaube nicht, dass Frau Sernikova den Termin heute je hätte sausen lassen. Schon seit Wochen ist sie sehr aufgeregt ob der Delegation und hat allen eingebläut, heute ja pünktlich in der Besprechung zu sitzen."

Selina blickt auf ihre Armbanduhr, es ist gerade einmal zehn Minuten nach acht. So ein Theater, weil die Chefin nicht punktgenau zu einem Meeting erscheint? Würde sie jedes Mal, wenn Novotny sich nicht zum vereinbarten Termin die Ehre gibt, diesen Aufwand betreiben, müsste sie das Ermitteln aufgeben und hauptberuflich zum persönlichen Suchtrupp von Novotny mutieren. Sie versteht, dass es nervig ist, wenn die gesamte Mannschaft schon versammelt ist und wartet, ob der gnädige Herr heute nur die akademische Viertelstunde – wobei er selbst mit dieser gar nie etwas auf dem Hut hatte – oder mit mehr als einer Stunde Verspätung zur Besprechung eintrudelt und verwundert feststellt, dass die Hälfte seiner Befehlsempfänger schon wieder abgehauen ist. Seit Annalena seinen Kalender nicht mehr verwaltet – den schien die vollbusige Assistenz neben seinen Eiern im Griff gehabt zu haben –, hat das terminliche Chaos in seinem Berufsleben Einzug gehalten, was vor allem die Neue aus Graz nicht nur als störend empfindet, sondern sie dazu veranlasst hat, Novotny zur gründlichen Kopfwäsche antreten zu lassen.

Auch wenn Selinas Begeisterung, nach Olga zu suchen, sich sehr in Grenzen hält, schenkt sie der Hotelangestellten Glauben, dass die Sorge um Olga, die offenbar trotz ihrer Vergangenheit und der zwielichtigen Heirat das Hotel tatsächlich erfolgreich führt, durchaus Berechtigung hat.

Ferdi hat schon seinen Block und Stift gezückt, während die Empfangsdame ohne Aufforderung weiterspricht: „Ich habe Frau Sernikova gestern zu Mittag das letzte Mal gesehen. Sie war in der Lounge mit einem Gast, den ich noch nie zuvor hier gesehen habe. Ich servierte auf Geheiß von Frau Sernikova noch einen Empfangsdrink und seit damals habe ich sie nicht mehr gesehen."

„Können Sie den Herrn beschreiben? Und welches Zimmer hat er gebucht."

„Keine Buchung, soweit ich weiß", entgegnet die Brünette. „Er war sehr elegant gekleidet und er kam mir sehr höflich und zuvorkommend vor. Frau Sernikova hat sich offenbar gut mit ihm unterhalten."

„In welcher Sprache haben sie sich unterhalten und wer hat ihm womöglich welches Zimmer gezeigt, wenn er nicht vorgebucht hat? Kommen Sie schon, ich habe nicht den ganzen Abend Zeit."

Den tadelnden Blick Ferdis übersieht Selina geflissentlich.

„Sicher bin ich mir nicht, aber ich bilde mir ein, dass die

beiden sich auf Italienisch unterhalten haben, und welches Zimmer, das weiß ich nicht. Ich müsste nachsehen."

„Ja, dann aber dalli." Selina spürt nun, wie die Zugluft der Klimaanlage ihre verschwitzte Stirn mehr und mehr erkalten lässt, und in ihrer Phantasie liegt sie bereits mit eitrigen Nebenhöhlen und einem dicken Hals, aber nicht vom Ärger, sondern wegen entzündeter Mandeln, im Bett.

Sie blickt hinauf zu den Gebläsen und überlegt, wie sie diesem kalten Wind am besten entkommen kann, während die Finger der Rezeptionistin über die Tasten gleiten und ihre Augen fieberhaft den Computerbildschirm nach der Buchung absuchen, was für Selinas Geschmack wiederum viel zu lange dauert.

„Leider", murmelt sie, ohne den Blick vom Bildschirm zu wenden, „der Herr scheint sich nicht entschieden zu haben, bei uns zu nächtigen. Ich kann ihn in unserem System nicht finden, denn für gewöhnlich legen wir eine Kopie eines Ausweises ab, aber dieser Mann ist nicht dabei."

„Vergessen abzulegen oder absichtlich vergessen, abzulegen, wäre doch eine Möglichkeit." Selina zappelt nun von einem Fuß auf den anderen, denn je länger sie hier steht, desto wahrscheinlicher wird es, dass sie auf den Tratsch mit Bianca und diverse andere Aktivitäten in ihrem Stammlokal heute verzichten wird müssen, was sie wirklich wurmt. Bianca hatte ihr gesteckt, dass Cynthia wieder im Lande ist und sich auch regelmäßig im In-Treff wieder blicken lässt. Selina wollte dieser Lesbenschlampe eines auswischen und vor ihr mit ihrer neuen Flamme so ausgedehnt knutschen, dass ihr Hören und Sehen vergeht. Dieses Vorhaben wird sie auf die nächsten Tage verschieben müssen.

„Können Sie den Mann beschreiben? Wie lange sind sie dagesessen? War Frau Sernikova nervös im Gespräch?

Wohin ist er anschließend gegangen, mit oder ohne Olga? Kommen Sie, ein bisschen plötzlich, wir haben nicht die ganze Nacht Zeit, uns um eine verschwundene Hoteliersgattin zu kümmern, und es gehört auch nicht in unseren Bereich, so fängt die Chose schon mal an."
Wieder trifft sie Ferdis mahnender Blick und ein leichtes Kopfschütteln.
„Jaja", denkt sie, „ich weiß, aber mir geht dieses gezickte Getue auf den Sack, wenn ich einen hätte."

Die Befragung zieht sich, denn das Erinnerungsvermögen schwindet mit jedem bisschen Druck, den Selina mehr und mehr ausübt, und am Ende weiß man lediglich, dass es zwischen Sernikova und dem Fremden ein freundliches Einvernehmen gab und der Eindruck, dass sie ihn vorher nicht gekannt hat, geblieben ist. Die Beschreibung desselben ist mehr als dürftig: Dunkler Anzug italienischen Stils, Schuhe ohne Socken, was angesichts der Temperaturen nachvollziehbar, aber trotzdem für Selinas Empfinden ekelig ist, und dem Aussehen nach südländischer Look, dunkle kurze Haare, mit ausreichend Gel versorgt, und eine viel zu große Sonnenbrille auf der Nase, die er während des Gespräches auch nicht abnahm.
„Überwachungskameras?", fragt Selina und erntet dafür einen verblüffenden bis missbilligenden Blick.
„Nein, das dürfen wir gar nicht. Datenschutzgesetz", wird Selina belehrt, die wiederum mit den Augen rollt. Wer diese Kacke wieder ausgeheckt hat, würde sie nur zu gerne wissen. Kann nur von heimlichen Spannern ersonnen sein, damit sie selbst nicht auffliegen, denn welcher Idiot verbietet an Orten wie diesen eine Überwachung? Zumindest in der Lobby wäre es hilfreich. Diebstahl, unabsichtliche und absichtliche Verwechslungen von Koffern wären rasch aufzuklären und der eine oder andere Schurke mit

dicker Brieftasche, derer es genügend auf diesem Planeten gibt, und die, entweder um ihre großen krummen Dinger zu drehen, oder weil sie ganz einfach gerne protzen, in solchen Schuppen nächtigen, wären einfacher zu finden. Den ganzen Tag über, auf Straßen, Plätzen, Autobahnen und Einkaufszentren, laufen die Filme ab und kein Mensch stößt sich mehr daran.

Für Selina und Ferdi ist die Befragung beendet und es bleibt ihnen nur mehr zu bitten, Zutritt zu den Privatgemächern der Sernikovas zu ermöglichen.
„Das dürfen wir unter keinen Umständen", ist die Antwort, als Selina der Kragen platzt.
„Verdammt noch mal, sollen wir Ihre zwielichtige Chefin finden oder wollen Sie uns verarschen? Her mit den Schlüsseln, aber rasch, bevor ich ernsthaft böse werde."
Ferdi windet sich daneben wie eine Kletterpflanze, aber Selinas harscher Ton zeigt Wirkung. Ohne Widerrede zückt die Dame eine weiße Karte und deutet in Richtung Büroräumlichkeiten der Sernikovas, die Ferdi und Selina nunmehr schon gut kennen.

57.

Mit einer Mischung aus Ehrfurcht, die Ferdi aufgrund des pompösen Interieurs jedes Mal, wenn er diese Räume betritt, befällt, weil es fast wie in einer aussieht, und der kriminalistischen Neugier betreten die beiden Polizisten das Büro und die dahinterliegenden Privaträumlichkeiten der Sernicos. Alles ist ordentlich aufgeräumt, abgestaubt und geputzt. Es sieht mehr nach einer geleckten Hotelsuite als nach einer privaten Unterkunft aus. „Vielleicht vermietete man früher diese Zimmer sogar an Gäste, bevor sich die Sernicos hier niederließen", denkt Selina, die sich rein aus Gewohnheit ihre Handschuhe über die Finger stülpt. Auf dem Schreibtisch liegen Unterlagen für exquisites Fingerfood und nichtalkoholische Getränke, ein Laptop steht aufgeklappt daneben, dem zwischenzeitlich wohl der Saft ausgegangen ist, denn Selina kann kein Netzteil erspähen, ein halb volles Glas Wasser steht dahinter. Im Schlafzimmer ist das Bett fein säuberlich gemacht, ein seidener Morgenmantel liegt auf dem Kofferbock, darunter stehen exklusive, teure leuchtend rote Slippers. Die hätte Selina am liebsten anprobiert. Ob ihre zierlichen Füße mit diesem Schuhwerk eine tolle Figur abgeben?

Im Badezimmer deutet ebenfalls nichts auf eine Abreise von Olga hin. Ihre Tuben, Döschen und Flakons stehen in Reih und Glied, die Utensilien, um ihre Mähne zu bändigen, liegen geordnet und farblich sortiert auf einer kleinen Kommode, daneben Haarbürste, Spray und Pomade.

Selina inspiziert routinemäßig Toilette und die kleine Kaffeebar, während Ferdi sich über die Laden des Schreibtisches hermachen will. Er zieht mit Schwung an der obersten und anstatt dass diese sich öffnet, hat er den verschnörkelten goldenen Griff in der Hand.

„Scheiße", entfährt es ihm. Der Schrank ist verschlossen, und offenbar hätte es der Reparatur bedurft.
Vorsichtig versucht er, die Schrauben in die Lochplatte einzufädeln und, so gut es geht, den Griff wieder notdürftig zu montieren.

„Wie es aussieht, ist die Lady nicht verreist, also kann sie nicht besonders weit sein", kommentiert Selina die Lage nach etwa zehn Minuten.
„Scheint so", meint auch Ferdi. „Eine Fahndung wird nicht ausbleiben. Was meinst du?"
Selina hadert, sie findet es überzogen, jetzt schon eine Fahndung nach Olga einzuleiten, und man entscheidet sich, bis morgen Abend zuzuwarten, sollte man ihr Mobiltelefon nicht orten und ihren Gatten nicht erreichen.

58.

Olga zerrt an ihren Fesseln. Wie lange mag sie schon auf diesem Stuhl sitzen? Es müssen Stunden sein. Ihr ist kalt. Der Knebel im Mund stellt ihre gesamte Gesichtsmuskulatur vor eine einzigartige Herausforderung. Nur um ihr ein paar Schlucke Wasser zu geben, hat man ihr dieses Ding aus dem Mund genommen. Sie wollte schreien, aber bevor überhaupt ein Laut über ihre Lippen kam, drückte ihr der Fremde die Hand unsanft auf ihren Mund und stieß ihr den Lauf einer Pistole in die Rippen. „Ruhe, sonst bist du tot."

Noch immer weiß sie nicht, wer der Typ ist und was er von ihr will. Sie hofft nur, dass das Personal Alarm schlagen wird, wenn sie nicht zur Besprechung erscheint.

Es muss schon Abend sein, es dämmert bereits und der Kerl hat sich noch immer nicht geäußert, wieso sie hier gewaltsam festgehalten wird.

Sie könnte sich ohrfeigen. Dieser Fremde kam in das Hotel geschneit und fiel ihr auf, weil er ausnehmend gut gekleidet war. Sie ging auf ihn zu und wollte sich freundlich erkundigen, was sie denn, für einen so augenscheinlich zahlungskräftigen Gast, tun könne. Man fand sich zu einem Drink in der Lounge ein und schließlich fragte der Mann nach ihrer teuersten Suite. Für diese eine Nacht war diese noch frei und sie wollte sie ihm zeigen. Denn ab morgen wäre sie für die Gäste aus Brunei reserviert. Dummerweise erzählte sie auch das. Zum Glück allerdings wird schon in der Früh das Zimmermädchen noch einmal nach dem Rechten sehen, frische Blumen, Obst und Naschereien bringen. Spätestens dann würde sie befreit werden, wenn sie noch lebte.

Irgendwie scheint dieser unfreundliche Genosse auf etwas zu warten. Vielleicht auf einen Anruf? Was ihr aber am meisten Unbehagen bereitet, ist, dass sie keine Ahnung hat, wo Antonio sich gerade herumtreibt. Er haute nach ihrem Streit einfach ab, ohne zu sagen, wohin, und hinterließ bei Alfons, dem Concierge, dass er für circa zwei Wochen auf Dienstreise und nicht erreichbar sei.

Sie hat zwar die Vermutung, dass dieser sonnenbebrillte Geselle der Camorra angehört, aber bis jetzt sind sie, genauer gesagt Antonio, noch nicht in Konflikt mit der Organisation geraten. Es sei denn, er hat den Deal, wie er ihr schlussendlich versprach, nicht verschoben. Das wäre fatal für ihn und auch für sie.

Ein Handy läutet. Der Mann nimmt ab. Er spricht schnell und leise. Olga kann ihn kaum verstehen. Nur die Worte „Bogota", „Triest" und „Verona" vernimmt sie, was sie erblassen lässt. Sie weiß nun, Antonio hat ihren Rat nicht angenommen, und das wird ihr Todesurteil sein.

59.

Auf der Rückfahrt ins Kommissariat überfallen Selina Zweifel, ob es nicht doch besser wäre, die Fahndung nach Olga umgehend einzuleiten. Sie hegt zwar keine ausgeprägte Sympathie für die unterkühlte Mafiabraut, aber immerhin mahnt auch die Pflicht, Verbrechen nicht nur aufzuklären, sondern, wenn möglich, auch zu verhindern.

„Wir kehren um", sagt sie zu Ferdi, der eben in für seinen Dienstwagen vorgesehenen Parkplatz einbiegen will.

„Wieso jetzt doch?", fragt er verwundert, denn dass Selina ihre Meinung ändert, kommt höchst selten vor.

„Mein linker Zeh juckt und das sagt mir, dass Olga irgendwo im Hotel unfreiwillig festgehalten wird."

„Nach schön, wenn deine Zehen Orakelsprüche abgeben, dann ..." Ferdi grinst Selina an, die ihm einen bösen Blick zuwirft.

„Komm schon Ferdi, ich habe einen Fehler gemacht, ja. Das berechtigt dich nicht, dich über mich lustig zu machen."

„Tue ich gar nicht", sagt er, während er den Wagen bereits wieder wendet. „Und wo, bitte schön, sollen wir im Hotel anfangen zu suchen? Wir zwei allein, oder sollen wir Verstärkung anfordern?"

Selina weiß, dass Ferdi nur ungern solche Aktionen im Alleingang durchführt, aber sie will die Sache nicht aufbauschen, jetzt zumindest noch nicht, denn wenn sie falschliegt, ist ihr der Spott Novotnys auf Monate sicher.

„Ja, wir zwei, du und ich", sagt sie laut, „wir sind das unschlagbare Duo. Was soll schon passieren?"

Ferdi gibt sich geschlagen, denn er kann jetzt eine Endlosdiskussion mit seiner Kollegin führen und um Mitternacht noch immer suchend durch das Hotel stromern, weil Selina bestimmt nicht auf Hilfe einsteigt, oder die

Sache mit ihr gemeinsam gleich in die Hand nehmen und sie sind zu einer vernünftigen Zeit mit der Arbeit fertig.

„Sagt dir deine Zehe auch, wo wir beginnen sollen?", legt Ferdi nach.

„Ja", antwortet Selina, „in der großen Suite, die ist nicht belegt und bestimmt schon für den morgigen Tag auf Hochglanz gebracht. Ich kann mir vorstellen, dass sich dorthin bis morgen Früh keiner der Angestellten verirrt, daher ein idealer Raum, um sich für ein paar Stunden ungestört zurückzuziehen. Meinst du nicht auch?"

„Na ja", denkt Ferdi, „gut möglich, aber zu schön, um wahr zu sein."

60.

Antonio ist verwundert. Schon seit zwei Tagen hat er nichts von Olga gehört und erreichen kann er sie auch nicht. Sie meldet sich nicht. Er schlürft den heißen Ristretto mit einem Schuss Grappa, für den es im Grunde noch zu früh ist, aber Antonio hat in der Nacht keinen Schlaf gefunden. So ist er schon vor Sonnenaufgang aufgestanden und grübelt. Würde er nicht wissen, dass heute Abend hoher Besuch im Hotel angesagt ist, wäre die Verwunderung nur halb so groß. Sie stritten vor seiner Abreise. Olga warf ihm vor, dass er zu lange und intensiv auf den hübschen Arsch der Kellnerin im „Take five" gestarrt hatte und so wie sich die beiden verhalten hätten, er bestimmt mit dieser Nutte schon im Bett gewesen sei. Ganz von der Hand zu weisen waren Olgas Vorwürfe nicht, aber was definitiv nicht stimmte, war, dass er mit ihr im Bett gelandet war. Nein, es war die Vorratskammer des Nobelrestaurants gewesen. Das Bett hatten sie sich für das nächste Treffen aufgehoben, was allerdings noch nicht stattgefunden hat.

Dass Olga nach solchen immer wiederkehrenden Treueschwurunterbrechungen für ein paar Tage untertaucht, unerreichbar und unauffindbar für ihn, ist nicht ungewöhnlich. Nachdem der Zorn über seine außerehelichen Abschweifungen verraucht ist, kehrt sie üblicherweise nach Hause zurück, er beglückt sie mit einem bunten Steinchen, eingefasst in Rot-, Gelb- oder Weißgold, je nach aktuellem Schmucktrend, und der Haussegen hängt für eine Weile wieder gerade.

Im Hotel will er nicht anrufen, denn das, was er aktuell vorhat, wissen nur eine Handvoll Leute und somit auch seinen Aufenthaltsort. Dabei soll es auch bleiben. Er kann es ganz und gar nicht gebrauchen, dass aus irgendwelchen unerfindlichen Gründen plötzlich jemand nach ihm sucht, sein Handy ortet oder ein beflissener Hotelmitarbeiter erzählt, er habe gesehen, dass Sernico von einer italienischen, respektive sogar Triester Nummer, angerufen habe. Offiziell ist er auf Dienstreise, irgendwo auf der Welt unterwegs. Dass er jedoch so rein gar nichts von Olga hört, macht ihn langsam, aber sicher nervös.

Er hat schon überlegt, sich in das Auto zu setzen und nach Wien zu fahren. Es ist schließlich keine unüberwindbare Strecke und er könnte am Abend wieder hier in Triest sein. Aber wer soll, sofern es bei der Entladung oder im Zoll Schmierbedarf gibt, die Beamten mit ausreichend Geldscheinen versorgen, damit die Marmorblöcke ohne gröberes Aufsehen auf Lastwägen landen und abtransportiert werden? „Das ist der Nachteil, wenn man ohne Organisation operiert", sinniert Antonio. Einerseits fehlen das Netzwerk und ein Back-up für unvorhergesehene Ereignisse und andererseits wüsste er auch nicht, wem er sein vollstes Vertrauen schenken soll.

Es gibt nur wenige, die sich darauf einlassen, außerhalb der Camorra Geschäfte zu machen. Zu riskant ist solch eine Operation und mit Sicherheit todbringend, wenn sie auffliegt. Dass Bernardo und Bruno diesen Drahtseilakt gehen, ist schon mehr, als Antonio erwarten darf, aber die beiden waren in der Hierarchie am untersten Ende angesiedelt und somit entbehrlich. Erst durch seine Nebengeschäfte bekamen sie jene Beachtung und Kompetenz, die sie aus seiner Sicht verdienten. Er war damals froh, das Brüderpaar für sich zu rekrutieren, und sie waren ihm dankbar, dass er sie unter seine Fittiche nahm. Als Antonio begann, gestrecktes Kokain zu vermarkten, waren beide gerade nicht erfreut, dass er mit den Chinesen Geschäfte einging. Sie meinten, die Camorra wisse schon, wieso sie die Finger davon ließe. Aber die

Bezahlung war gut, das Risiko schlussendlich überschaubar, weil sie sich nicht mit den alten Arbeitgebern am Markt duellierten, und so unterstützten sie Antonio nach bestem Wissen und Gewissen. Und als es begann, Probleme mit den Schlitzaugen zu geben, fackelte Bernardo auf Geheiß Antonios nicht lange und machte dem falschen Pack den Garaus. Schon vor dem Mord an Bo Zhang hatte sich Bernardo am weißen Pulver vergriffen, aber nach der Tat – es war übrigens das erste Mal, dass er jemanden töten musste – langte er noch häufiger zu. So einfach war das nicht zu verdauen, jemandem ein Loch in den Kopf zu schießen, auch wenn man es Tausende Male schon im Fernsehen oder sonst wo beobachtet hatte. Seinem Opfer Auge in Auge gegenüberzustehen und tatsächlich abzudrücken, dazu bedarf es schon einer mächtigen Portion Kaltschnäuzigkeit und Härte. Irgendwie muss man dieses Erlebnis psychisch verarbeiten. Dass dummerweise so ein nächtlicher Spaziergänger mit seinem Köter beinahe die gesamte Aktion gefährdete und dieser aus Sicht Antonios ebenfalls verschwinden musste, war eine unangenehme Sache. Bernardo hatte Skrupel, diesen jungen Mann um die Ecke zu bringen, Olga drohte ihm, ihn auffliegen zu lassen, wenn er nicht mitspielte. Der dritte Mord, den er schließlich begehen musste, war die logische Folge. Der chinesische Importeur für das Streckungsmittel war noch die einzige Verbindung zwischen Antonio und den chinesischen Geschäftsmännern hier in Europa und somit eine Gefahr für Antonio. Glücklich war Antonio nicht, dass Bernardo diesen Kerl gerade im Stephansdom und das noch am Karsamstag erledigt hatte. Er hätte eine dezentere Methode und einen weniger spektakulären Ort vorgezogen, aber es war Dringlichkeit geboten, und die Gelegenheiten, ihn aus dem Weg zu räumen waren rar, hatte Bernardo zumindest gemeint. Bernardo war Jing Ma durch halb Wien gefolgt, der Rummel war groß und es bot sich erst in der Kirche die einmalige Chance, ihm allein Auge in Auge gegenüberzustehen. Wieso der Chinese dorthin wollte, war Bernardo erst klar, als er den davoneilenden Pfarrer sah, mit dem Paket in der Hand. Der Beichtstuhl war ein idealer Übergabeort für verbotene Ware. Keine Kameras, keine Zeugen. Und wer vermutet hinter einem Priester schon einen Dealer? Nur zu blöd, dass es wieder jemanden gab, der den Mord aus nächster Nähe beobachtet hatte, und bis heute ist es weder Antonio noch Bernardo gelungen, den unliebsamen Zaungast ausfindig zu machen und wegzuräumen. Ein wandelndes Pulverfass sozusagen. Andererseits meldete der Typ sich auch nicht bei Antonio, was heißt, dass er keine Ahnung hat, wer hinter der Sache steckt. So betrachtet kann man wahrscheinlich die Suche nach ihm einstellen. Er wird keine Schwierigkeiten machen, weil er selbst in solchen steckt.

Nach längerem Abwägen beschließt Antonio, Bruno, der nahe Verona auf die Lieferung wartet, doch zu bitten, die Stellung in Triest zu halten und Bernardo die Verantwortung für die Ankunft der Lieferung im Fliesenladen zu übertragen, sofern diese zeitnah passieren wird. Glücklich ist Antonio nicht. Er befürchtet, dass Bernardo sich gleich ein Stück vom Kuchen sichern wird, aber hier in Triest kann er ihn noch weniger zum Einsatz bringen. Wer weiß, was er in einem potenziellen Kokainrausch mit den Beamten hier anstellt und ob er nicht womöglich die ganze Aktion gefährdet.

Bruno setzt sich nach dem Anruf seines Bosses augenblicklich in den Wagen, während Antonio zeitgleich aus Triest abreist und hofft, dass in den nächsten drei Stunden, nämlich bis zu Brunos Ankunft, nichts Wesentliches hier in Triest geschieht. Denn sollten die Hafenarbeiter im gewohnten Arbeitstempo die Container entladen, ist damit zu rechnen, dass erst frühestens in zwei Tagen die Ware nach Verona rollt.

61.

Antonio, der es gewohnt ist, das Gaspedal seines Sport-
flitzers einer britischen Marke bis zum Anschlag durchzu-
treten, besinnt sich, dass es momentan nicht hilfreich ist,
wenn er sein Auto zu Schrott fährt und er selbst Tage
später aus dem Koma erwacht, so übt er sich in moderater
Geschwindigkeit, die Strecke von Triest über Slowenien
nach Wien zu überwinden. Obwohl der Sommer sich dem
Ende neigt, zumindest sagt das der Kalender, ist es noch
immer drückend heiß, und trotz der Sitzkühlung rinnt der
Schweiß in Rinnsalen seinen Rücken entlang.

Als er an der italienisch-slowenischen Grenze ankommt,
an der für gewöhnlich nur Busse, Transporter und auffällige
Gefährte zu Stichprobenkontrollen von den hiesigen Carabinieri angehalten werden, sieht er schon von Weitem
eine lange Blechschlange, die auf ein Weiterkommen
hofft. „Was ist passiert?", fragt sich Antonio.

Weiter vorne steigt Rauch auf, rasch beginnt sich die Luft
mit dem gelbgrauen Dunst zu füllen und mehr und mehr
weht der beißende, unangenehme Geruch in die Richtung,
wo Sernico in seinem Wagen sitzt, eingeklemmt zwischen
anderen Fahrzeugen, deren Lenker mindestens genauso
ungeduldig auf ihren Sitzen hin- und herrutschen. Aus
der Ferne hört man die rasch näherkommenden Folge-
tonhörner unzähliger Einsatzfahrzeuge und einige Sirenen,
die vor einer Katastrophe warnen.

Schließlich hält es Antonio nicht mehr im Wagen. Er
schwingt die Türe auf, springt heraus und läuft auf einen
Carabiniere zu, der gestikulierend und unverständliche
Worte brüllend am Rand der Fahrbahn steht.

„Was ist da los?", fragt Antonio. Die Mischung aus Angst,
Stress und Neugierde dringt aus all seinen Poren.

„Waldbrand." Der Polizist sieht Antonio nicht einmal an. „Wir müssen Sie alle hier wegbringen, rasch."

Antonio flucht, denn die Evakuierung kann dauern, das weiß er, und außerdem hat er heute Morgen im Radio vernommen, dass die E70 in Richtung Udine seit zwei Tagen gesperrt ist, weil der Belag saniert wird. Eine Wegfahrt mit dem Auto aus der Gegend um Triest in Richtung Österreich ist derzeit ohne große Umwege kaum möglich.

62

Müde reibt sich Selina die Augen. Die ganze Nacht durchkämmten Ferdi und sie das Hotel, unterstützt von unzähligen Beamten, die sie schlussendlich angesichts ihres Fundes anfordern mussten, aber sie konnten den Mann nicht finden. Das Gebäude wurde auf den Kopf gestellt, viele der betuchten Gäste behinderten die Arbeiten der Polizei, weil sie selbst in dieser außerordentlichen Situation auf das Recht auf Urlaub, Privatsphäre und was weiß Gott noch pochten. Unzählige Male drohte jemand, in Samt und Seide gehüllt und mit zahllosen Klunkern um Hals, Arm und Ohren, den Rechtsanwalt einzuschalten. Vor allem das Gekreische hysterischer Frauen in Designerklamotten hallt in Selinas Kopf nach. Ferdi und sie waren bemüht, nach ihrer Entdeckung diskret vorzugehen, weil es nicht das erste Mal war, dass sie Ermittlungen und Befragungen im Umfeld des Geldadels durchführen mussten.

Das Zimmermädchen und die Rezeptionistin allerdings, die sich nach langen Diskussionen schließlich doch bereit erklärt hatten, mit den Polizisten gemeinsam in der großen Suite Nachschau zu halten, ob an Selinas Vermutung etwas dran wäre, alarmierten mit ihrem Geschrei Dutzende Gäste, die auf dem Weg zum Gourmetdinner in das hoteleigene Restaurant waren.

Der ganze Aufruhr verbreitete sich wie ein Lauffeuer, sodass in kurzer Zeit die Lobby voller Leute stand, Gäste des Hauses sowie neugierige Passanten und – wie könnte es anders sein – Kameraleute diverser Nachrichtensender und Zeitungsschmierer. Polizisten, Spurensicherung und andere Mitarbeiter der Kripo hatten Mühe, sich durch den Wust an Menschen einen Weg zum Aufzug zu bahnen, um zur Suite zu gelangen. Selbst die

Parkgarage und alle Nebeneingänge waren aufgrund der Menschenansammlungen unpassierbar und eine Heerschar von Sicherheitswachleuten hatte kaum Chancen, die gaffende Menge in Zaum zu halten, während Selina und Ferdi vor der Bescherung standen.

Es war kein schöner Anblick, wie Olga auf dem Sessel saß. Nackt, die Füße und Hände festgezurrt am edlen Holz des Stuhls, einen Knebel im Mund, der Kopf auf die Brust gesunken, das Loch in ihrer Stirn unübersehbar und die Spuren des Blutes noch ziemlich frisch. Da hatte jemand keine Zeit oder Lust gehabt, sie zu quälen und sie langsam sterben zu lassen.

Selina wünschte sich zu schlafen, aber bevor sie sich für ein paar Stunden Ruhe gönnen wollte, versuchte sie noch vergeblich, ausfindig zu machen, wo der windige Ehemann von Olga steckte, denn der Tod der Frau stand nach ihrer bescheidenen Einschätzung bestimmt in Zusammenhang mit Sernicos zwielichtigen Geschäften.

63.

Es ist schon weit nach Mittag, als Antonio endlich das Ortsschild Wien erblickt. Er ist müde von der langen Fahrt und hat innerlich bereits beschlossen, diese eine Nacht hier zu verbringen und erst am nächsten Morgen zurück nach Triest zu fahren. Vielleicht besucht er die freundliche Bedienung vom „Take five", den Namen der heißblütigen Lady weiß er gar nicht.

Ein paar Mal hat er während der Fahrt versucht, Olga zu erreichen, aber sie hat ihn stur abblitzen lassen und einfach nicht abgehoben. Es ärgert ihn, denn obwohl er weiß, dass er Schuld daran hat, dass sie die Kommunikation mit ihm verweigert, muss er mit ihr Tacheles reden. Das geht so nicht. Sie hat immer gewusst, dass er kein Kostverächter ist, sonst wäre er doch gar nicht bei ihr gelandet! Und im Gegensatz zu den letzten Jahren ist er beinahe treu geworden. Die zwei bis drei Affären pro Jahr sind seines Erachtens gar nicht mehr der Rede wert! Vielleicht hat sie Angst, er würde sich in eine seiner Gespielinnen verlieben und sich von ihr scheiden lassen, aber das hat er keinesfalls vor. Sie ist eine perfekte Partnerin und managt sein Hotel ganz in seinem Sinne. Außerdem ist sie zu tief in seine Geschäfte eingeweiht, als dass er sie einfach zum Teufel jagen könnte. Er müsste sie töten, besser gesagt töten lassen, wenn er auf sie verzichten wollte. So gesehen wird er seinen Treueeid auf alle Fälle halten – bis der Tod sie scheidet.

Die Kolonne schiebt sich langsam vorwärts, von Ampel zu Ampel, bis Antonio endlich nur mehr einen Häuserblock vom Haupteingang des Hotels entfernt ist. Sein Blick streift den kleinen Seiteneingang des Gebäudes, der in den Müllraum führt und nur offen ist, wenn die Lastautos zur Entsorgung des Unrates im Anflug sind.

Die Türe steht sperrangelweit offen und zwei Polizisten stehen auf der Schwelle.

Antonio stutzt. Was zum Teufel ist hier los? Er ändert seine Route und biegt nicht, wie vorgesehen, links in die Gasse, sondern fährt unter dem Gehupe zweier nachfolgender Fahrzeuge geradeaus. Er erhascht mit seinen Augen gerade noch, dass in der Auffahrt des Hotels zwei Polizeiwägen und ein grauer Bus mit der Aufschrift eines deutschen Nachrichtensenders stehen. Seine Sinne sind in Alarmbereitschaft. Er müsse hier weg, sagt ihm sein Instinkt.

Antonio steigt aufs Gaspedal und verschwindet aus Wien in Richtung Süden. Erst nach fast fünfzig Kilometern steuert er eine Raststation an. Seine Knie schlottern, als er aus dem Wagen steigt. Wie gelähmt geht er in das Gebäude und bittet, telefonieren zu dürfen. Er hat sein Mobiltelefon vergessen, erklärt er und hat diesen Umstand erst jetzt bemerkt. Dann wählt er die Nummer des Hotels.

64.

Als Selina aus ihrem kurzen Schlaf erwacht, vibriert ihr Diensthandy. Sie muss vor lauter Müdigkeit das Stummschalten mit der falschen Taste erledigt haben. Ob sie vom Vibrieren geweckt wurde oder sowieso schon munter wäre, weiß sie selbst nicht. Mit trockenem Mund und steifen Fingern nimmt sie ab. Es ist Wotruba.

„Was muss ich da in der Zeitung lesen?", blafft er ins Telefon, als ob sie für den Tod seiner ehemaligen Geliebten verantwortlich wäre.

„Herr Wotruba, auch einen schönen Vormittag und ich weiß nicht, was in den Blättern steht."

„Dann sollten Sie sich schleunigst darum kümmern!"

Sein Ton gefällt Selina gar nicht und mit einem Schlag ist sie munter.

„Hören Sie, ich mache meinen Job, bin hundemüde, weil ich die ganze Nacht gearbeitet habe, und weiß nicht einmal, wieso Sie glauben, von mir Rechenschaft erwarten zu dürfen! Geht's noch?" Mit diesen Worten drückt sie Emil Wotruba ab.

Sie wankt in ihr Badezimmer. Ein Blick in den Spiegel verrät ihr, dass sie in diesem Sommer definitiv zu viel gearbeitet hat. Sie ist blass und ihre Backen wirken eingefallen. Die Augenhöhlen liegen tiefer und ein grauer Schatten hat sich unter ihren Unterlidern festgesetzt, die Wangen hohl, sodass ihre ansonsten hübschen Backenknochen spitz hervortreten. Ihre Haare benötigen dringend eine Spezialkur und einen ordentlichen Schnitt. So ausgelaugt hat sie sich schon lange nicht mehr gefühlt. Während sich ihre Unzufriedenheit mit ihrem Äußeren von Sekunde zu Sekunde steigert, vibriert nochmals das Handy.

„Wotruba, lass mich in Ruhe!" Sie wendet ihren Blick von ihrem Spiegelbild ab und schaut auf das Display. Es ist Ferdi. Mit einem Seufzer nimmt sie ab.

„Schon munter, meine Schöne?" Er flötet in den Hörer wie ein verliebter Teenager.

„Das ist nicht gut", schießt es Selina durch den Kopf, „jetzt kommt bestimmt der Hammer."

„Nein, noch nicht, aber bei dir hebe ich sogar im Schlaf ab."

„Selina, bitte komm heute nicht ins Büro. Hier ist die Hölle losgebrochen. Sofern du noch nicht Gelegenheit hattest, Zeitungen zu lesen, sag ich dir, lass es sein. Es ist nicht gut für deine Nerven."

Nun ist Selina hellwach. Was ist denn überhaupt los?

Sie beeilt sich, ins Wohnzimmer zu kommen, und fährt ihren Laptop hoch, während Ferdi beschwörerisch auf sie einredet, sie möge heute ihren Arbeitsplatz meiden.

Endlich ist ihr alter Kasten betriebsbereit. Die Schlagzeilen ziehen ihr den Boden unter den Füßen weg.

„Polizei verhindert Mord nicht", „Polizei untätig – Hotelmanagerin tot" und „Mord im Hotel – hat die Polizei versagt?"

Darunter findet sie ein Bild, auf dem Ferdi und sie selbst gerade in ihren Wagen steigen, aufgenommen, als sie den Tatort nach dem Mord verlassen haben.

65.

Wie er es zurück bis Triest geschafft hat, ist Antonio selbst ein Rätsel. Nachdem er im Hotel angerufen hatte und erfahren musste, was passiert war, saß er minutenlang in seinem Wagen auf dem Parkplatz der Autobahnraststätte, unfähig zu denken, zu handeln oder gar zu fahren. Olga sei tot, hat man ihm mitgeteilt, ermordet, und man habe verzweifelt versucht, ihn zu erreichen. Selbst die Polizei habe ihn nicht ausfindig gemacht! Er möge rasch nach Wien kommen, im Hotel herrsche Chaos, unzählige Journalisten vom In- und Ausland gäben sich die Klinke in die Hand, immer wieder müsse man Sensationsgeier und Schaulustige mit Gewalt hindern, das Foyer zu betreten, obwohl der gesamte Eingang großräumig abgesperrt sei. Man erwarte dringend seine Ankunft. Er hat zugesagt, so rasch, wie es ihm möglich sei, nach Wien zu kommen, aber es könne dauern, er sei im Grunde am anderen Ende der Welt.

Nachdem er sich gefasst hatte, fuhr er in einem Zuge durch nach Italien, informierte Bruno, umgehend aus dem Hotel auszuchecken und sein Gepäck mitzunehmen. Bruno und er trafen sich unweit von Triest in einer kleinen Apartmentanlage, wo Bruno kurzfristig eine kleine Wohnung unter falschem Namen angemietet hatte.

Nun sitzen die beiden Männer in dem kleinen ungemütlichen Wohnzimmer und Antonio berichtet Bruno die schrecklichen Neuigkeiten.

„Aber Antonio, wer macht so etwas?" Bruno sitzt auf der schmuddeligen Couch und nimmt einen Schluck aus seiner Bierflasche.

„Keine Ahnung." Antonio schüttelt seinen Kopf und ein paar Tränen rinnen über seine geröteten Wangen.

Er hat sich auf der Rückfahrt schon den Kopf darüber zerbrochen, wer Olga umlegte. Er hat die Organisation im Verdacht, aber sie hätten bestimmt eine Warnung abgegeben. Vor allem wenn sie Wind von seinen Geschäften bekommen hätten, wäre er die Zielscheibe gewesen und nicht Olga. Außerdem war sein Deal perfekt eingefädelt. Die Chance, dass seine Arbeitgeber etwas davon weiß, sieht Antonio als nicht besonders groß. Andererseits, wenn sie es doch rausgefunden haben, dass er nun den Alleingang wagt, haben sie sich vielleicht an Olga rangemacht, sie ausgequetscht und anschließend getötet. Dann aber ist Gefahr im Verzug und die Bande ist ihm und seiner Ware hier in Triest auf den Fersen.

Bei genauer Betrachtung ist er zwar traurig, dass seine Frau das Zeitliche gesegnet hat, aber andererseits war auch sie ein Risiko geworden. Sie wusste zu viel. Hoffentlich täuscht er sich und nur ein verschmähter Liebhaber oder schlecht bedienter Freier von damals hat seine Frau auf dem Gewissen. Jedenfalls wird er sich etwas einfallen lassen müssen, um seine eigene Haut zu retten.

66.

Der Mord an Olga Sernikova hat medial hohe Wellen geschlagen, zumal die aufgetakelte Rezeptionistin es geschafft hat, so ziemlich jedem windigen Reporter ein Interview zu geben, und dabei nicht müde wurde, zu betonen, dass die Polizei trotz ihres geäußerten Verdachtes, dass Olga etwas Schlimmes zugestoßen sein musste, nicht reagiert habe.

Selina und Ferdi wurden von der neuen Leiterin aus der Schusslinie befördert und erhielten einige Tage dienstfrei, bis sich der Rummel um ihre Personen gelegt hatte. In der Zwischenzeit durfte Novotny das Heft der Ermittlungen in die Hand nehmen, unterstützt von der Leiterin höchstpersönlich. Es ist nicht verwunderlich, dass Novotny keine Gelegenheit bei seiner Chefin auslässt, um Selina und Ferdi auf das Übelste zu beschmutzen. Er habe schon immer gewusst, dass die beiden über Leichen gingen, sich wenig um den Schutz von Personen scherten, die es bedurften, und vor allem hätten es die beiden bis heute noch immer nicht zuwege gebracht, die Mörder von nunmehr vier Toten aufzuspüren. So gesehen sei die Leistung haarsträubend und man solle überlegen, ob man sie zukünftig nicht für den Streifendienst vorsehen sollte.

„Schluss jetzt!", platzt seine Vorgesetzte heraus. „Ich habe Ihr Lamentieren endgültig satt. Derjenige, der in absehbarer Zeit seine Brötchen auf der Straße verdienen wird, sind Sie höchstpersönlich."

Sie macht keinen Hehl daraus, dass sie den selbstdarstellerischen und eitlen Gecken so gar nicht leiden kann und ihr die einstweilige Freistellung des Ermittlerduos nicht gelegen kommt. Aber sie muss ihre besten Leute vor weiteren medialen Übergriffen schützen.

Während Selina den Pflichturlaub persönlich nimmt, freut sich Ferdi über ein paar freie Tage, die er dazu nutzt, den verpassten Sommerurlaub nachzuholen und mit weiß Gott wem zu einem Kurztrip nach Griechenland aufzubrechen. Selina hingegen packt ihre Wanderschuhe ein und beschließt auf ihrer Fahrt in die Nockberge, den längst überfälligen Besuch in ihrem Heimatort zu absolvieren. Immerhin ist sie seit geraumer Zeit Tante, weil der Nachwuchs des Halbbruders das Licht der Welt erblickt hat. Auf dem Weg nach Sinabelkirchen ruft sie daher ihren Vater an, um ihr kurzfristiges Erscheinen anzukündigen. Dieser fragt ohne Umschweife, ob sie denn allein oder endlich mit einem Mann an ihrer Seite zu Besuch komme. Ihre Mutter hingegen, die bereits resigniert hat und sich keine Hoffnungen mehr darauf macht, dass Selina doch noch mit dem heiß ersehnten Rechtsanwalt vorstellig wird, scheint sich über die Überraschungsvisite tatsächlich zu freuen.

Ein unvergleichlich heißer Spätsommertag kündigt sich an, als sich Selina bereits in aller Frühe in ihr Auto setzt und in Richtung Süden aufmachen will. Ferdi ist bereits am Abend davor mit dem Flieger abgehoben und weilt nach Selinas Einschätzung auf Kreta.

Es ist gerade mal sieben Uhr, als sie die Wohnungstür ins Schloss fallen lässt und gleichzeitig ihr Handy piept. Sie ist überzeugt, dass es sich um ein „falsch verbunden" handeln muss, denn niemand, den sie kennt würde um diese Zeit mit ihr plaudern wollen. Genervt stellt sie die Reisetasche auf den Boden und zerrt ihr Mobiltelefon aus der Hosentasche. Verdammt, was will die Dezernatsleiterin von ihr? Sie ist explizit dienstfrei gestellt und obendrein ist es viel zu früh am Morgen. Selinas Neugierde ist allerdings größer als das Bedürfnis, ein paar freie Tage zu genießen.

„Ja?"

„Ähm, guten Morgen, Frau Hinterstopfer. Entschuldigen Sie die frühe Störung, aber wäre es sehr ungelegen, wenn Sie zur Dienststelle kämen? Im Fall Sernico gibt es Neuigkeiten und ich bin überzeugt, dass Herrn Hrdlicka und Sie das interessieren wird." Die Stimme ihrer Chefin klingt angespannt bis aufgeregt, obwohl sie um eine neutrale Tonlage bemüht ist.

„Schön", denkt Selina, „aber Ferdi wird wieder einmal die aktuellen News verpassen, was immer sie auch sind."

„Bin gleich da", antwortet Selina ohne Umschweife, denn ein Vorankommen in diesem verkorksten Fall ist ihr allemal lieber, als Verwandte zu besuchen und mutterseelenallein durch die Nockberge zu streifen. Sie sperrt die Türe auf, stellt ihr Gepäck zurück in die Wohnung und drei Minuten später schlängelt sie sich mit ihrem Auto durch den dichten Morgenverkehr Wiens, während sie verbotenerweise eine Nachricht an Ferdi schickt: „Du verpasst wieder einmal das Beste! Schöne Tage am Meer. Gruß, Selina."

Als sie das Dezernat betritt, bemerkt sie, dass die Luft zum Schneiden ist. Irgendwie hätten ihr ein paar Schritte und die Bergluft gutgetan, denkt Selina, als ihr der muffige Geruch von Hitze, Schweiß und wenig Frischluft entgegenschlägt. Schnell vergisst sie aber ihren Wunsch, als die Leiterin im Eilschritt auf sie zukommt.

„Gut, dass Sie da sind", meint diese, fasst Selina am Ellbogen und zieht sie, die erstaunt nach Worten sucht, mit sich in den Verhörraum. „Sehen Sie", fährt sie weiter fort, als sie vor der Spiegelwand stehen und Selina dahinter einen Mann um die fünfunddreißig, adrett gekleidet, gut aussehend und mit einem spöttischen Grinser im Gesicht sitzen sieht. „Das ist der Mörder von Olga."

„Was?", fragt Selina. „Der hat schon gestanden?"

„Nein, hat er nicht, wird er aber noch", antwortet ihre Vorgesetzte mit einem Augenzwinkern.

„Also ist er der mutmaßliche Mörder von Olga", kommentiert Selina. „Und wo habt ihr den her?"

Noch kann sie nicht glauben, dass ihnen das Glück hold ist und sie ein Stück in diesem verzwickten Fall weiterkommen.

„Ehrlich gestanden hatten wir eine riesige Portion Segen. Der Kerl war mit dem Zug auf dem Weg nach Italien, wahrscheinlich Triest. Einem aufmerksamen Zugbegleiter ist aufgefallen, dass er eine Waffe bei sich trug. Sie schien ihm aus der Hand geglitten zu sein, als er sie von seiner Jackentasche in seinem Koffer verstauen wollte. Er war zwar alleine im Abteil, aber der Schaffner wollte eben die Türe öffnen, als er sah, wie der Mann die Pistole vom Boden aufhob. Daraufhin ist der Bahnangestellte unbemerkt zum Telefon geeilt und hat die Polizei verständigt. Kurz vor der slowenischen Grenze stiegen die Beamten zu und verhafteten den Mann. Das Ergebnis aus der Ballistik ist eindeutig. Die Waffe, die er im Koffer versteckt hat, ist die Mordwaffe und die Rezeptionistin konnte ihn eindeutig als jenen Mann identifizieren, mit dem Olga in der Lobby sprach."

„Das ist ja ein Ding." Selina bläst geräuschvoll ihren Atem aus. Sie weiß, was jetzt kommt, denn Selina ist für ihre kreativen Verhörmethoden allerorts bekannt und es wird nun ihr Job sein, aus dieser Kreatur die Wahrheit herauszuquetschen.

67

Nervös zieht Bernardo an seiner Zigarette. Es ist weit nach Mitternacht und der Lastwagen mit der Lieferung müsste eigentlich schon eingetroffen sein. Antonios Mobiltelefon ist ausgeschaltet und auch sein Bruder nimmt den Anruf nicht an. Zum x-ten Mal checkt er die Route, ob es vielleicht Staus oder Umleitungen gibt. Nichts, es liegen keine aktuellen Störungen vor. Es hat vor zwei Stunden zu regnen begonnen, zuerst langsam, bis der Himmel seine Schleusen vollends geöffnet hat. Unschlüssig steht er unter dem Vordach des Einganges zum Fliesenladen. Jetzt wäre noch Zeit, abzuhauen, denn das mulmige Gefühl, das etwas gewaltig schiefgelaufen ist, lässt ihn nicht mehr los.

Seit Olgas Tod, worüber er grundsätzlich froh ist, denn er hat diese georgische Schlange nie gemocht, ist er fahrig und unruhig. Es ist nichts dagegen einzuwenden, dass irgendjemand diese Schlampe ins Jenseits befördert hat, aber bis heute ist es ihm nicht gelungen, herauszufinden, wer hinter dem Mord steckt. Das ist beunruhigend, vor allem für ihn selbst. Bis jetzt hat Bernardo immer geglaubt, dass alles in geordneten Bahnen laufe, aber offenbar gibt es ein Leck, das heißt jemanden, der unliebsame Konkurrenten mit Informationen versorgt. Dass er selbst zum Schläfer geworden ist, darauf ist er nie gekommen.

Er hat sich so gefreut, als er vor mehr als zwei Monaten seinen alten Freund Mario in Wien traf. Mit Mario war er als Kind durch dick und dünn gegangen. Sie hatten Tür an Tür gewohnt, waren in der Grundschule nebeneinandergesessen und hatten allerlei Unfug ausgeheckt, wie sie ihre Lehrer zur Verzweiflung bringen könnten. Nach der Grundschule war Marios Familie nach Kalabrien nahe Tropea gezogen. Sein Vater hatte dort einen Herrenmodeladen für betuchte Sommergäste eröffnet. Bernardo war verwundert gewesen, dass er sich das hatte leisten können. Vor allem wie er die Waren vorfinanziert hatte, war Bernardos Familie wiederum ein Rätsel gewesen. So hatten sich die beiden Jungen aus den Augen verloren, der Kontakt war allerdings nie zur Gänze abgerissen. Bernardo erfuhr von Mario, dass dieser nach seinem Wirtschaftsstudium in Bologna – auch hier war man verwundert, dass der Bursche das Geld dafür hatte - zu einem angesehenen Wirtschaftsberater gemausert hatte. Seine Klientel, so hatte Mario ihm erzählt, sei sehr vermögend und Geld spiele keine Rolle. Er war Mario in Wien, in Antonios Hotel, über den Weg gelaufen. Mario war gerade in der Stadt mit einem seiner Kunden und Bernardo war zum Rapport bei Antonio, weil er wieder einmal ein kleines Päckchen des verlockenden weißen Pulvers abgezweigt hatte. Mario lehnte an der Rezeption und diskutierte mit der Dame hinter dem Tresen darüber, dass die Nacht in der Suite den Preis nicht wert sei. Er wollte einen Rabatt, weil das Zimmerservice ausnehmend langsam und unfreundlich gewesen sei und die Toilette noch Spuren des letzten Gastes aufzuweisen gehabt habe. Bernardo erkannte den feinen Herrn Stenz im Nadelstreif nicht sofort, nur die unverkennbare kratzig-tiefe Stimme, die so gar nicht zu Marios kleinem untersetztem Körper passen mochte, ließ Bernardo zusammenzucken und er riskierte einen zweiten Blick auf den Gast. Tatsächlich, sein alter Freund stand hier in Wien, keine drei Meter von ihm entfernt. Bernardo wartete geduldig, bis Mario mit seiner Verhandlung fertig war und dem Ausgang zusteuerte. Erst vor dem Hotel gab sich Bernardo zu erkennen, denn er befolgte die Anweisung von Antonio, sich im Hotel so unauffällig wie möglich zu verhalten, da in der Zwischenzeit auch zu Bernardo vorgedrungen war, dass die aparte Polizistin, auf die sein Boss eigentlich stand, nach einem grobschlächtigen narbengesichtigen Italiener suchte. Erst als Mario den Eingangsbereich des Hotels verlassen hatte, tippte Bernardo ihm auf die Schulter. Mario zuckte zusammen und griff blitzschnell in seine Jackentasche, wo sich mit großer Wahrscheinlichkeit ein Holster mit einer Pistole befand. Als er jedoch bemerkte, wer ihm diesen Schrecken eingejagt hatte, rief er freudig: „Oddio! Bernardo! Welche Überraschung! Was machst du in Wien?" Er umarmte den Mann, der mindestens einen Kopf größer war als er selbst und gut das doppelte Gewicht auf die Waage brachte.

„Mario", sagte Bernardo, „alter Freund, das könnte ich dich ebenfalls fragen."

Nach einem ausgiebigen Wiedersehensbegrüßungsszenario beschlossen die ungleichen Männer, auf einen Kaffee zu gehen.

Sie plauderten über alte Zeiten und was sie beide so in Wien machten, wobei Bernardo, nachdem er mehr und mehr dem Grappa zusprach, der ihm zum Kaffee serviert wurde, seinem Jugendfreund Details seines aktuellen Jobs anvertraute.

„Sag einmal ...", lallte Bernardo nach dem neunten Glas Schnaps. „Wieso läufst du eigentlich mit einer Kanone unter der Achsel in Wien herum, als Steuerberater?"

Mario zwinkerte Bernardo zu und meinte: „Meine Klienten sind Süditaliener."

„Aha." Bernardo grinste seinem Freund wissend ins Gesicht. „Verstehe. Ist alles genauso geheim wie bei mir?"

„Ja." Mario nickte, prostete Bernardo mit einem leeren Schnapsglas zu und dieser bestellte sich gleich noch einen doppelten Grappa, um auf das Geheimnis anzustoßen.

Dass Mario zu diesem Zeitpunkt bereits für die ‚Ndrangheta das Kokaingeschäft in Wien leitete und sich auf keinen Fall von so einem kleinen Fisch wie Antonio mit seinem primitiven und einfältigen Handlanger wie Bernardo in die Suppe spucken lassen würde, war für Bernardo nicht einmal im Traum vorstellbar.

Bernardo zündet sich mit dem glühenden Stummel noch eine weitere Zigarette an, danach wirft er den noch glühenden Stängel durch ein Kanalgitter in den Abfluss. Seine Finger sind kalt und die Feuchtigkeit kriecht nun durch die wetterfeste Jacke. Er friert in dem dünnen Poloshirt, das er darunter trägt.

In seinem Kopf rattert es. Wer weiß schon, was die Polizei im Zusammenhang mit Olgas Tod noch alles recherchiert hat und ob Antonio womöglich schon in Gewahrsam genommen wurde. Vor allem ärgert es ihn, dass er Bruno und ihn im Stich gelassen hat und sie beide nun alleine dafür verantwortlich sind, dass die Ware vollständig und ohne Aufsehen von Triest nach Verona gelangt, abgeladen, gelagert und verarbeitet wird. Weniger Angst hat er davor, dass er auffliegen könnte, dass er die beiden Chinesen und diesen Junkie umgenietet hat. Antonio wird dichthalten und Olga lebt nicht mehr. Was Bernardo allerdings zusätzlich wurmt, ist, dass Antonio seinem Rat, die Finger von Geschäften mit Chinesen zu lassen, damals nicht gefolgt war, denn damit hatte das Schicksal seinen Lauf genommen. Bernardo findet, dass Antonio genug Geld mit seinem Job verdient. Er hätte es dabei belassen sollen. So ist er selbst ungewollt zum Mörder geworden, aus Treue zu seinem Boss. Das hatte er nie gewollt.

Nochmals blickt Bernardo auf seine teure Armbanduhr. Es ist halb eins. Der Regen hat nachgelassen. Noch einmal wählt er Brunos Nummer. Von ferne sieht er zwei Lichter,

die sich rasch nähern. Bernardo atmet auf. „Na endlich!",
denkt er sich. Nur kurz blitzt das Mündungsfeuer auf, ehe
ein stechender Schmerz seine Brust durchbohrt, er wie in
Zeitlupe in die Knie geht und auf dem nassen Asphalt
aufschlägt.

68

Selina ist in ihrem Element. Der Mann ihr gegenüber, hat noch keinen Ton von sich gegeben, sondern sitzt einfach grinsend da und verfolgt jede Bewegung Selinas mit Argusaugen. Sie versucht seit mehr als drei Stunden, ihn mit allen erlaubten und verbotenen Mitteln aus der Reserve zu locken. Selina schwitzt und sie ist nahe dran, handgreiflich zu werden. Bis jetzt weiß sie nicht einmal seinen Namen.

Er hatte außer einen Koffer mit etwas Unterwäsche, Rasierzeug und einer Zahnbürste nichts bei sich. Doch, die Tatwaffe und ein gültiges Ticket für die Bahnfahrt von Wien nach Verona. Keine Brieftasche, kein Handy, keinen Ausweis. Die Polizei hat das Abteil auf den Kopf gestellt und nichts gefunden. Möglich, dass er noch rechtzeitig Ausweis und Mobiltelefon aus dem Fenster warf. Die Suche nach diesen Gegenständen in der Umgebung ist noch nicht abgeschlossen, aber die Aussichten, etwas zu finden, sind nicht vielversprechend.

Selina braucht eine Pause. Sie übergibt den Kandidaten an ihre Vorgesetzte, die genauso wenig zimperlich mit dem Unbekannten umgeht. Nach mehr als sieben Stunden geben die beiden Frauen auf.

„Abführen", blafft Selina, die in den letzten beiden Stunden im Doppelpack mit Frau Schmalzer den Verdächtigen bearbeitet hat. „Harter Brocken", meint sie, nachdem sie wieder alleine sind.

„Den klopfen wir auch noch weich." Mit einem erschöpften Klaps auf die Schulter verschwindet die Chefin des Dezernates aus dem Verhörraum.

Selina hingegen hängt noch ihren Gedanken nach. Wieso macht dieser Kretin den Mund nicht auf? Es beschleicht sie das Gefühl, dass er aus ihr unerklärlichen

Gründen auf Zeit spielt, vielleicht um irgendjemandem zu helfen, ein Geschäft durchzuziehen?

69.

Bernardo stöhnt auf, als ihn jemand mit den Schuhspitzen umdreht. Er spürt, wie eine fremde, ungekannte Kälte seine Zehen emporsteigt und er am ganzen Leib zittert. Er öffnet die Augen. Zuerst blickt er in den Schein einer Taschenlampe. Nur schemenhaft kann er die Gestalt erkennen, die sich über ihn beugt.

„Du?", haucht er leise, als das Gesicht des Mannes erkennt.

„Ja. Ich." Bernardo kann es nicht fassen, wen er vor sich hat. „Aber wieso?"

„Ich könnte es dir erklären, aber solange wirst du nicht mehr am Leben sein", antwortet Antonio, bevor er Bernardo die Pistole an die Schläfe hält und noch einmal abdrückt.

70

„Glaubst du, er hält dicht?"

Mario und Antonio sitzen im Flur des Fliesenladens.

„Bestimmt", antwortet Mario, der an einer Wasserflasche nippt.

Noch immer hat Antonio Zweifel, dass die ‚Ndrangheta' ihn bescheißt und er so enden wird wie eben Bernardo. Es war eine nervenaufreibende Zeit, seit er erfahren hatte, dass dieser Chinese auch mit den Kollegen aus Kalabrien dealte, und das auch noch zu wesentlich günstigeren Preisen. Sein Zorn war übermäßig, aber er konnte es sich nicht leisten, im Alleingang diesen geldgierigen Gartenzwerg samt seinem hinterhältigen Importeur aus dem Weg zu räumen, denn das hätte Mario ihm sehr übel genommen und Antonio wäre seines Lebens nicht mehr sicher gewesen. Was lag also näher, als Kontakt mit dem Mitbewerb aufzunehmen und einen Deal auszuhandeln, der für beide Seiten ein gutes Geschäft war?

Zuallererst schlug er Mario vor, schon aus Rache für den Betrug, den Chinesen aus dem Weg zu räumen. Erst wollte sein Gesprächspartner nichts davon wissen, denn immerhin bezog er das Levamisol zu einem sensationell günstigen Preis. Erst als Antonio eindringlich warnte, dass die Zollfahnder dem Importeur auf den Fersen waren und sie beide bei den Recherchen durch die Beamten in große Schwierigkeiten kommen würden, willigte Mario ein. Als Ausgleich für das entgangene Geschäft bot Antonio an, seine alten Kontakte zu den Kolumbianern wieder aufleben zu lassen und im großen Stil Kokain nach Triest zu transportieren. Mit dieser Perspektive, nämlich hochreinen Stoff in rauen Mengen zu beziehen und in Europa zu verkaufen, war der Mord an den beiden chinesischen Männer gebilligt. So weit gelang die Kooperation, wäre da nicht Olga gewesen, die früher oder später im Verhör bestimmt umgefallen wäre, davon war Mario überzeugt. So sehr er Antonio auch ins Gewissen redete, sie loszuwerden, schaffte er es dennoch nicht, Antonio zu bewegen, sich seiner Frau zu entledigen. Mario musste diesen Part also selbst in die Hand nehmen, seinen Cousin, der ihm noch einen Gefallen aus alten Zeiten schuldig war, anheuern und dieses Problem beseitigen. Dieser war ein willfähriger Lakai, denn er wusste, dass er wohl oder übel zeitnah von der Bühne des Lebens abtreten würde. Diagnose Morbus Hodgkin garantiert keine hand-festen Überlebenschancen, da kann man die Schulden, die man bei seiner Verwandtschaft hat, ohne nachzudenken, begleichen.

Obwohl Antonio genau wusste, wer seine Olga auf dem Gewissen hatte, musste er gute Miene zum bösen Spiel machen. Seine Gier hatte ihn blind gemacht, denn nun war er Partner der ‚Ndrangheta, obwohl er mit seinen Geldwäschegeschäften auf der Gehaltsliste der Camorra stand. Ein gefährliches Spiel, das wusste Antonio, aber er wollte noch einmal absahnen und dann für immer aus Europa verschwinden.

So nebenbei trat auch noch Marios alter Freund Bernardo auf den Plan. Von Alkohol und Kokain gezeichnet, wurde auch er zu einer Gefahr für die Kooperation.

„Nun bleibt nur noch Bruno", denkt sich Antonio, während er auf einem Fliesenstapel sitzend Mario betrachtet, der auf das Display seines Handys starrt. Bruno wird in Kürze mit der Ladung hier ankommen, dann wird auch er sterben müssen.

„Schade eigentlich", denkt Antonio. Er hat diesen Kerl immer gemocht.

71.

Selina wälzt sich im Bett. Es ist noch immer drückend schwül in Wien, aber die Abkühlung naht. In Italien schüttet es bereits und für den nächsten Morgen sind Starkregen und das Ende der langen und unerträglichen Hitzewelle angekündigt. Es ist nicht nur die Hitze, die Selina den Schlaf raubt, sondern auch der Ärger, dass sie diese dämliche Grinsekatze nicht zum Reden gebracht hat. Frau Schmalzer ist gut im Verhör, findet Selina, und ihr jedenfalls ebenbürtig, aber es fehlte für die echte Zange der „good Cop". Wieso musste Ferdi auch Hals über Kopf nach Kreta abreisen? Er müsste doch wissen, dass sie in der Mordkommission keine zwei Tage ohne Selina und ihn auskommen und die Dienstfreistellung aus einer puren Not heraus entschieden wurde. Sie hat Ferdi bereits eine ausführliche Nachricht zukommen lassen und hofft, dass er, wenn er sie liest, in den nächsten Flieger steigt und zurück nach Wien kehrt. Das ist zumindest Selinas inniger Wunsch für den Moment. Allerdings scheint Ferdi sich zu amüsieren. Sie hat weder eine Antwort auf ihren Bericht, geschweige denn tröstende oder gar bedauernde Worte erhalten, was an Selinas Ego nagt.

Mit einer undefinierbaren Wut im Bauch steigt sie aus dem Bett, zieht sich Hose und Shirt über und hofft, dass Bianca ihren Laden noch nicht dichtgemacht hat. Während Selina Minuten später an einer Piña colada ohne Alkohol nippt, fährt ein Rettungswagen mit einem Unbekannten an Bord von der Justizanstalt in Richtung AKH, weil der Fremde Vergiftungserscheinungen aufweist und mit dem Tod ringt.

72.

Nach ihrem dritten Cocktail wankt Selina zurück in ihre Wohnung, nicht weil sie betrunken ist, sondern weil sie sich müde und ausgelaugt fühlt. Bianca hat freundlicherweise die Bar für Selina etwas länger offen gehalten und ihr Gesellschaft geleistet. Es wäre besser für Selina gewesen, wenn Bianca sie, wie meistens um zwei Uhr morgens, gebeten hätte, auszutrinken und Schluss zu machen. So hätte Selina nicht erfahren, dass Cynthia, die sie, wenn sie ehrlich zu sich selbst ist, noch immer schmerzlich vermisst, vor zwei Wochen ihr brasilianisches Mitbringsel geehelicht hat und sie außerdem nun einer sehr kurzen Nacht entgegensieht. Frustriert kickt sie ihre teuren Sommerslippers, die im Vorraum stehen, in ihr Wohnzimmer. Ein Blick auf das Display, der ihr sagt, dass Ferdi sie so gar nicht vermisst und noch immer nicht geantwortet hat, ernüchtert sie zusätzlich. Nur eine Nachricht von ihrem Vater ist zwischenzeitlich eingegangen.

„Haben deinetwegen die Taufe von Kunibert verschoben. Ist in vier Wochen am Samstag."

„Mist", denkt Selina. Sie hat gehofft, dieser Zeremonie zu entkommen, denn das Bedürfnis, ihren Halbneffen zu bestaunen, wenn er sich die Seele aus dem Leib brüllt, weil ihm das kalte Wasser über die Stirn gegossen wird, ist in ihrem Inneren nicht spürbar. Außerdem weiß sie nicht, ob sie sich eines Kommentars enthalten kann, wenn sein Name ausgesprochen wird. Kunibert Watschinger. Ein neutralerer Vorname hätte dem schon weniger hübschen Nachnamen gutgetan, aber sie ist nicht gefragt worden.

73.

Als Selina das Dezernat mit bleiernen Gliedern und schwerem Kopf betritt, kommt ihr Novotny süßsauer lächelnd entgegen.

„Gut geschlafen, Süße, während sich die Ereignisse überschlagen?", fragt er. Und ohne Selinas verbalen Konter abzuwarten fährt er fort: „Man hätte gut daran getan, dich im Urlaub zu belassen. Deine Befragung hat dem Spaghetti, ich denke zumindest, dass es einer ist, nicht bekommen." Während es in Selinas Gehirn rattert, denn sie hat keine Ahnung, was dieser Wichtigtuer ihr sagen will, redet er ungefragt weiter. „Mal sehen, ob sie ihn durchbringen oder ob er bald endgültig verstummt sein wird. Viel hat er ja angeblich nicht gesprochen, als die Neue und du ihn in die Mangel nehmen wolltet, nicht wahr?" Bevor Selina den Mund aufmachen kann, ist Novotny schon dabei, weiterzureden: „Es wäre klüger gewesen, mir diesen Job zu übertragen, ich hätte die Wahrheit schon aus ihm rausgeprügelt." Mit einem Ruck dreht sich Novotny um. Selina sieht noch, wie er seine Rückenmuskulatur anspannt und beinahe im Laufschritt davoneilt, bevor sie überhaupt einen Ton von sich gibt.

Mit gemischten Gefühlen betritt sie ihr Büro. „Was in aller Welt ist jetzt schon wieder los?", fragt sie sich, während sie aus den Gummistiefeln steigt - inzwischen hat der Starkregen auch die Bundeshauptstadt erreicht - ihre Socken auszieht und in ein paar unbequeme, hochhackige Pumps schlüpft, denn der nächste Polizeiball kommt bestimmt.

Sie wirft gerade ihren Rechner an, der heute ausgesprochen langsam bootet, als Frau Schmalzer ohne Morgengruß bei der Tür hereinschneit.

„Hiobsbotschaft schon gehört?", fragt sie und Selina bemerkt, dass die gute Frau ebenfalls kaum geschlafen hat. Ihre kurzen Haare stehen wirr nach allen Seiten und auf die dezente Schminke hat Frau Schmalzer heute gänzlich verzichtet, denn sie wirkt blass und ihre Ringe unter den Augen sind nicht grau, sondern schwarz.

Selina schüttelt den Kopf, aber so wie Frau Schmalzer drauf ist, scheinen die Neuigkeiten der echte Hammer zu sein.

„Der Unbekannte ist tot", fährt ihre Chefin fort. „Zyankali, das Arschloch hat sich vergiftet."

Jetzt könnte Selina etwas Hochprozentiges vertragen, denn wieder hat sich eine sicher scheinende Spur in Luft, nein Gift, aufgelöst.

Es ist wahrlich kein Geheimnis, dass der Selbstmörder Olga auf dem Gewissen hat, aber das allein ist zu wenig, um den gesamten Fall einer endgültigen Lösung zuzuführen.

Noch immer rennt der Mörder von Bo Zhang, Claudius Ehrlich und Jing Ma frei herum und das mag Selina gar nicht.

„Verflucht", ist alles, was ihr im Augenblick über die Lippen kommt. Hätten sie diesen ominösen Typen doch irgendwie zum Reden bekommen!

„Wir müssen Antonio Sernico finden", meint Selina laut.

Frau Schmalzer nickt. Ja, sie weiß auch, dass diese Figur der Schlüssel zur Lösung ist, aber sie ist definitiv untergetaucht. Nach Olgas Tod schien er noch einmal im Hotel angerufen zu haben, das behauptet zumindest die neue Rezeptionistin, die mit den Nerven mittlerweile völlig am Ende ist. Aber aufgetaucht ist er nie.

74.

Der Anruf bei den Carabinieri geht um fünf Uhr Früh ein. Ein Lagerarbeiter des Fliesenhändlers Parella ist auf dem Weg zur Arbeit über eine Leiche gestolpert. Sie liegt direkt vor den Toren zur Einfahrt in das Unternehmen, in dem er beschäftigt ist. Während er mit dem Handy in seiner zittrigen Hand den Polizeinotruf wählt und seinen Blick nervös umherschweifen lässt, sieht er aus den Augenwinkeln aus der Ligusterhecke zwei Beine hervorragen. Er getraut sich nicht, näher zu gehen, denn er befürchtet, noch eine grauenvolle Entdeckung zu machen an diesem trüben Septembermorgen.

Er kennt den Toten, der zu seinen Füßen liegt. Bernardo, Brunos Bruder. Bruno ist der Firmenboss und Bernardo half zu Stoßzeiten im Geschäft aus. Vor allem wenn Waren angeliefert wurden, war Bernardo stets zur Stelle und half tatkräftig beim Abladen, Ent- und Umpacken und beim Einsortieren in die Regale mit. „Wer zum Kuckuck bringt diesen Mann um", fragt er sich und trotz der kühlen Temperaturen beginnt er zu schwitzen.

Mit Getöse und großem Aufsehen halten Minuten später drei Einsatzfahrzeuge direkt vor dem zitternden Mann. Die Autotüren fliegen auf und die Polizisten kommen im Laufschritt auf ihn zu. Er steht noch immer starr neben Bernardos Leiche. Stumm zeigt er mit dem Finger auf dieselbe.

Während noch weitere Fahrzeuge auftauchen, beginnen die Beamten, den Tatort abzusperren, und bitten den Arbeiter, ihnen zu folgen. Sie gehen mit dem verstörten Mann den Gehsteig entlang, vorbei an dem zweiten Toten. Ohne Zweifel, es ist Bruno. Er erkennt seinen Boss an der grünen Jacke, die er fast immer trug, wenn

es draußen feucht und kalt war. Mit Tränen in den Augen
dreht er sich weg.

Erst als ihm eine Polizistin eine Tasse Tee reicht und ihm
eine Decke um die Schultern hängt, beruhigen sich seine
Nerven ein wenig.

75

Wütend drischt Selina den Akt Bo Zhang auf ihren Schreibtisch. Sie kann es nicht fassen, dass jede brauchbare
Spur nach kurzer Zeit versiegt. Trotz intensiver Bemühungen hat man es nicht zustande gebracht, den narbengesichtigen Bernardo zu finden. Olga, die nach ihrer Einschätzung bestimmt irgendwann umgefallen wäre und
ein umfassendes Geständnis abgeliefert hätte, ist tot.
Jemand anderer hat die Lage offenbar ähnlich eingeschätzt wie sie selbst und ist ihr einfach zuvorgekommen.
Ganz will sie nicht glauben, dass Olga auf Geheiß Antonios getötet wurde, aber wer weiß schon, wie die Mafiosi
agieren, wenn ihnen die Polizei auf der Fährte ist. Und
dass dieser Antonio unauffindbar ist, lässt ihre Magen-
nerven immer wieder aufs Neue Kapriolen schlagen.
Sie war auf Olgas Beerdigung, aber weder Antonio noch
ein großer Kerl mit Narbe im Gesicht waren da. Dafür
musste sie die missbilligenden Blicke von Emil Wotruba
ertragen, der nach den einschlägigen Medienberichten
der Polizei Mitschuld an Olgas Tod unterstellt. Smirna
hingegen, die sich mit ihren ehemaligen Kolleginnen
ebenfalls am Grab Olgas einfand, drückte Selina an ihren
weichen großen Busen, schluchzte laut auf und rang
Selina unter großer Atemnot das Versprechen ab, „das
grroße Schwein, der Olga das angetan hat, zu töten".
Offenbar war Smirna nicht ganz auf dem Laufenden, was
die Nachrichten betraf, denn bereits vor mehr als einer
Woche war die Erfolgsmeldung, dass der mutmaßliche
Mörder Olgas gefasst worden war, in Fernsehen und Zei-
tung zu verfolgen. Dass derselbe unmittelbar nach seiner
Verhaftung und einem ausgiebigen Verhör den Weg ins
Nirwana dem Gefängnis vorzog, war nur eine kleine
Randnotiz wert, denn am selben Tag waren die Zeitungen

davon voll, dass man endlich wieder einen neuen Bundeskanzler angelobte. Der vierte in dieser Legislaturperiode, sofern Selina richtig zählte und aufgrund Arbeitsüberlastung im Sommer nicht einen Wechsel versäumt hatte. „Nein", dachte Selina, „das kann gar nicht sein, denn im Sommer hat die Politik Pause."

Es ist den Behörden sogar gelungen, den Selbstmörder zu identifizieren und seinen Leichnam nach der Obduktion nach Italien abzuschieben, allerdings führten die Ermittlungen zu nichts. Der junge Süditaliener war ein unbeschriebenes Blatt, selbst für die italienische Polizei. Er hatte keine Vorstrafen, keine bekannte Zugehörigkeit zu einer verbrecherischen Organisation, keine Kontakte zu Sernico oder dessen Dunstkreis. Warum der todkranke Mann – bei der Obduktion stellte sich heraus, dass sein Drüsenkrebs ein irreversibles Stadium erreicht hatte – Olga umgebracht hat, kann man nur vermuten, denn an eine Kurzschlusshandlung, wie Novotny es darzustellen versucht, glaubt Selina nicht.

Es sind nun fast vier Wochen seit Olgas Tod vergangen, und langsam, aber sicher wandert der Akt wieder auf den Grund des Stapels der unerledigten Fälle. Ferdi, der mit sonnenverbrannter Glatze und einem verstauchten Knöchel aus Kreta zurückgekehrt ist, sieht alle Möglichkeiten ausgeschöpft, um in diesem konkreten Fall mit Ermittlungserfolgen zu glänzen, daher widmet er sich seit zwei Wochen einem Raubüberfall mit Todesfolge bei einem der Nobeljuweliere Wiens. Selina, die ihre Dienstfreistellung nicht zur Erholung genießen durfte, hat ihren Urlaubsantrag bei Frau Schmalzer eingereicht, der nun endlich unterschrieben auf ihrem Schreibtisch liegt.

„Und was wirst du mit den wohlverdienten Tagen anfangen?", fragt Ferdi, der nebenbei in einer Broschüre blättert, die für Haarersatz und Echthaartransplantationen wirbt.

„Zuerst in die Heimat, zu einer Taufe fahren, und dann möglichst schnell von dort verschwinden. Ich denke, ein paar Tage rund um den Gardasee tun meiner Seele gut", antwortet sie, während sie ihren Tisch aufräumt.

„Allein?" Sofort beißt sich Ferdi auf die Lippen, schließlich geht es ihn nichts an, mit wem seine Kollegin den Urlaub verbringt.

Selina hebt ihre Brauen und schaut Ferdi finster an. „Klar alleine, was denkst du?"

Es ist ein wunder Punkt, denn liebend gerne wäre sie mit einer Freundin, besser gesagt ihrer Freundin, die sie derzeit nicht hat, in den Urlaub gefahren. Sie ist aber aktuell, wie meistens, unbefraut und sie wüsste auch nicht, wem sie ihre Gunst hätte erweisen sollen, denn viel zu selten ist sie in den diesjährigen Sommermonaten auf Partys unterwegs gewesen, wo sie jemanden fürs Leben oder zumindest für einen Urlaub hätte kennenlernen können.

„Scheißjob", murmelt sie in sich hinein. „Keine Zeit für Zweisamkeit."

Ferdi grunzt, was bestimmt ein „Ja" sein soll, obwohl Selina mit Sicherheit weiß, dass er im Moment bemannt ist. Zumindest war er mit einem Freund, wie er nicht müde wurde zu betonen, auf Kreta und das sonnige Lächeln, das er manchmal auf den Lippen hat, wenn er sich unbeobachtet fühlt, gepaart damit, dass er bei manchen Anrufen leise sprechend das Büro verlässt, ist für Selina Beweis genug, dass Ferdi sich verliebt hat.

Nach längerer Pause fragt Ferdi: „Wieso Gardasee? Was macht man dort allein?"

„Surfen", antwortet Selina. Ja, sie wird ihr Board einpacken und sie hat sich vorgenommen, endlich einem lang gehegten Wunsch nachzugehen, nämlich Kitesurfen zu lernen.

Mit einem „Viel Spaß und wenig Tote" verabschiedet sich Selina an diesem trüben Freitagabend von ihrem Kollegen in Richtung Süden.

76.

Antonio sitzt zufrieden in der kleinen gut klimatisierten Bar. „Eine Verschwendung", denkt er. Man sitzt im Freien und über einem läuft eine Klimaanlage unter dem hübschen Bastschirmchen. Sein Mojito schmeckt vorzüglich und die Vorfreude auf den heutigen Tag steht ihm ins Gesicht geschrieben. Er wird mit Lola, seiner neuesten Eroberung hier auf den Bahamas, einen Bootsausflug machen. Lola ist eine Schönheit brasilianischer Abstammung und war bis vor ein paar Tagen das Mädchen hinter dem Tresen dieser Bar. Antonio verliebte sich augenblicklich, als er sie sah, und sie schien Gefallen an den üppigen Geldbündeln und an Antonios protziger Uhr gefunden zu haben. Lola erinnerte ihn an diese Polizistin aus Österreich, wie hieß sie doch gleich? Nur dass Lola dunkelhäutig war, im Gegensatz zu Selina.

Tja, ihr ist er entwischt, obwohl er immer ein unangenehmes Gefühl hatte, wenn sie ihm gegenübersaß. Sie hat ihn durchschaut, aber wie so oft fehlte das letzte Stückchen an Beweisen und seine hervorragenden, wenn auch kostspieligen Anwälte hielten sie ihm, als es wirklich eng wurde, gekonnt vom Leib.

Es tat ihm leid, dass er Olga opfern musste, um seine eigene Haut zu retten, aber schöne Frauen gab es überall auf dem Erdball. Der Deal mit Mario war perfekt gelaufen, obwohl er anfangs zweifelte, ob er nicht auch zur Zielscheibe werden würde. Die Organisationen fackelten nicht lange, wenn nur das kleinste Detail danebenging. Bruno hatte die Lieferung gut aus dem Zoll gebracht und sie schließlich zu Parella in Mizzole transportiert. Dort warteten Mario und er bereits auf den Lastwagen. Antonio tötete Bruno, als er aus dem Wagen stieg und auf die Leiche seines Bruders zuging. Danach fuhren Mario und er mit dem Lastwagen in das Lager der ‚Ndrangheta, unweit des Fliesenladens.

Man übergab ihm die erste Tranche seines Anteils in bar. Mehr als zwei Millionen Euro. Das sollte für geraume Zeit reichen. Den Rest, nochmals rund vier Millionen, wird er erhalten, nachdem das Koks verkauft ist, in kleineren Beträgen auf karibische Konten verteilt.

Eine riskante Variante, denn man könnte ihn aufs Kreuz legen und das Geld nie überweisen. Andererseits besprach man die nächste Lieferung, die Antonio organisieren sollte. Wieso sollte Mario ihn dann über den Tisch ziehen?

Was Antonio weniger gefällt, ist, dass ihm zu Ohren kam, dass seine alten Brötchengeber von seinem „neuen" Geschäft erfahren hatten, und er sich rasch aus dem Staub machen musste. Seine Villa in Ischia ist nur mehr Schutt und Asche und sein schöner englischer Wagen, den sein Gärtner und Angestellter zur Waschanlage fahren wollte, ist ebenfalls nur mehr ein Haufen Schrott und Cosimo im Fahrzeug verbrannt.

So gesehen wird Antonio in absehbarer Zeit nicht mehr nach Europa, geschweige denn nach Italien zurückkehren, aber das wusste er vor dem Deal auch schon. Von der Karibik lassen sich Geschäfte dieser Art außerdem besser lenken, man sitzt näher an der Quelle.

Antonio nippt an seinem Cocktail, als ein elegant gekleideter Gentleman, eindeutig asiatischer, wenn nicht chinesischer Herkunft, den Platz neben ihm einnimmt.

Irritiert blickt Antonio ihn an, denn der Mann hat nicht gefragt, ob der Hocker neben ihm frei sei. Die rechte Hand des Kerls steckt in der Sakkotasche und Antonio muss keine Sekunde nachdenken, was sich noch darin befindet.

„Schöner Tag für einen Strandspaziergang", sagt der Fremde. Antonio weiß die Worte zu deuten. Langsam steht er auf, sein Körper spannt sich und trotz der karibischen Wärme läuft ihm ein kalter Schauder über den Rücken.

Die beiden Herren setzen sich Richtung Meer langsam in Bewegung. Fieberhaft überlegt Antonio, wie er entkommen könnte, aber aus den Augenwinkeln sieht er, wie sich zwei weitere Männer von kleiner Statur und mit schmalen Augen an einem der Tische erheben und sich ihm und dem Fremden anschließen. Er weiß, es wird kein Entkommen geben.

„Du weißt, wer wir sind?", fragt der Mann, als sie auf dem heißen Sand gehen.

Antonio schüttelt den Kopf.

„Du kanntest aber Bo Zhang und Jing Ma, unsere Geschäftsfreunde."

„Scheiße", denkt Antonio, „das sind wahrscheinlich jene, die in China die Geschicke leiteten und für Export und Umsatz sorgten."

Seine Knie werden weich und er stolpert immer wieder, während sich die Gruppe mehr und mehr vom Hotelstrand und der Bar entfernt.

In seinem Gehirn rattert es und er überlegt, wie er der Szenerie zu entfliehen vermag, denn er hat nicht das Gefühl, dass diese Herren mit ihm verhandeln wollen.

Sie erreichen ein kleines einsames Stück Strand hinter einer Biegung. Die Männer bleiben abrupt stehen. Zwei packen Antonio und zerren ihn an den Rand des Wassers.

Das Letzte, was er denken, kann, bevor er das Bewusstsein verliert, als ihm der Kopf ins salzige Wasser gedrückt wird, ist: „Verdammt, wie haben die mich gefunden?"

77.

Selina fährt im Schritttempo in Richtung Südautobahn. Es ist Freitag Abend und eine unendlich lange Blechlawine bewegt sich aus der Stadt hinaus. Ihr graut davor, morgen an der Taufe ihres Halbneffen teilnehmen zu müssen. Ihr Vater hat sie bereits mit den Einzelheiten der Feier vertraut gemacht und ihr die Gästeliste sowie die Menüauswahl für die festliche Tafel im Stammgasthaus der Familie zukommen lassen. Neben ihren Schwestern samt Anhang und der Verwandtschaft seiner Lebensgefährtin wurden auch einige Freunde, wie der allseits bekannte Burzi mit seiner nunmehr vierten Ehefrau, zu diesem Ereignis geladen. Ihre Mutter hingegen hat die Einladung ausgeschlagen und Selina wird nach ihrer Ankunft heute Abend noch einiges zu hören bekommen. Nämlich wie dieser aufgeblasene Gockel wage, sie zur Taufe einzuladen. Ob er wirklich so dämlich sei, zu glauben, dass sie sich neben die dicke Helga stelle, so als Quasistiefgroßmutter. Nie und nimmer würde sie dieselbe Erde betreten wie dieser Fettkloß, der ihre Ehe und somit ihr Leben ruiniert habe! So ähnlich klang es zumindest beim letzten Telefonat zwischen Selina und ihrer Mutter. Selina dachte kurz daran, den Besuch in Gleisdorf unter irgendeinem fadenscheinigen Vorwand abzusagen, aber immerhin ist sie ihre Mutter, und wenn sie schon ein beschissenes Wochenende vor sich hat, dann gleich die große Packung. Die Menüauswahl ist ebenfalls nicht nach Selinas Geschmack, was auch nicht zu erwarten war. Sie weiß jetzt schon, wie vielen tadelnden Blicken sie standhalten muss, wenn sie ihre Bestellung aufgibt. Was ihr allerdings eine gewisse Genugtuung bereitet, ist, dass man sogar den Dresscode vorgegeben hat. Man erwarte, dass die Gäste in zünftiger Tracht erscheinen. Diesmal wird Selina standesgemäß gekleidet sein, sie hat sich selbst ein Trachtenkleid entworfen und genäht, allerdings werden es viele der Anwesenden weder als solches erkennen und noch weniger als geschmackvolles Dirndl-kleid goutieren. Im Grunde besteht das Kleid nur aus der bunten Schürze und darunter schwarzen Hotpants, die ihren noch immer attraktiven Hintern vollends zur Geltung kommen lassen. Bei jedem Schritt gibt der seidenweiche bunte Stoff von hinten Einblicke in die wohlgeformten und knackigen Oberschenkel, was man von vorne nicht ver-muten würde. Das Oberteil besteht aus einem Bustier aus schwarzem Organza, bunt bestickt und durchsichtig. Für die Kirche allerdings hat Selina ein warmes Schulter-tuch und dünne Seidenstrümpfe im Gepäck, denn in den alten Gemäuern frieren und sich womöglich vor ihrem sauer verdienten Urlaub eine Erkältung einfangen, will sie auf keinen Fall. Die Wettervorhersage für die nächsten beiden Tage versprechen, dass sie nach dem Akt in der Kirche auf die beiden wärmenden Kleidungsstücke ver-zichten und ihr Designerstück in vollem Umfang präsen-tieren kann.

Mit einer Portion Vorfreude, ihrer Stiefverwandtschaft Gesprächsstoff für die nächsten Wochen zu liefern, und der weniger erbaulichen Erwartung, in den nächsten Stunden die Schimpftirade ihrer Mutter über ihren Ex-Mann erdulden zu müssen, lenkt sie ihren Wagen nach zwei Stunden von der Autobahn in Richtung Gleisdorf City.

Zumindest wird sie, das hat sie sich geschworen, auf der Heimfahrt von Italien die Ausfahrten Gleisdorf und Sinabel-kirchen ignorieren.

78

Es ist Sonntag und Selina packt ihre Tasche für die Abreise. Ihre Mutter steht verkatert in dem schmalen Vorhaus und jammert über grauenvolle Kopfschmerzen. Selina könne sie doch in diesem Zustand nicht alleinlassen, es gehe ihr gar nicht gut, wie es unschwer zu erkennen sei.

„Mama, du hättest einfach die Schnapsflasche nicht leeren dürfen. Nimm ein Aspirin, leg dich hin, morgen geht es dir wieder gut."

Selina kennt wenig Erbarmen mit Leuten, die sich die Birne vollgießen und danach um Mitleid betteln, denn für Saufköpfe hat sie kein Verständnis. Sie weiß, dass sich ihre Mutter am Vortag sinnlos betrunken hat, während die gesamte Verwandtschaft beim Dorfwirt in Siniwöd gefeiert hat. Sie hätte dabei sein können, aber weil sie noch immer an ihrem verletzten Ego knabbert, hat sie darauf verzichtet, in Gesellschaft zu saufen. Selina ist nach der Vorspeise bereits unter Vortäuschung eines grippalen Infektes im Anflug geflüchtet.

„Kein Wunder, dass sie krank wird, wenn sie halb nackt herumläuft", oder: „Die soll sich mal gescheit anziehen und was Anständiges essen. Die hat ja gar kein Schmalz auf den Rippen, fällt beim ersten Windstoß um."

Das waren noch die freundlichen Kommentare, die sie bis zur Türe begleiteten.

„Wenigstens hat sie sich nicht lumpen lassen", vernahm Selina Helgas Worte noch, bevor die Eingangstür des Lokals ins Schloss fiel. Immerhin hatte Selina ihrer Halbverwandtschaft einen Golddukaten und einen hübschen kleinen Anzug samt Hemd und Fliege gekauft. Als sie den Jungen allerdings sah, war Selina klar, in diese Wäsche hätte der Wonneproppen wahrscheinlich nicht einmal nach seiner Geburt gepasst. Denn ob man es hören will oder nicht, er ist so ziemlich das hässlichste und fetteste Baby, dass Selina je zu Gesicht bekommen hat. Na, bei diesen Genen wäre alles andere auch eine Überraschung gewesen!

Als Selina am frühen Abend bei ihrer Mutter eintraf, lag diese bereits laut schnarchend auf der Couch. Die leere Schnapsflasche und ein noch halb volles Glas standen auf dem Tisch, daneben eine leere Schachtel Pralinen. Selina weckte sie nicht, sondern verließ einfach die Wohnung für einen Spaziergang durch Gleisdorf. Als sie gegen zehn Uhr abends zurückkehrte, hatte ihre Mutter Flasche, Glas und Schachtel offenbar weggeräumt und sich ins Bett verzogen. Wahrscheinlich wollte sie nicht, dass ihre Tochter sah, dass sie sich ordentlich einen hinter die Binde gekippt hatte.

Während Selina ihr Gepäck ins Auto trägt, schlurft ihre Mutter lamentierend hinterdrein und versucht, ihre Tochter zum Bleiben zu bewegen, was ihr nicht gelingt.

Minuten später sitzt Selina wieder hinter dem Steuer, winkt ihrer Mutter noch einmal zu und verschwindet hinter der nächsten Kreuzung.

Nun freut sich Selina auf die paar freien Tage. Der Wetterbericht klingt vielversprechend. Nachdem es nach Abebben der Hitzewelle in Italien fast unaufhörlich geschüttet hat, kündigen sich sonnige und warme Herbsttage in der Gegend um den Gardasee an.

Kurz vor Villach wandern ihre Gedanken zu Moritz Plödutschnig und Annalena. Soweit sie informiert ist, sind die beiden doch kein Paar geworden. Moritz wurde vor zwei Monaten dienstfrei gestellt und wartet auf sein Disziplinarverfahren. Er hatte bei einer Sauferei in einem Villacher Lokal einem Sympathisanten einer anderen Fraktion mehrmals mit den Worten „rote Sau" in den Arsch getreten, sodass dieser, selbst alles andere als nüchtern, irgendwann gestolpert war und seinen von Bier und Schnaps hochroten Schädel an der Theke blutig geschlagen hatte. Den gerufenen Stadtpolizisten kam es gelegen, den unbeliebten Leiter des Morddezernates in Villach in Handschellen abzuführen und in die Ausnüchterungszelle zu stecken. Dieser Vorfall führte dazu, dass Annalena das Weite gesucht hat, denn mit einem straffälligen Polizisten, der womöglich seinen gut dotierten Job verliert, wollte sie doch nicht verheiratet sein. Sie selbst ist in einer Boutique mit dem seltsamen Namen „Fetzengaudi" als Verkäuferin angestellt und mit hoher Wahrscheinlichkeit auf der Suche nach einem neuen Lebensabschnittspartner.

Selina schmunzelt, als sie an die beiden denkt. Irgendwann bekommt jeder, was er verdient, man muss nur warten.

Gegen Abend kommt Selina in der Gegend von Verona an. Als sie das Schild liest, fällt ihr wieder der ominöse Fliesenladen ein. Wie hieß er doch gleich? Selina hält an einer Raststation, um einerseits ihr Auto aufzutanken und andererseits nach dem Namen des Geschäftes zu suchen. Parella s.r.l. in Mizzole. Ein Blick auf ihr Navigationsgerät verrät ihr, dass sie die nächste Ausfahrt nehmen muss, um zu diesem kleinen Ort zu gelangen. Ihr Polizisteninstinkt leitet sie von der Autobahn und nach nicht mal einer halben Stunde steht sie vor den Toren von Parella s.r.l. Es sieht geschlossen aus. „Kein Wunder", denkt Selina, „ist auch Sonntag." Nichts Ungewöhnliches ist zu erkennen, im Hof stehen Marmorblöcke, zwei längliche Hallen erstrecken sich dahinter, direkt neben der Einfahrt steht ein zweistöckiges Containerbüro. Als sie wieder in ihren Wagen steigt, bemerkt sie, dass sich Hunger ansagt, und ohne lange zu überlegen, hält sie Ausschau nach einem Lokal, in dem sie sich womöglich sogar etwas Veganes zwischen ihre Zähne schieben kann.

Unweit der Einfahrt zu diesem wenig attraktiven Indust-riegelände hat sie beim Hineinfahren eine Bar erblickt. Genau diese steuert Selina an.

Ein Parkplatz ist rasch gefunden und während sie nach ihrer Handtasche auf der Rückbank angelt, kündigt ihr Magen mit einem lauten Knurren an, dass es höchste Zeit ist, sich seinem Begehren zu widmen.

Selina betritt das kleine Lokal, in dem gerade einmal ein Tisch besetzt ist. Ein Pärchen, das frisch verliebt sein dürfte, beachtet Selina nicht, als sie zuerst auf die Vitrine zusteuert, um nachzusehen, was sie in den nächsten Minuten zu sich nehmen wird. Eine Dame um die fünfzig in bunter Kleiderschürze, so wie sie Selinas Großmutter getragen hat, steht hinter dem Tresen und lächelt Selina freundlich an.

In mittelmäßigem Italienisch bestellt sie schließlich ein Ciabatta mit Tomaten und Salat sowie eine Flasche Aqua naturale. Sie nimmt auf dem Barhocker Platz, denn lange will sie sich hier nicht aufhalten.

Die Neugierde der Italienerin ist allerdings geweckt. Welche Fremde verirrt sich an einem Sonntag in diese Gegend und in ihre Bar? Während sie das Brot hübsch auf einem Teller anrichtet, fragt sie Selina beiläufig, was sie an einem so schönen Tag wie heute in diesen Teil von Italien verschlagen habe, sie sei augenscheinlich eine Touristin.

Selina wirkt überrascht, denn üblicherweise ist es an ihr, die Fragen zu stellen. Aber sie ist nicht im Dienst und so gibt sie bereitwillig Auskunft, während ihr schon das Was-ser im Mund zusammenläuft.

Ungefragt beginnt die Bedienung zu erzählen.

„Ach", sagt die Dame hinterm Tresen, „eine schreckliche Geschichte. Vor etwas mehr als drei Wochen wurden der Inhaber des Ladens und sein Bruder direkt vor den Ein-

fahrtstoren erschossen. Eine Tragödie. Bruno war so ein netter Kerl, er war oft hier in der Bar zum Mittagessen."
Selina beißt genussvoll ihn ihr Brot, das sie in der Zwischenzeit serviert bekommen hat. Mit halb vollem Mund fragt sie: „Erschossen? Wieso denn das?"
Irritiert schaut die Italienerin Selina an. Es muss daran liegen, dass Selina nicht wie jeder Otto Normalverbraucher bei dem Gedanken, dass in der Nähe zwei Männer ermordet wurden, zusammenzuckt, nach ihrer Brieftasche greift, um zu bezahlen, und fluchtartig diesen grauenvollen Ort verlässt. Nein, im Gegenteil, Selina kaut an ihrem Brot und es scheint sie nicht im Geringsten mitzunehmen, dass auf dem gegenüberliegenden Gehsteig vor kurzer Zeit zwei Leichen lagen.
„Wieso, wieso? Niemand weiß, wieso."
„Hat man den oder die Mörder denn nicht gefasst?"
Selina nimmt einen Schluck Wasser.
„Nein, das ist es ja. Es muss in der Nacht geschehen sein, denn erst am Morgen, als der erste Arbeiter kam, entdeckte man die Toten."
„Hm", denkt Selina, während sie mit der dünnen Papierserviette ihren Mund abwischt. „Ob da nicht die süditalienischen Spezialisten am Werk waren?"
Ungefragt redet die Frau weiter: „Es ist ein Jammer, der Laden ging so gut. Oft kamen in der Nacht die Lieferungen an, weil die Jungs am Tage gar keine Zeit gehabt hätten, die Lastwägen abzuladen. Oft musste Brunos Bruder Bernardo aushelfen, damit sie zurechtkamen."
Selina zuckt. Bernardo? Nun ist sie hellwach und spitzt ihre Ohren.
„Bernardo?", fragt sie laut.
„Ja, so hieß er." Die Frau sieht Selina überrascht an. „Sie kennen ihn nicht, oder etwa doch?", spricht sie aufgeregt weiter.

„Kommt drauf an", murmelt Selina. Sie kann selbst nicht glauben, dass sie beide von demselben Bernardo sprechen, aber wie soll sie das herausfinden? Sie hat kein Foto von Bernardo, von einem Bruno hat sie noch nie etwas gehört.

Laut fragt sie: „Und Antonio?"

Die Dame schüttelt den Kopf. „Antonio? Ich kenne keinen Antonio."

Langsam entspannen sich Selinas Muskeln. „Ja, warum auch? Was soll schon diese Marmorbude mit meinem ungelösten Mordfall zu tun haben?"

Selina erhebt sich und blickt sich suchend nach der Türe um, die zur Toilette führt. Der schmale Gang dorthin ist mit unzähligen Fotos gesäumt. Bilder von Karnevalsfeiern und sonstigen Festivitäten, die vor langer Zeit in dieser Bar gefeiert wurden. Fröhliche Gesichter, Menschen mit Gläsern in der Hand, wie sie der Kamera zuprosten, mit und ohne Augenmasken. Fast zwanghaft sieht sich Selina die Bilder an. Ihre Augen wandern die Wand entlang, bis sie stockt. Unverkennbar, obwohl die Aufnahme verschwommen ist und einige Jahre auf dem Buckel hat, steht in der ersten Reihe der Feiernden Antonio, links neben ihm Olga und auf der rechten Seite ein Hüne von einem Mann mit einer roten Narbe über seine gesamte rechte Wange. Sie vergisst, dass sie eigentlich aufs WC musste.

„Hey", ruft sie zur Kellnerin und winkt sie herbei.

Die behäbige Frau schlurft den Tresen entlang, klappt einen Teil davon hoch und geht hindurch.

„Si?", fragt sie.

„Das hier ist Antonio." Selina zeigt auf das Bild.

„Kenne ich nicht, aber das Foto ist sicher schon drei Jahre alt, ich bin erst seit zwei Jahren hier." Und mit einem Lächeln fügt sie hinzu: „Aber den daneben, den kenne ich. Das ist Bernardo."

Selina hätte sie küssen mögen, wenn nicht der Zwiebelgeruch, der über die Theke weht, nun eine intensive Note angenommen hätte.

Sie hat zwar keine Ahnung, wer Bernardo umgelegt hat, aber in ihren Augen hat er es allemal verdient, denn sie ist sich sicher, dass er der Mörder der beiden Chinesen war und jener von Claudius Ehrlich. Außerdem befindet sie sich in Italien, es ist nicht ihr Job, hier zu ermitteln und nach Bernardos Killer zu fahnden. Was Parella s.r.l. angeht, kann sie nun ahnen, womit, außer Marmor und Fliesen, man gehandelt hat und auch, was offenbar auf Burzis Baustelle geliefert und anschließend wieder abgeholt wurde.

„Aber", sagt sich Selina, „ich bin im Urlaub, was geht mich das alles noch an." Einzig, wo Antonio steckt, das hätte sie schon noch gerne gewusst.

Obwohl sie den Fall nicht lösen konnte, waren sie und Ferdi mit ihrer anfänglichen Vermutung, dass die Mafia die Hand im Spiel hat, richtig gelegen. Das spricht zwar für ihren und Ferdis Spürsinn und Weitblick und gegen die Kleingeistigkeit so manches österreichischen Ermittlungsbeamten, war aber für die Aufklärung irrelevant.

Mit einem zufriedenen Lächeln, dass Bernardo tot ist, und einem merklichen Stich in der Magengrube, weil dieser Antonio wie vom Erdboden verschwunden scheint, legt Selina ihr Kleingeld auf den Tresen und verschwindet grußlos aus der Bar.

79

Selina sitzt mit den hochgelagerten Beinen vor ihrem Bildschirm. Das letzte Jahr war wenig aufregend in Sachen Mord. Keine mafiösen Verstrickungen, keine unlösbaren Fälle und nichts, wofür man kriminalistisches Gespür braucht. Der Fall Bo Zhang ruht bei den Akten, mehr oder minder gelöst. Einzig Antonio Sernico ist nicht mehr aufgetaucht.

Der Posteingang in Selinas Outlook kündigt den Eingang einer neuen Nachricht an. Selina erkennt den Absender nicht sofort. Erst als sie auf Öffnen klickt, erinnert sie sich an den Kollegen in Neapel. Sein Englisch ist ausbaufähig, trotzdem ist der Inhalt für Selina gut verständlich.

Man habe vor etwas mehr als zehn Monaten eine Leiche nahe Paradise Beach auf den Bahamas aus dem Wasser gezogen. Der Tote sei kein Unbekannter. Es sei Antonio Sernico. Man gehe davon aus, dass er beim Schwimmen ertrunken sei.

Ein Foto der Leiche, die wenig ansehnlich aussieht, befindet sich im Anhang. Selina betrachtet das Bild. Ertrunken ... beim Schwimmen. Sie nippt an ihrem Kaffeebecher, dessen Inhalt noch immer viel zu heiß und geschmacklos ist.

„Ertrunken beim Schwimmen ..." Selina lächelt. „Es muss ein Modehipe auf den Bahamas sein, in Shorts und weißem Hemd ins Wasser zu gehen."

ENDE

Die Autorin

Francesca Gordoni (Pseudonym), geboren in der Steiermark/Österreich absolvierte nach der Matura ein College für Wirtschaftsinformatik. Nach vielen Jahren im Bankwesen und im Finanzbereich eines privaten Unternehmens begann sie Kriminalroman und Kurzgeschichten zu schreiben.

Bisherige Veröffentlichungen

„Tod auf dem Isonzo" (Erschienen: 06/2021 / ISBN 978-3-99129-106-0)

„Gene einer Mörderin - Die Verblendung" (Erschienen: 06/2022 ISBN 978-3-99131-488-2)

„Gene einer Mörderin II - Die Vefolgung" (2023 ISBN 978-3-99131-779-1)

„Geruch des Todes" (2023 ISBN 978-3-903223-63-9)

Dank

Ich möchte dem Verlag meinen herzlichen Dank aussprechen. Die Unterstützung und Fachkenntnis haben mir geholfen, mein Werk zu verwirklichen. Ich bin für das Vertrauen in meine Schreibfähigkeiten sehr dankbar.